ABTRÜNNIGER GENTLEMAN

KYLIE GILMORE

Übersetzt von
ANNA DRAGO

ISBN-13: 978-1-64658-011-8

1

Sean

Ich bin ein stolzer Mann, ebenso ehrgeizig, und so habe ich mich in diese Lage gebracht. Zusätzlich zu meinem Job habe ich eine knappe Deadline, um die Renovierung des alten Ziegelgebäudes in Brooklyn abzuschließen, in dem ich früher mit meiner Ex gelebt habe. Jetzt lebe und arbeite ich nur noch hier. Ich steige die Stufen hinauf und ziehe meinen Schlüssel aus der Tasche. Gott, bin ich müde. Es ist Mitternacht, und ich habe einen Jetlag vom langen Rückflug aus Villroy, wo mein älterer Bruder Dylan geheiratet hat. Ich muss nur die Renovierung hier abschließen, dann wird sich alles entspannen.

Ich betrete das leere Wohnzimmer, lasse meinen Koffer an der Tür und schalte die Taschenlampe meines Handys ein. Die Deckenlampen sind auf dieser Ebene noch nicht angeschlossen. Ein Knarzen. Ich erstarre, plötzlich hellwach. Irgendwo im Haus öffnet sich gerade eine Tür.

Ich höre aufmerksam zu. Jemand läuft unten herum. Ich stecke mein Handy in die Tasche und schleiche die Treppe hinunter und sehe, wie sich jemand im unteren Wohnzimmer aufs Sofa fallen lässt. Ein Eindringling macht es sich auf meiner Couch bequem? Was zum …?

Ich schalte das Licht ein.

„Ah!", kreischt eine weibliche Stimme. Sie springt auf.

Ich gehe zu ihr. „Wer bist du?"

Sie ist jung, Mitte zwanzig vielleicht, hat rotes Haar, das zu einem undefinierbaren Ding auf dem Kopf gebunden ist, und trägt ein weißes Top mit einem großen Smokey-Bear-Gesicht. Sie bringt das Sofa zwischen uns, schnappt sich ihr Handy und bleibt in einiger Entfernung stehen. Ihre roten Pyjama-Shorts haben winzige Bärengesichter. Auf keinen Fall ein Dieb in diesen Pyjamas. Sie ist ein süßer, aber unerwünschter Eindringling.

„Wer bist du?", fragt sie und hält einen Finger über ihr Handy. „Ich habe den Notruf auf Kurzwahl!"

Ich unterdrücke ein Stöhnen. „Ich wohne hier. Wer bist du, und was machst du hier?"

Sie senkt ihr Handy. „Du bist der Typ von der Baufirma? Nein, vergiss, dass ich das gesagt habe." Sie hebt ihr Handy wieder an, und ihr Finger schwebt drohend darüber. „Jetzt würdest du eh zustimmen. Dabei bist du wahrscheinlich hier, um das Haus auszurauben."

Ich fahre mir mit der Hand durchs Haar. Ich bin zu müde für diese Scheiße. „Hier gibt es nichts zu stehlen, es sei denn, man will irgendwelches Baumaterial auf dem Schwarzmarkt verkaufen. Ich bin Sean Rourke, und ja, ich renoviere Winnie Abbotts Haus. Und wer zum Henker bist du?"

Sie senkt ihr Handy und murmelt vor sich hin. Ich höre nur „großer alter Grummel".

Ich trete näher, und ihre blauen Augen weiten sich. Ich bleibe stehen. Ich will ihr keine Angst machen. Ich muss nur wissen, wer sie ist und was sie hier will. Doch eigentlich will ich nur eines. „Du musst gehen."

„Ich bin Josie Abbott, Winnies Cousine." Als ich schweige, fügt sie hinzu: „Deine neue Mitbewohnerin. Sie sagte, ich könnte hier Unterschlupf finden."

Ich blinzele. „Mitbewohnerin?"

Sie lächelt mich unsicher an. „Ja. Winnie hat mir gesagt, dass du während der Renovierung hier wohnst. Ich war nur überrascht, weil du nicht so aussiehst, wie ich nach ihrer … ähm … Beschreibung gedacht habe."

Mein Verstand stockt und geht dann alles durch, was an dieser Situation nicht stimmt.

Ich habe sechs Wochen Zeit, um diese Renovierung abzuschließen.

Nächste Woche ist kritisch. Ich hab mir freigenommen, um hier weiterzukommen.

Dieser unerwünschte Gast wird da eine große Unannehmlichkeit sein.

„Gute Nacht, Mitbewohner", sagt sie und schlüpft unter eine blassrosa Fleecedecke auf *meinem* Sofa. Es ist das einzige Möbelstück hier, und es gehört mir. Ich habe es selbst gebaut.

Warum hat Winnie mir nicht erzählt, dass ihre Cousine einzieht?

Ich mache auf dem Absatz kehrt, wütend, aber zu müde, um mich jetzt darum zu kümmern. Auf dem Weg nach oben schalte ich das Licht aus, gehe zu meiner Luftmatratze, ziehe mich bis auf meine Boxershorts aus und lasse mich ins Bett fallen.

Ich erwache von der Sonne, die durch die große Abdeckplane hereinströmt, die ich als provisorischen Vorhang aufgehängt habe. Mit müden Augen gehe ich nach unten zum einzigen funktionierenden Badezimmer im Haus und bleibe wie angewurzelt stehen. Mist. Ich habe *sie* vergessen. Josie, meinen ungebetenen Gast. Natürlich ist sie im Bad und putzt sich bei weit geöffneter Tür die Zähne.

Sie beugt sich in ihren enganliegenden roten Pyjama-Shorts mit winzigen Bärengesichtern auf ihrem hübschen Po über das Waschbecken. Verdammt. Ich muss pinkeln *und* werde angetörnt. Schlechte Kombi. Ich lasse meinen Blick schweifen und sehe straffe Beine und nackte Füße. Immer noch angetörnt.

Ich starre an die Decke und denke kühle Gedanken. Jede Frau in enganliegenden Pyjama-Shorts wäre ansprechend. Ich hatte in letzter Zeit keine Zeit zu daten, da ich quasi zwei Jobs habe. Das eigentliche Problem ist, dass es hier nur wenig Wohnraum gibt – das Haus ist eine Baustelle –, und jetzt muss ich ihn mit ihr teilen. Ich kann sie nicht einmal rausschmeißen, weil es Winnies Haus ist.

Ich betrachte ihr rotes Haar, das sie zu einem Pferdeschwanz gebunden hat, die schlanken Linien ihres Halses, ihr weißes langärmeliges Pyjama-Top mit den roten Säumen – *hör auf zu glotzen!*

„Kannst du dich bitte beeilen?", brumme ich.

Sie sieht mich an, und ihr Blick wandert an mir hinab, um meine nackte Brust und meine Boxershorts zu betrachten, bevor er zu meinen Augen zurückkehrt. Sie scheint sich nicht um mein Brummen, meine Morgenlatte oder meinen Mangel an Kleidung zu kümmern, hält einen Finger hoch und zeigt auf ihre Zahnbürste.

Ich beiße die Zähne zusammen. Ich denke darüber nach, nach oben zu gehen, um ein T-Shirt und Jeans anzuziehen, aber wer ist der Eindringling hier? Davon abgesehen habe ich dringendere Sorgen, wie zum Beispiel zu pinkeln und mich wieder an die Arbeit zu machen. Es ist typisch für Winnie, zu *vergessen*, mir zu sagen, dass ihre Cousine hier unterkommen würde. Sie war noch nie für praktische Details zu haben, immer verträumt, den Kopf in den Wolken. Früher dachte ich, es sei ideal, wie wir uns ergänzen. Ich bin der Ausgeglichene, Verantwortungsbewusste. Sie ist die Verträumte, Häusliche. Dann träumte sie sich in ein anderes Leben mit einem Wall Street-Typen. Er ist derjenige, der sie unter Druck setzt, das Haus in Eile zu verkaufen, weshalb ich es mit einer zu engen Frist für die Renovierung zu tun habe. Als sie mich verlassen hat, um mit ihm zu leben, hat sie geschworen, dass sie mich nicht betrogen hat. Es war eine Sache des Herzens, nicht des Körpers. Ich bin darüber hinweg.

Josie putzt sich die Zähne und richtet sich auf. Unsere Augen begegnen sich im Spiegel des Medizinschranks. Ihre blauen Augen funkeln, als hätte sie eine amüsante Idee, die sie mit mir teilen will. Ich weiß nur, dass sie Ärger bedeutet.

Sie dreht sich mit einem breiten Lächeln zu mir um, das wie tausend Sonnenstrahlen aussieht, die plötzlich an einem wolkigen Tag scheinen. „Hi!" Sie hebt eine Hand und winkt kurz. „Letzte Nacht war ein bisschen komisch. Lass uns nochmal von vorne anfangen." Sie streckt mir ihre Hand entgegen. „Ich bin Josie Abbott. Freut mich, dich kennenzulernen." Als ich schweige, fügt sie hinzu: „Winnies Cousine." Als könnte ich das vergessen. Sie haben den gleichen Nachnamen.

„Warum bist du nicht bei Winnie in der Stadt eingezogen?"

Sie rümpft die Nase. „Es ist ein Apartment mit einem Schlafzimmer, und ich wollte nicht in ihr Liebesnest eindringen."

Liebesnest? Kotz. Ich behalte das für mich, denn alles, was mich interessiert, ist diese massive Störung meiner Arbeit.

Sie sieht mich erwartungsvoll an, als hätte ich noch Fragen. Mir fällt ein, dass sie nicht wie Winnie aussieht, was bedeuten könnte, dass Josie wirklich ein Eindringling ist. Eine Betrügerin. Ich hätte dann das Recht, sie rauszuschmeißen.

„Du siehst nicht aus wie Winnie." Meine Ex ist blond mit runden Wangen und einer Stupsnase. Josies Nase ist gerade, und ihre Wangenknochen sind hoch und scharf. Meine Hoffnungen steigen, was die Rausschmissidee angeht. „Ich würde gerne einen Ausweis sehen."

Sie verdreht die Augen und zieht den Gummi aus ihren Haaren. Ihr rotes Haar fällt in zerzausten Wellen über ihre Schultern, die meinen Mund trocken werden lassen. „Ich bin blond wie Winnie, aber ich färbe meine Haare rot, um mich von der Herde abzuheben. Sehr wichtig in meinem Beruf."

„Und der wäre?"

„Ich bin Schauspielerin."

Sie ist eine dieser zu gutaussehenden Leute im Fernsehen und Kino. Ich erkenne sie jedoch nicht.

Sie schnippt mit den Fingern vor meinem Gesicht. „Noch da?" Sie blickt auf meinen Schritt, und ihre Wangen werden pink. „Willst du ein Handtuch oder so?"

„Nein, schon okay." Lass sie nur glotzen. Und sieh an, ihr Blick wandert langsam über meinen Oberkörper und bleibt an meiner Brust hängen, bevor er schließlich auf meiner Schulter und meinem Bizeps landet. Ich halte mich fit und verstecke es nicht.

Ich schnippe mit den Fingern vor ihrem Gesicht. „Noch da?"

Ihr Blick begegnet ruhig meinem, ihre Stimme ist sanft und gleichmäßig. „Vielleicht sollten wir einen Badezimmerplan ausarbeiten."

„Vielleicht solltest du mir deinen Ausweis zeigen."

„Ich bin noch nicht fertig damit, mich fertig zu machen. Ich zeig ihn dir später. Meine Güte." Sie hält einen Finger hoch. „Okay, hier ist was, das nur Winnies Cousine wissen kann: Wenn sie einen Alptraum hat, öffnen sich ihre Augen, und sie spricht Kauderwelsch, obwohl sie noch schläft. Abgedrehter Cousinen-Sleepover-Spaß!"

Verdammt. Winnie macht genau das, es ist wie in einem Horrorfilm.

Ich stemme meine Hände in die Hüften. „Ich weiß nicht, warum Winnie dich hierher geschickt hat. Das Haus ist nicht bewohnbar. Es gibt nur ein funktionierendes Badezimmer", ich gestikuliere hinter sie, „und das ist eine Gästetoilette ohne Dusche! Die Küche wird bald rausgerissen, und es gibt keine Betten."

Sie zuckt eine Schulter. „Ich kann im Fitnessstudio duschen, und ich kann gut auf dem Sofa-Ding schlafen. Ich habe Monate auf den Sofas meiner Freunde gepennt, während ich für die Pilotsaison in L.A. vorgesprochen habe." Sie hebt ihre Hand an ihren Mund, als wollte sie ein Geheimnis teilen, und ihre Stimme wird verschwörerisch leise. „Ich muss mein Geld für Reisen zu Vorsprechen und Kursen verwenden, um mich scharf und vermarktbar zu halten." Sie hüpft auf ihren Fußballen, ein Lächeln umspielt ihre Lippen. „Hab auch einen bekommen."

„Einen was?"

„Ein Piloten! Vor dir steht die zukünftige Hauptdarstellerin einer in Kürze erscheinenden Sitcom." Sie stemmt die Hände in die Hüften und schiebt ein Bein vor, zu einer Pose wie auf dem roten Teppich. „Mein großer Durchbruch! Ich kann dir nicht sagen, wie er heißt oder worum es geht, aber es wird episch!" Sie wirft ihre Arme triumphierend in die Luft. Ich vermute, sie war mal Cheerleaderin. Doch ich stelle mir jetzt keine High Kicks in kurzem Rock vor.

Ich reiße meinen Blick von ihr los. *Konzentrier dich.* Die

Cousine meiner Ex ist eine arbeitslose Schauspielerin, die auf meinem Sofa *couchsurft*. Nicht, dass es wichtig wäre, dass sie das einzige für sich beansprucht, was hier neben meiner dummen Luftmatratze mir gehört. Das eigentliche Problem ist, dass ich das bisschen Wohnraum mit ihr teilen muss, und ich kann bereits sagen, dass sie bei all ihrer guten Laune eine große Ablenkung sein wird. Vielleicht hat Winnie nicht vergessen, mir von dieser ungeladenen Besucherin zu erzählen. Vielleicht hat sie sie absichtlich hierhergeschickt, um mich abzulenken, in der Hoffnung, dass ich meine Frist nicht einhalten kann, was ihr das Gefühl geben würde, dass es okay ist, jemand anderen einzustellen, der mich ersetzt. Ein hinterhältiger Plan, auf den ich sicher nicht reinfallen werde. Wir haben einen Deal. Das ist *mein* Projekt.

Prioritäten. Die Natur fordert ihr Recht. „Ich brauche das Bad. Allein."

„Verstehe."

Sie streift an mir vorbei, und ich bemerke den süßen Duft von etwas Fruchtigem und Blumigem. Wie kann sie so früh morgens so gut riechen?

Endlich habe ich das Badezimmer für mich. Ich schließe die Tür ab, tue, was ich tun muss, und atme erleichtert auf. Ihre Stimme dringt durch die Tür, als würde sie direkt neben mir stehen. *Grenzen, Mädchen!*

„Ich hoffe, es hat sich nicht so angehört, als würde ich prahlen", sagt sie. „Das mit dem Piloten ist noch keine beschlossene Sache. Ich warte darauf zu hören, ob er vom Netzwerk angenommen wird. Ich habe ein gutes Gefühl dabei, also ist das schonmal was. Ich ziehe nach L.A., sobald ich höre, dass er angenommen wurde. Muss positiv denken!"

Sie ist eine dieser nervigen Morgenmenschen. Es ist leichter, genervt zu sein, wenn ich sie nicht ansehe. Ich glaube nicht, dass ich jemals eine andere Frau gesehen habe, die so mühelos schön ist, mit ungekämmtem Haar, ohne Make-up und einem lächerlichen Smokey-Bear-Pyjama. Sie hat dieses gewisse Etwas, das sie auf dem Bildschirm strahlen lässt. Ich bin sicher, sie wird sehr bald nach L.A. gehen.

Ich wasche meine Hände und halte mir einen strengen

Vortrag im Spiegel. *Du kannst das. Bleib höflich und mach deine Arbeit.*

Ich bin dank meines königlichen Vaters mit hervorragenden Manieren aufgewachsen. Wenn mein Vater nicht auf den Thron verzichtet hätte, wäre er König von Villroy geworden, was mich zu einem Prinzen macht. Nicht, dass ich irgendeine Art von Reichtum oder Privileg gehabt hätte, während ich in einem Arbeiterviertel in Brooklyn aufgewachsen bin. Er hat auf den Thron verzichtet, um meine Mutter, eine Bürgerliche, zu heiraten, und wurde nur mit dem Hemd, das er am Leib trug, ins Exil geschickt. In jedem Fall sind Manieren bei Frauen nützlich. Winnie hat es geliebt, mich einen Gentleman zu nennen. Sie hat sogar meinen Gentleman-Status erhöht, indem sie meine Garderobe mit teurer Kleidung aufgestockt hat, was für mich in Ordnung war. Meine Ziele liegen über meiner Gehaltsstufe. Da ist dieser Ehrgeiz.

„Kann ich reinkommen?", fragt sie. „Ich hab dich spülen und Hände waschen hören."

Ich atme gereizt aus. Ich kann mit jeder Frau umgehen, auch mit einer unerwünschten Mitbewohnerin.

Ich öffne die Tür, und Josie lächelt mich an und sieht viel zu fröhlich aus.

„Das wird nicht funktionieren", knurre ich. „Ich weiß nicht, was zum Teufel Winnie denkt, mitten in einer Renovierung einen Gast hier unterzubringen. Ich habe eine Menge Arbeit zu erledigen!"

Josie nimmt sich mein warnendes Knurren anscheinend nicht zu Herzen, weil sie zu mir in das kleine Bad kommt, ihre Bürste aus dem Medizinschrank holt und anfängt, ihr langes Haar zu bürsten. Ich gehe vorsichtig um sie herum.

Sie bleibt stehen, die Bürste in der Hand. „Winnie sagte, sie sei dein Gemecker leid. Ich verstehe, was sie meint."

Ich bleibe stehen. „Wenn ich meckere, dann nur, weil sie plötzlich eine unverschämte und unrealistische Frist gesetzt hat, wann sie das Haus auf den Markt bringen will."

Sie sieht mich an. „Soweit ich weiß, wohnst du kostenlos hier."

„Es ist nicht kostenlos!" Ich verliere selten die Beherrschung, doch das sind extreme Umstände. Sie mischt sich in meine Angelegenheiten ein!

Ich bemühe mich um einen ruhigen Ton. „Es ist ein *Tauschgeschäft*. Ich wohne hier, während ich das Haus renoviere. Sie bekommt dafür die Arbeitsleistung von einem erfahrenen Bauunternehmer. Sie würde nirgendwo ein besseres Angebot finden." Und ich möchte wirklich in diesem gehobenen Viertel, Park Slope, leben, anstatt in einem Studio-Apartment, das ich mir anderswo leisten kann. Park Slope liegt – wie der Name schon sagt – direkt am Park, nur vierzig Minuten von der Stadt entfernt, und bietet eine entspannte Atmosphäre mit vielen Familien und kreativen Menschen, die hier leben. Ich hoffe immer wieder, dass etwas in meiner Preisklasse auf den Markt kommt. Vielleicht noch ein Sanierungsobjekt, obwohl es in dieser Gegend nur noch wenige gibt.

Sie runzelt die Stirn, ihre blauen Augen sehen mich mitfühlend an. „Trägst du es Winnie nach, dass sie sich so schnell verlobt hat?"

„Nein. Ich war nie böse. Wir haben uns vor zehn Monaten getrennt. Die Geschichte ist Vergangenheit."

Sie bürstet sich wieder die Haare. „Das ist gut. Ich muss sagen, dass sie wirklich glücklich ist. Sie hat mir nie ein Wort über dich gesagt, als ihr beide zusammen wart, also muss das mit Colin wirklich ernst sein. Sie kann nicht den Mund halten. Offensichtlich gibt es keine ernsthaften Gefühle mehr zwischen euch beiden, oder? Ich meine, da du immer noch hier für sie arbeitest. Du musst einer dieser erleuchteten Männer sein. Das ist schön."

Ich bin wieder irritiert. Mehr als irritiert, und ich weiß nicht, ob es an ihr oder Winnie liegt. Vielleicht an beiden. „Wir haben sechs Monate zusammengelebt, und sie hat nie ein Wort über mich verloren?"

Ihre Augen weiten sich. „Habe ich was Falsches gesagt? Es tut mir leid. Ich dachte –"

„Vergiss es."

Sie legt ihre Bürste in den Medizinschrank und dreht sich

zu mir um. „Vielleicht hat sie dich nicht erwähnt, weil sowohl sie als auch ich zu der Zeit so beschäftigt waren." Sie nickt. „Ja, ich bin sicher, das war es. Ich bin wahrscheinlich von einem Vorsprechen zum nächsten gehetzt, und sie hatte mit der Galerie zu tun, also ... Vergiss, dass ich das gesagt habe. Können wir nochmal von vorn anfangen?" Sie tritt näher und lächelt ihr strahlendes Sonnenscheinlächeln. „Hallo!" Sie streckt mir ihre Hand entgegen. „Ich bin Jo–"

„Ich werde Winnie anrufen."

Doch zuerst muss ich nach dem langen Reisetag gestern duschen. Ich drehe mich um und gehe durch die Hintertür hinaus zur Außendusche. Ich habe sie Josie gegenüber nicht erwähnt, weil ich versucht habe, die Wohnsituation so unattraktiv wie möglich klingen zu lassen. Normalerweise dusche ich am Ende des Arbeitstages, wenn ich schweißgebadet bin, und es ist heute Morgen (es ist Mitte April) kühler, als ich es gern für eine Dusche hätte, doch ich brauche Abstand und die Erfrischung. Ich gehe durch den Garten direkt zu der hölzernen Duschkabine, die sich hinter einem Spalier aus Kletterrosen befindet. Ich lege meine Unterhose auf die Bank direkt davor und betrete die Privatsphäre der Kabine. Ich stelle mich so, dass der Strahl an mir vorbeizielt, damit sich das Wasser erst einmal aufwärmen kann.

„Du hast dein Telefon draußen?", ruft sie von der Terrasse aus. Ihre Stimme muss problemlos bis in die letzte Reihe eines Theaters zu hören sein und definitiv auch in der gesamten Nachbarschaft.

Wenn ich sie ignoriere, wird sie gehen.

Das Wasser wird warm, und ich trete unter den Strahl.

„Hörst du auch Wasser rauschen?", ruft sie. „Ist das ein Brunnen?"

Ich drehe mein Gesicht in den Strahl und schließe meine Augen. *Bitte geh weg.*

Es ist für einige Momente still, also entspanne ich mich.

„Oh!"

Ich wirbele herum, und sie steht vor mir und starrt mich an. *Überall.*

„Verschwinde!", blaffe ich.

„Oh, tut mir leid!" Sie dreht sich auf dem Absatz um und eilt zurück zum Haus. „Ich wusste nicht, dass es eine Außendusche gibt!"

Ich atme scharf aus und greife nach dem Shampoo. Ich kann mich nicht entspannen, bis ich weiß, dass sie wieder drinnen ist.

„Jetzt habe ich wirklich das Gefühl, wir müssten von vorne anfangen!" Sie klingt näher, als würde sie wieder auf mich zukommen.

Ich blicke finster drein und schrubbe das Shampoo in meine Haare. Ich schwöre, wenn sie hierher zurückkommt und ihre Hand anbietet, um nochmal *von vorne anzufangen*, werde ich etwas tun, das ich bedauern werde. Wie zum Beispiel sie anzuschreien, und dann wird sie Winnie die Ohren vollheulen, die dann nicht mehr nur ungeduldig, sondern auch noch wütend auf mich sein wird. Vergiss den Abschluss der Renovierung. Winnie wird mich rausschmeißen und durch einen anderen Bauunternehmer ersetzen. Ich liebe dieses alte Haus und habe hier schon so viel Arbeit investiert. Ich habe mit der Renovierung angefangen, als Winnie und ich zusammen waren, mit der gemeinsamen Vision, dieses runtergekommene Juwel wieder zu seinem früheren Glanz zu verhelfen. Es ist aus den 1880er Jahren, ein sechs Meter breites, vierstöckiges Reihenhaus mit hohen Decken und Südlage, die viel Licht ins Haus lässt und es geräumig erscheinen lässt. Bevor wir uns getrennt haben, habe ich den Garten und die Außendusche angelegt; außerdem habe ich das Dach neu gedeckt und neue Fenster eingebaut. Ich will die Renovierung durchziehen. Ich will den Stolz und die Befriedigung, dieses Haus restauriert zu sehen. Das ist größer als Winnie. Größer als Josie. Hier geht es um mich und meine Fähigkeit, diese historische Schönheit wieder in ihrem alten Glanz erstrahlen zu lassen.

Ich blicke auf die Bank, auf der ich meine Unterhose gelassen habe, und stelle fest, dass ich mein Handtuch vergessen habe. Scheiße.

„Bist du noch da?", frage ich.

Schweigen.

„Josie?"

„Hm ja. Ich geh jetzt wieder rein!"

Ich spreche durch meine zusammengebissenen Zähne. „Kannst du mir bitte ein Handtuch aus der großen Reisetasche oben holen? Sie ist bei meiner Luftmatratze."

„Du schläfst auf einer Luftmatratze? Das Sofa muss bequemer sein –"

„Handtuch!"

„Oh, ja, kommt!"

Ich spähe hinter der Abtrennung hervor, damit ich sehen kann, wann sie die Terrasse erreicht. In dem Moment, in dem sie dort ankommt, bleibt sie stehen und ruft mir mit ihrer lauten Theaterstimme zu: „Wir machen den zweiten – oder ist es der dritte oder vierte? – Vorstellungsversuch, sobald du angezogen bist!"

Ich schüttle meinen Kopf und trete zurück unter den warmen Regen der Dusche. Ich bin sowas von am Arsch.

2

Josie

Nun, das war ein unglücklicher Anfang. Seit wann gibt es in Großmutters Garten eine Außendusche? Ich finde die Reisetasche und ziehe ein dickes blaues Handtuch heraus. Sean Rourke, ein echter Prinz. Winnie hat es erwähnt, als sie mir angeboten hat, mich hier übernachten zu lassen, und ich habe den Medienrummel um seine Familie gesehen, die sich mit der königlichen Familie in Villroy versöhnt hat. Die Hochzeit seines älteren Bruders Dylan am vergangenen Wochenende war eine große Sache. Es war das erste Mal, dass jemand aus der Exil-Familie in der königlichen Kapelle geheiratet hat. Ich habe auf meinem Flug hierher die Hochzeit in den Nachrichten angesehen.

Winnie sagte, Sean sei hier, seit sie ausgezogen ist. Zehn Monate auf einer Luftmatratze mit ein paar Seesäcken? Nicht genau das, was man von einem Prinzen erwarten würde. Seine Situation ist schlimmer als meine, und ich schlafe seit Monaten auf den Sofas meiner Freunde. Genau genommen waren sie nicht einmal alle Freunde von mir. Ich habe diese App CouchCrasher gefunden, ein Netzwerk von Schauspielern, die nach einem kostenlosen Sofa für einen kurzen Aufenthalt suchen. Mein letztes Sofa in L.A. war eine schlechte Erfahrung. Es war in der Wohnung einer Frau, doch sie hatte diesen riesigen Arsch von einem Freund, und als sie Bier einkaufen gegangen ist, hat er mir Avancen gemacht. Als ich nein gesagt habe, bekam er diesen Raubtierblick in den Augen, der mir Angst gemacht hat. Er hat einen bedrohlichen Schritt auf mich zugemacht, und ich habe mich umgedreht und die einzig mögliche Zuflucht benutzt – das Schlafzimmer. Ich habe die Tür abgeschlossen und die Kommode davorgeschoben. Er hat so heftig mit den Fäusten gegen die Tür gedonnert, dass ich hätte schwören können, dass sie splittern würde.

Dann habe ich mit zitternden Händen den Notruf angerufen und die bösartigen Beleidigungen, die er mir zugeschrien hat, ignoriert. Die Polizei kam zur gleichen Zeit wie die Frau, die dort gelebt hat. Ich habe es sicher raus geschafft und Winnie angerufen und ihr die furchteinflößende Geschichte erzählt. Sie ist sechs Jahre älter als ich und hat sich schon immer eher als unterstützende große Schwester gesehen als eine Cousine. Sie bestand darauf, dass ich die CouchCrasher-App lösche, was ich nach der Erfahrung sowieso getan hätte, und hat mich eingeladen, bei ihr und Colin zu wohnen. Ich wollte mich jedoch nicht in ihre Privatsphäre drängen. Und ehrlich gesagt ist Colin einer dieser steifen, verklemmten Typen, die mich ganz verrückt machen.

Wie auch immer, Winnie hat mir dann gesagt, ich könnte auf der Couch im ehemaligen Haus unserer Großmutter in Brooklyn übernachten. Das schien ideal. Brooklyn ist cool, und ich könnte in die Stadt pendeln, um vorzusprechen und Winnie zu besuchen. Sie hat mich vor Sean gewarnt und gesagt, er sei ein großer alter Grummel, aber auch ein kompletter Gentleman, und es wäre, als hätte man hier einen Wachmann. Ihre genauen Worte, um den Grummel zu beschreiben? Ein älterer Mann mit ausgeprägtem Beschützerinstinkt und Ehrgefühl. Winnie ist dreißig, also habe ich mir einen mürrischen Mann mittleren Alters in schlechtsitzenden Dad-Jeans vorgestellt. Sie muss jedoch gemeint haben, dass er lediglich älter als ich ist. Ich bin vierundzwanzig. Der junge heiße Typ hat mich überrascht.

Es macht mir nichts aus, wenn jemand ein bisschen mürrisch ist, solange ich endlich das nervöse, ängstliche Gefühl loswerden kann, dass ich plötzlich wieder von einem aggressiven Mann verfolgt werden könnte. Ich bin mir nicht sicher, ob es Winnies Beschreibung von Sean als Beschützer oder nur seine natürliche Präsenz war, doch ich habe mich sofort sicher bei ihm gefühlt. Das ist ein Mann, der auf einen aufpasst.

Ich gehe nach unten, ziehe meine süßen metallic-rosa Birkenstock-Sandalen an (ein Geburtstagsgeschenk von Winnie), nehme meinen Führerschein aus meiner Brieftasche und gehe mit Seans Handtuch in den Garten.

„Deine Mitbewohnerin ist da!", rufe ich, als ich mich der Dusche nähere. „Ich habe dein Handtuch und meinen Führerschein und schaue überhaupt nicht hin." Junge, habe ich vorhin einen Blick erhascht! Ich bin stehengeblieben und hab mir einen Moment Zeit für ein stilles *Wow* nehmen müssen. Er ist gut bestückt, und er hat direkt in meine Richtung gestanden. Meinetwegen? Oder weil er einer von denen ist, die sich regelmäßig einen unter der Dusche runterholen? Hmm ... er scheint mich irritierend zu finden, also war es wahrscheinlich nur seine übliche Duschroutine. Ich verstehe das. Spannungsabbau.

„Leg das Handtuch auf die Bank", knurrt er. „Bitte", fügt er verspätet hinzu.

Ich tue es, dann schlage ich mir eine Hand über die Augen und halte meinen Führerschein in seine Richtung. „Ich wusste nicht, dass du hier draußen eine Dusche installiert hast. Das ist klug bei der Renovierung."

„Könntest du bitte wieder gehen?"

„Hast du meinen Führerschein gesehen?"

„Ja, ich habe ihn gesehen. Bitte geh weg."

Ich trete ein paar Schritte zurück. Er hat einen großartigen Brooklyn-Akzent, den ich später üben werde. Ich habe ein Händchen für regionale Akzente, nachdem ich die meiste Zeit meiner Kindheit mit meiner Mutter gereist bin. Sie ist Opernsängerin. Ich habe nie Wurzeln geschlagen oder ein echtes Zuhause gehabt – habe ich immer noch nicht. Manchmal sehne ich mich nach dieser Stabilität. Es ist nicht einfach, immer wieder an einem neuen Ort von vorne anzufangen. Deshalb habe ich wahrscheinlich gelernt, mich überall dort zu Hause zu fühlen, wo ich gerade lande.

„Weiter weg", fordert er.

Es ist etwas spät, schüchtern zu sein, doch ich respektiere seine Bitte und gehe zu einem Streifen tiefvioletter Tulpen. Ein paar Augenblicke später spüre ich seine finstere Präsenz und drehe mich um, als er an mir vorbei auf das Haus zugeht.

Ich hole ihn ein. „Wenn du das Sofa willst, könnte ich die Luftmatratze nehmen."

Er geht weiter und scheint es eilig zu haben. Ich laufe weiter mit ihm. „Wenn ich auf dem Sofa schlafen wollte, hätte ich es getan. Es gehört mir. Ich habe es gemacht."

„Du hast es gemacht? Wow! Das ist erstaunlich. Es ist sehr bequem." Das Sofa ist dieses tiefblaue, bequeme Ding, auf dem zwei Personen sitzen können, fast wie ein Doppelbett. Mir fällt ein, dass er mit Winnie darauf gesessen hat. Vielleicht hat er es für sie gemacht. „Du bist sehr talentiert."

Er grunzt eine Antwort, als würde ich ihn wieder irritieren, hält aber trotzdem die Tür für mich auf und wartet darauf, dass ich vor ihm hineingehe. Winnie hatte recht – Gentleman-Material.

„Danke", sage ich, während ich an ihm vorbeigehe. Seine durchdringenden, blauen Augen begegnen meinen kurz, bevor er wegblickt. Sein dunkler, unrasierter Kiefer ist dabei angespannt. Er nickt in Anerkennung meines Dankes kaum merklich mit dem Kopf. Mürrisch mit Manieren. Er kann aber nicht immer mürrisch sein, oder? Ich bin sicher, wir können miteinander auskommen, wenn wir erst einmal wieder auf dem richtigen Fuß sind.

Er geht nach oben, um sich anzuziehen, und ich blicke ihm nach und bewundere die harten Muskeln an seinen breiten Schultern und in seinem Rücken. Auf jeden Fall ideales Material für einen Bodyguard. Niemand würde es wagen, sich mit ihm anzulegen. Wie konnte Winnie diese prallen Muskeln verlassen? Ja, ich weiß sie zu schätzen. Welche Frau würde das nicht tun?

„Ich kann spüren, wie sich deine Augen in meinen Rücken bohren", bemerkt er.

Ich werde rot und improvisiere mein offensichtliches Glotzen weg. „Winnie sagte, du hättest einen ausgeprägten Beschützerinstinkt, darum habe ich mich nur gefragt, ob du früher vielleicht als Bodyguard gearbeitet hast."

„Nein." Er bleibt stehen und dreht sich um. Seine Schultern straffen sich, und seine Brust bläht sich auf. „Also *hat* sie über mich gesprochen."

„Erst vor ein paar Tagen, als sie mir angeboten hat, hier unterzuschlüpfen." Er seufzt, also füge ich schnell hinzu: „Sie sagte auch, du seist ein Gentleman."

Er runzelt die Stirn. „Ja, also, ich denke darüber nach, diesen Titel an den Nagel zu hängen." Er dreht sich um und geht nach oben.

„Warum?"

„Er bringt mir nichts", brummt er.

Ich beuge mich zum Treppenhaus vor, wo er gerade verschwunden ist. „Ich finde es schön."

„Könntest du mir bitte ein bisschen Privatsphäre geben?", bellt er.

Meine Güte. Was für ein Griesgram. Aber ich kann ihn für mich gewinnen, da bin ich mir sicher. Ich bin ein sehr sympathischer Mensch. Mein Agent sagt immer, dass das für mich spricht. Ich gewinne sie beim Vorsprechen, indem ich ich selbst bin, noch bevor ich auftrete. Deshalb buche ich immer wieder Piloten. Das ist mein Dritter. Die anderen beiden wurden nicht vom Sender übernommen, doch aller guten Dinge sind drei. Außerdem habe ich einen Parfüm-Werbespot und eine Bildungsserie für Schulbibliotheken aufgenommen. *Macht euch keine Sorgen, Mom und Dad, der Bachelor in Dramatic Arts an der NYU zahlt sich total aus!* Meine Studentendarlehen sind mörderisch, was ein weiterer Grund ist, warum ich so sparsam wie möglich lebe (abgesehen davon, dass ich keinen festen Job habe). Ich werde es schaffen. Es geht nur um das richtige Projekt zur richtigen Zeit. Zwei Jahre Vorsprechen und Durchwursteln werden wie ein entfernter, schlechter

Traum sein, wenn ich meinen großen Durchbruch habe. Ich brauche nur einen.

Ich erlaube mir einen kleinen Seufzer, bevor ich meinen Führerschein weglege und meine Duschutensilien hole. Es war ein guter Zeitpunkt, das mit der Dusche herauszufinden. Ich bin gestern Morgen eingezogen, und mit Dusche im Garten muss ich nicht mehr täglich ins Fitnessstudio gehen, um zu duschen, was meinen Zeitplan ein wenig entlastet. Nicht, dass er mit dem Fitnessstudio, dem Improvisationskurs und den Vorsprechen übermäßig voll gewesen wäre. Ich nehme keinen Kellnerjob an, es sei denn, der Pilot fällt durch, was nicht passieren wird. *Meine Zeit ist jetzt. Ich glaube daran, ich glaube daran, ich glaube daran.*

Oh, ich weiß! Ich mache Sean Frühstück, bevor er zur Arbeit geht. Er hat einen Job, bei dem er viele Kalorien benötigt, um den Tag zu überstehen. Im Gegensatz zu den üblichen Leuten, die ich treffe, bekommt er diese prallen Muskeln, weil er sie tatsächlich benutzt, nicht durch stupide Wiederholungen in einem Fitnessstudio. Ich schätze jemanden, der hart arbeitet, da ich auch hart arbeite und immer bemüht bin, meine Karriere in Gang zu bringen.

Sobald ich unter der Dusche stehe, bin ich überrascht, wie großartig sie ist. Guter Wasserdruck, warm, und es ist wirklich privat hier draußen mit den Holzwänden der Dusche, dem Rosenspalier und den Pflanzen drum herum. Ich frage mich, ob Sean derjenige war, der den bescheidenen Garten meiner Großmutter in dieses Paradies verwandelt hat, und dann schaltet mein Kopf sofort zum nackten Sean um. Ich habe ihn in seiner vollen Pracht gesehen. Nicht, dass mich das interessiert. Er tut so, als wäre ich eine große Unannehmlichkeit. Außerdem ist es komisch, dass er Winnies Ex ist.

Winnie hat das Reihenhaus unserer Großmutter geerbt, weil sie ihr nahegestanden hat. Ich war zu jung, um meine Großmutter so gut kennenzulernen, und meine Eltern und ich haben sie nicht oft besucht, weil sie für meine Eltern ein wenig zu cool war, weil mein puritanischer Vater (ihr Sohn) sie durch die Heirat mit einer Künstlerin enttäuscht hatte. Meine Großmutter war der Meinung, dass die Karriere meiner Mutter sie zu sehr beansprucht hat, als dass sie eine gute Frau und Mutter hätte sein können, und sie hatten sich darüber zerstritten. Aber Dad und ich sind mit Mom um die ganze Welt gereist, und unsere kleine Familie stand sich sehr nah. Meine Eltern leben jetzt in Nashville, was cool ist, aber kein idealer Ort für mich, um dort zu leben und trotzdem regelmäßig vorzusprechen. Moms Karriere endete altersbedingt, wie es bei Frauen an der Oper oft der Fall ist. Altersvorurteile sind scheiße. Sie hat immer noch eine schöne Stimme. Ich kann auch singen, aber meine Leidenschaft sind Filme, und ich hoffe, eines Tages in welchen mitzuspielen.

Ich überspringe das Waschen meiner Haare, da ich sie gestern gewaschen habe, und greife nach der Seife. Ich sollte in den nächsten zwei oder drei Wochen von meinem Piloten hören, und dann gehe ich nach L.A. Der mürrische Prinz Sean ist mein vorübergehender Mitbewohner. Das ist alles. Und es gibt mir einen gewissen Seelenfrieden, einen großen, starken Mann hier zu haben. Es ist nicht so, dass mir dieser Widerling aus L.A. hierher folgen wird, aber trotzdem. Es tut niemandem weh, Sean als meinen inoffiziellen Bodyguard vorzustellen. Ich werde ihn wahrscheinlich nie um Hilfe rufen müssen, doch ich könnte, wenn ich müsste, und das ist der wichtige Teil.

„Fantasy-Guard", singe ich mir beim Waschen vor. „Wie ich dich begrüße!" Hab das mit ein bisschen Shakespeare-Stil gewürzt. Ich bin es gewohnt, mich selbst zu unterhalten.

Ein paar Minuten später trockne ich mich ab und fröstle ein wenig. Ich eile ins Haus, ziehe mich an – grünes T-Shirt mit V-Ausschnitt und schwarze Yogahose – und gehe in die kleine Küche. Sie ist direkt neben dem gemütlichen Wohnzimmer im Erdgeschoss, wo ich auf dem Sofa schlafe. Es ist auch die einzige Etage mit einem funktionierenden Bad. Was für ein schöner Ort. Ich kann Sean oben hören. Vielleicht legt er sich ein paar Werkzeuge zurecht, um später hier zu arbeiten. Winnie sagte, er arbeite abends und am Wochenende hier. Ich bin sicher, er wird ein herzhaftes Frühstück zu schätzen wissen, bevor er zu seinem Tagesjob aufbricht.

Ich öffne den Kühlschrank und finde nur Eier, Milch und

zwei Packungen vom Metzger. Ich betrachte die Etiketten – Schinken und Provolone. Es gibt auch Brot auf der Theke. Wenn ich nur ein genialer Koch wäre und wüsste, wie man aus Grundzutaten etwas Besonderes zaubert. Gegrilltes Käsesandwich hat Kohlenhydrate und Eiweiß. Das scheint gut für nachhaltige Energie zu sein. Ich werde auch ein bisschen Schinken mit einbacken. Hey, mache ich einen *Croque Monsieur*? Könnte sein. Sean ist ein Glückspilz, dass er vor der Arbeit ein schickes warmes Frühstück bekommt. Das wird uns definitiv wieder auf Kurs bringen. Ich kann eine angespannte häusliche Umgebung nicht ertragen. Ich bin es gewohnt, entspannt und locker zu sein.

Ich finde eine Pfanne in einem Schrank, stelle sie auf den Herd und schalte die Gasflamme ein. Was sonst? Gibt's irgendwo Butter? Ich schaue mich um, falls er sie auf der Theke liegen gelassen hat, und sehe dann im Kühlschrank nach, doch es gibt keine. Ich durchsuche die Schränke nach Öl oder Spray und finde nichts. Vielleicht ist es eine Teflonpfanne. Kein Problem. Ich hole einen Teller aus dem Schrank, belege mein erstes Croque Monsieur (glaube ich) und lege es in die Pfanne.

Ich hole uns zwei Gläser Wasser und stelle sie auf die Mücheninsel mit einer Arbeitsfläche aus beigem Laminat. Ich werfe einen Blick zum Croque Monsieur hinüber, das immer noch gut aussieht, also platziere ich zwei Servietten, die ordentlich auf der Diagonalen gefaltet sind. Wenn sein Sandwich fertig ist, mache ich auch eines für mich.

Etwas riecht verbrannt, und ich beeile mich, das Sandwich umzudrehen. Mist. Wo ist der Pfannenwender? Ich stöbere durch die Schubladen und verschwende wertvolle Zeit, bis ich endlich einen finde. Ich drehe das Sandwich um, und der jetzt geschmolzene Käse tropft mit einem scharfen Zischen in die Pfanne. Das Brot ist geschwärzt und Rauch steigt aus der Pfanne auf. Ich wedle den Rauch weg. Es ist immer noch zu retten. Ich kann dieses schwarze Zeug abkratzen, und es wird großartig schmecken. Ich muss nur ein paar Minuten warten, bis diese Seite schön geröstet ist. Verdammt, hier ist es wirklich rauchig. Ich huste und öffne die Hintertür im kleinen

Esszimmer, das jetzt leer ist. Ich brauche frische Luft. Ich öffne und schließe die Tür mehrmals, um zu lüften, und als das nicht funktioniert, eile ich zum Fenster im Wohnzimmer auf der anderen Seite und öffne es.

Piep-Piep-Piep! Oh nein! Ich habe den Rauchmelder ausgelöst. Ich schalte den Herd aus und finde den Rauchmelder an der Decke in der Nähe der Treppe. Ich kann ihn nicht erreichen, um ihn auszuschalten. Mann, es ist kein Feuer, nur Rauch! Kein Alarm nötig! Ich springe ein paarmal, um den Knopf zu drücken, gehe dann ein paar Schritte die Treppe hinauf und versuche, ihn so zu erreichen. Klappt nicht. Ich fächere den Rauch mit beiden Händen weg.

„Was zum Henker ist hier los?", blafft Sean hinter mir.

Ich wirbele herum und rufe über den lauten Piepton: „Kannst du das ausschalten? Ich komme nicht ran. Ist nur Rauch vom angebrannten Brot."

Er streckt den Arm aus und schaltet den Rauchmelder problemlos aus. Er ist wahrscheinlich über einsachtzig groß. „Großartig."

Ich entspanne mich, als das Piepen endlich aufhört. „Ich hab dir Frühstück gemacht."

„Du meinst das verbrannte Brot?"

„Nur ein bisschen. Ich werde den verbrannten Teil abkratzen."

Er setzt sich auf die Treppe und lässt den Kopf in die Hände sinken. Sein dunkelbraunes Haar fällt nach vorne, immer noch ein bisschen feucht von der Dusche. Er sieht erschöpft und ansatzweise verzweifelt aus. Ich bin ein aufmerksamer Beobachter von Körpersprache und Mimik für mein Schauspielrepertoire.

„Ich mache dir ein frisches Sandwich", biete ich in einem optimistischen Ton an. *Verzweifle nicht, Mitbewohner!*

Er hebt den Kopf. „Die Rauchmelder sind High-End-Modelle der Sicherheitsfirma. Sie sind so verdrahtet, dass sie automatisch die Feuerwehr anrufen. Du kannst es nicht aufhalten, sobald der Alarm losgeht. Ich habe es schon einmal versucht, als Winnie das Abendessen verbrannt hat. Sie kommen für ein Routineinspektionsverfahren."

„Winnie hat das Abendessen anbrennen lassen? Aber sie ist eine Göttin in der Küche."

Er wirft mir einen ernsten Seitenblick zu. „Ich habe sie abgelenkt."

Ich öffne meinen Mund und schließe ihn dann wieder. *Alles klar. Sex, schon verstanden.* Obwohl es schwer vorstellbar ist, dass meine süße Cousine mit diesem rauen Bauarbeiter zusammen war. Ich habe so viele Fragen.

Er atmet scharf aus. „Jetzt muss ich mich darum kümmern und auf die Feuerwehr warten, bevor ich zur Arbeit gehen kann. Noch eine Verzögerung. Genau, was ich brauche."

„Ich werde mich darum kümmern. Geh du zur Arbeit."

„Ich arbeite hier", sagt er durch die Zähne.

„Oh, ich dachte, du arbeitest nur abends und am Wochenende hier."

„Ich habe mir die Woche freigenommen, um mit der Renovierung weiterzukommen."

Ich blicke in die Küche. „Also, willst du essen, während wir auf die Feuerwehr warten?"

Er schnaubt und geht in die Küche. Ich schließe mich ihm an, und wir starren beide auf das geschwärzte Sandwich mit braunem, geronnenem Käse und Schinken, der in der Pfanne klebt.

„Ich bin sicher, es schmeckt immer noch gut", sage ich. „Es ist ein *Croque Monsieur.*" Mein französischer Akzent ist genau richtig. Mamas Job hat uns viele Male nach Paris gebracht.

Er sieht mich skeptisch an und zieht die Brauen hoch. „Dann iss du es."

Ich nehme den Pfannenwender und mache mich daran, das Sandwich aus der Pfanne zu bekommen. Ich stoße es aus verschiedenen Richtungen, bevor es sich schließlich weitgehend intakt löst. Ich lege es auf den Teller, den ich auf die Theke gestellt habe, schnappe mir ein Messer und kratze den verbrannten Teil des Brotes ab. Ich kann seinen verurteilenden Blick auf mir spüren, doch ich ignoriere ihn, weil ich entschlossen bin, meine Frühstücksgeste zum Eckpfeiler unseres freundschaftlichen Wohnarrangements zu machen.

Sobald er den Beweis sieht, dass meine Kochkünste angemessen sind, wird er mir im wahrsten Sinne des Wortes aus der Hand essen.

Ich lächle ihn an, bevor ich herzhaft in das Sandwich beiße. *Widerlich.* „Köstlich", lüge ich und kann nicht schlucken. Es schmeckt nach Rauch und etwas, das irgendwie sowohl muffig als auch glitschig ist.

Er lacht. „Der Schinken und der Käse sind uralt."

Ich nehme eine Serviette und spucke meinen Bissen hinein. „Warum hast du mir das nicht gesagt?"

„War amüsanter so." Er blickt zu der Insel hinüber, wo ich unsere Gläser mit Wasser und Servietten bereitgelegt habe. „Du musst nicht für mich kochen."

„Ich weiß." Ich werfe das Sandwich in den Müll und nehme den alten Schinken und Käse und werfe sie hinterher, dann drehe ich mich zu ihm um. „Ich wollte versuchen, einen besseren Neuanfang zu machen. Ich möchte, dass wir miteinander auskommen."

Er zieht eine Braue hoch und trinkt aus dem Glas, das ich ihm eingegossen habe. „Großartiges Wasser."

Ich lache. „Tut mir leid, dass ich deine Arbeit verzögert habe. Ich könnte dir helfen."

„Nein!" Er überkreuzt seine Zeigefinger, als wollte er mich wie einen Vampir abwehren. „Du bleibst in deiner Ecke, und ich bleibe in meiner."

„Das klingt so, als wären wir Boxer im Ring. Ich will nicht kämpfen."

„Du bleibst in deiner Ecke, und wir kommen klar."

Ich trete auf ihn zu. „Aber es wird angespannt sein. Ich bevorzuge eine entspannte Umgebung."

Er tritt zurück, dreht sich um und geht zum Schrank, holt einen Proteinriegel heraus und packt ihn aus. Dann beißt er hinein und sagt mit vollem Mund: „Das ist Frühstück."

Mein Magen knurrt. Ich werde ihn nicht um Frühstück bitten. Ich werde auf den Markt gehen und ein paar Sachen besorgen. Gestern hatte ich Reste von Winnie.

„Und Kaffee", sagt er und schaltet die Kaffeemaschine ein.

Ich beobachte, wie er an seinem einfachen Frühstück

arbeitet, wobei sich bei jeder Bewegung Spannung bemerkbar macht. „Bist du immer so angespannt?"

Er macht sich nicht die Mühe, sich umzudrehen. „Du wärst auch angespannt, wenn du einen engen Zeitplan für ein Projekt hättest, das du wirklich gut machen willst, während du noch deinen eigentlichen Job hast."

„Ich kann gut massieren", sage ich, hebe meine Hände. „Meine Freunde sagen, ich habe heilende Hände. Ich habe darüber nachgedacht, das als Nebenjob zu machen, während ich auf meinen großen Durchbruch warte."

Er wirft mir einen Blick über die Schulter zu. „Nein, danke." Er drückt einen Knopf an der Kaffeemaschine, dreht sich um und lehnt sich an die Theke, dann isst er seinen Proteinriegel mit ein paar Bissen auf. „Koch bitte nicht. Verwende einfach die Mikrowelle, oder lass dir was zu essen liefern. Ich reiße die Küche sowieso bald raus, also kannst du dich genauso gut jetzt schon daran gewöhnen." Er fährt sich mit der Hand durch die Haare. „Du wirst nicht hier unten schlafen können, während ich auf dieser Ebene arbeite. Zu viel Staub. Ich weiß nicht, was ich mit dir anstellen soll." Er atmet scharf aus und sieht mich hart an. „Du musst auf dem Boden in einem der Schlafzimmer im Obergeschoss schlafen. Ich bin hier nicht auf Gäste eingestellt. Könntest du nicht einfach die Turteltauben ignorieren und bei Winnie übernachten?"

Ich presse meine Lippen aufeinander und versuche zu entscheiden, wie viel ich über meine Abneigung Colin gegenüber verraten soll. Dann entscheide ich mich, die Karten auf den Tisch zu legen. „Bitte sag Winnie das nicht, aber ich kann Colin nicht ausstehen. Er ist so steif – ich meine nicht so angespannt wie du gerade. Ich meine, er hat einen permanenten Stock im Arsch."

Er schnaubt.

„Und seine Augen sind kalt und berechnend wie die eines Hais. Ich habe es Winnie gegenüber einmal erwähnt, doch sie sagte, er sei einfach sehr schlau, darum sehe er einen so an. Weißt du, was auch immer, ich muss den Kerl nicht heiraten, aber ich möchte nicht mit ihm unter einem Dach leben. Ich finde ihn gruselig."

„Du lebst lieber mit mir unter einem Dach? Einem vollkommen Fremden?"

„Ich würde lieber mit einem Gentleman mit ausgeprägtem Beschützerinstinkt und durchdringenden, blauen Augen leben. Diese Augen sind direkt und ehrlich."

Sein Mund bleibt offenstehen, bevor er ihn zuklappt. Er grinst nur ein kleines bisschen, wahrscheinlich froh, dass ich ihn Colin vorziehe, da meine Cousine es offensichtlich nicht tut. Dann reibt er sich den Nacken und seufzt. Er hat sich mit seinem Mitbewohner-Schicksal abgefunden, ist aber immer noch angespannt.

Ich kann nicht anders, als zu glauben, dass ich ein bisschen mit dieser Spannung zu tun habe, weil ich ihn als seine neue Mitbewohnerin überrascht habe, obwohl Winnie gesagt hat, dass er sowieso angepisst wegen der Renovierung sei. Sie hat ihn nicht meinetwegen vorgewarnt, weil sie es satthat, sich sein Gemotze anzuhören. Ich habe ihr versichert, dass ich ihn für mich gewinnen werde.

„Lass uns nochmal von vorne anfangen. Hi! Ich bin Josie." Ich biete meine Hand an, als Sirenen die Straße entlangrauschen.

Er blickt zur Decke. „Ich weiß. Glaub mir, ich weiß."

Er schüttelt den Kopf und geht zur Haustür hinaus, um die Feuerwehrleute zu begrüßen.

Während er draußen mit ihnen spricht, bemerke ich, dass der Kaffee fertig ist. Ich finde einen Humpen und greife nach dem Griff an der Glaskanne, um ihm eine Tasse einzuschenken, doch der Griff rutscht aus meinen Fingern. Scheiße! Die Kanne prallt von der Theke ab und fällt auf den harten Keramikfliesenboden, wo sie zerbricht und der Kaffee überallhin spritzt. Ich springe zurück und halte schnell meinen Arm unter kaltes Wasser, denn ich habe eine Ladung heißen Kaffee abbekommen. Genau das ist der Grund, warum meine Trinkgelder als Kellnerin beschissen waren. Ich weiß nicht, was es mit mir und Küchen im Allgemeinen auf sich hat, doch wir verstehen uns nicht. Das passiert, wenn man nie ein echtes Zuhause hat. Ich kann nur die Grundlagen in der Küche zubereiten, und nicht einmal die kann ich gut. Ich habe nur versucht, Frühstück zu machen, weil ich dachte, er würde bald zur Arbeit gehen, und ich wollte nicht die Chance verpassen, etwas Nettes für ihn zu tun.

Ich höre Sean und die Feuerwehrleute ins Haus kommen und blicke über meine Schulter. „Vorsicht! Auf dem Boden sind überall Glasscherben und heißer Kaffee. Kleiner Küchenunfall. Ich wische es in einer Minute auf."

Sean runzelt die Stirn und geht auf mich zu. Ich bereite mich auf eine Tirade vor, oder vielleicht wird er mich anschreien und mir sagen, dass ich verschwinden und niemals zurückkommen soll.

Stattdessen beugt er sich vor und starrt auf die roten Flecken auf meinem Unterarm unter dem fließenden Wasser. „Du hast dich verbrüht."

„Es ist nichts. Erster Grad, wenn überhaupt, ich habe es sofort abgekühlt. "

Er begegnet meinem Blick aus nächster Nähe, und zum ersten Mal sind seine Augen weniger durchdringend, dafür eher besorgt. Seine Stimme ist auf eine schroffe Art zärtlich. „Du willst wirklich helfen, oder?"

Mein Puls stolpert. „Ja. Ich hab's versucht. Ich denke, ich hätte es anderswo als in der Küche versuchen sollen." Ich stelle das Wasser ab, und er gibt mir ein Papiertuch.

Die Feuerwehrleute inspizieren den Bereich um uns herum, doch mein ganzer Fokus liegt auf ihm, als er meinen Arm in einem leichten Griff behutsam dreht und aus verschiedenen Winkeln betrachtet.

„Ist schon okay", sage ich leise. „Ich mach gleich sauber."

Er runzelt die Stirn. „Du bist barfuß."

„Ich trage Sandalen." Ich schnappe nach Luft, als er mich an der Taille hochhebt und mich auf die Insel setzt.

„Ich mach das. Beweg dich nicht."

Ich beobachte, wie er zu meinen Füßen aufräumt und gelegentlich auftaucht, um mit den Feuerwehrleuten zu reden, die jeden Raum im Haus überprüfen. Ich habe die Suppe eingebrockt, und er löffelt sie aus. Und er kam nicht wie ein Boxer aus seiner Ecke geschossen, um mich aus dem Weg zu räumen. Er hat es irgendwie zärtlich gemacht. Behutsam.

Ich kann jetzt verstehen, warum Winnie ihn gedatet hat. Unter dieser harten Schale versteckt sich eine unerwartete Sanftheit. Ich lächle vor mich hin. Diese Mitbewohnersituation kann absolut funktionieren.

Er ist komplex, und als Schauspielerin gefällt mir das. Ich werde das einfach als Schauspiel betrachten und ihn für die Rolle eines überqualifizierten Bauarbeiters mit einem Herz aus Gold studieren. Vielleicht beschönige ich den Teil mit dem Herzen aus Gold ein bisschen, aber ich habe eine gute Menschenkenntnis, und meine Instinkte sagen mir, dass er ein guter Mann ist.

Jetzt muss ich mich nur noch unabkömmlich machen.

3

Sean

Ich sehe die Feuerwehrleute draußen und stehe eine Minute lang auf dem Bürgersteig und beobachte, wie sie zu ihren Einsatzfahrzeugen zurückkehren. Ich bin eine Stunde in Verzug mit der Arbeit am Bad im Obergeschoss, und das ist Josies Schuld. Ich dachte, sie wäre eine Ablenkung, nur weil sie einfach hübsch und fröhlich ist, doch es ist viel schlimmer. Sie ist eine wandelnde Katastrophe. Je mehr sie versucht zu „helfen", desto mehr Arbeit macht sie mir. Sie muss verschwinden.

Ich gehe wieder hinein und finde sie in der Küche mit dem Rücken zu mir.

„Josie."

Sie wirbelt herum, kaut und schluckt schnell und sieht schuldig aus. „Tut mir leid. Ich habe einen deiner Proteinriegel genommen. Ich besorge dir später Neue."

Meine Verärgerung lässt nach. Sie hatte Hunger. Wer weiß, wann ihre letzte Mahlzeit war? Sie ist eine arme, arbeitslose Schauspielerin. Trotzdem hat sie versucht, mir Frühstück zu machen, bevor sie sich was besorgt.

„Mach dir keine Sorgen", sage ich. „Ich bin es gewohnt,

mein Essen zu teilen. Ich bin mit fünf Brüdern aufgewachsen, die essen, als wäre es ein olympischer Sport."

„Danke. Ich war zu hungrig, um bis später zu warten." Sie beißt noch einmal in den Riegel und macht ein Gesicht, als wäre sie am Verhungern und der Riegel ein wahrer Genuss. Dabei sind diese Dinger bestenfalls langweilig. Sie isst ihn schnell auf und sagt: „Lass mich mich nützlich machen."

„Wie sieht dein Zeitplan aus?" Ich hoffe, sie hat was vor. Ich muss mich bei der Arbeit konzentrieren und will mir keine Sorgen machen müssen, was sie jetzt schon wieder anstellt.

„Wenn ich aufstehe, mache ich als erstes Yoga, trainiere am späten Nachmittag im Fitnessstudio, um fit zu bleiben, und Donnerstagabend um sieben habe ich einen Improvisationskurs in der Stadt. Abgesehen davon warte ich darauf, dass mein Agent sich mit einem Vorsprechen für eine Rolle meldet, auf die ich möglicherweise passe." Sie hebt die Arme. „Ich gehöre dir, solange du mich brauchst."

Mein Blick fällt auf ihren exponierten Bauch mit sichtbaren Bauchmuskeln. Ihre Workouts zahlen sich aus. Ich reiße meinen Blick los.

Sie lässt die Arme sinken und lächelt strahlend. „Ich bin sicher, dass die Arbeit bei einer Renovierung mehr Training ist als das Fitnessstudio."

Ich bringe es nicht übers Herz, eine hungernde, arbeitslose Schauspielerin rauszuschmeißen. Nicht, dass ich es leicht könnte, da mir das Haus gehört. Ich unterdrücke einen Seufzer. Es ist nur für ein paar Wochen, oder? Dann geht sie nach L.A. Und ich bin nur eine Woche in Vollzeit hier, bevor ich wieder zu meinem normalen Job zurückkehre. Dann bin ich zu beschäftigt, um sie überhaupt zu bemerken. Ich kann sie eine Woche lang ertragen. Ich werde ihr nur Aufgaben geben, die sie getrennt von mir erledigen kann. Nur, was kann sie tun, ohne, dass ich Gefahr laufe, dass sie das nächste Chaos anrichtet?

„Hast du jemals Werkzeuge benutzt?", frage ich.

„Nein. Aber ich lerne schnell. Ich werde dich beobachten,

und ich bin mir sicher, dass ich es schnell begreifen werde. Ich werde wie dein Lehrling sein."

Ich runzele die Stirn. Auf keinen Fall kann ich sie den ganzen Tag im engen Bad im dritten Stock gebrauchen. Schließlich fällt mir etwas ein. „Du kannst die Fliesen im Bad im dritten Stock abschrubben. Die sind total verstaubt und mit Fugenmasse verschmiert. Du musst die Fliesen in der Dusche und dann die Bodenfliesen abschrubben. Glaubst du, du kannst das?"

Sie strahlt. „Sicher kann ich das, Boss."

Ich lächle und wende mich ab. Ich will nicht zu freundlich sein. „Ich besorge dir einen Schwamm und eine Bürste." Ich gehe nach oben, wo ich meine Werkzeuge in einem leeren Schlafzimmer gelagert habe.

Sie folgt mir hinauf. „Wie weit ist das Bad, an dem ich arbeite?"

„Ich warte nur darauf, dass der Fliesenladen die Ablageflächen geschnitten liefert. Die haben die Waschbecken, damit sie sie in die Flächen einpassen. Sollte bis Freitag geliefert werden, dann werde ich die Wasserhähne einbauen und anschließen."

„Cool. Und ich kann mich um die Toilette und Dusche kümmern."

„Ja, aber ich habe sie nicht benutzt, da ich nicht riskieren will, dass der Schrank nass wird, bevor die Ablagefläche installiert wird."

„Warum wische ich dann alles ab? Wird der Schrank dadurch nicht auch nass?"

„Nicht, wenn du vorsichtig bist. Du benutzt nur einen feuchten Küchenschwamm." Ich bleibe auf dem Treppenabsatz im dritten Stock stehen und drehe mich zu ihr um. Vielleicht war das keine gute Idee. Nach dem Desaster in der Küche habe ich den Eindruck, dass sie ziemlich ungeschickt ist.

Sie hält einen Finger hoch. „Ich kann sehen, dass du dir Gedanken machst, aber ich schwöre, ich bin nur in der Küche eine Katastrophe. Ich habe nichts kaputtgemacht, als ich in der Gästetoilette war, oder?"

Ich denke darüber nach. Abgesehen von der Tatsache, dass sie in der Gästetoilette war, während sie eigentlich gar nicht hätte hier sein sollen, hat sie sie unversehrt verlassen.

Sie winkt mich weiter und stellt sich zu mir auf den Treppenabsatz. „Würde ich riskieren, wieder auf dem falschen Fuß zu landen? Nein, würde ich nicht. Wir sind von jetzt an ein Team. Ich werde alles sorgfältig abwischen, ohne dass der Waschtisch nass wird, und du wirst mit dem Ergebnis begeistert sein. Du wirst sagen, Josie, du solltest bei all meinen Projekten die Glanzbeauftragte sein. Wir werden immer top bezahlt werden!"

Ich lächle wieder. „Glanzbeauftragte?"

Sie grinst. „Klar."

Ich schüttle meinen Kopf und gehe in das Schlafzimmer, in dem ich alles lagere, greife nach Schwamm, Bürste und Eimer. Ich gebe sie ihr. „Benutz den Wannenauslauf, um ein bisschen Wasser zum Ausspülen des Schwamms in den Eimer zu lassen. Wenn du ein Problem hast, hör sofort auf und hol mich. Ich werde die Dusche im Badezimmer auf dieser Etage fliesen." Ich deute den Flur hinunter. „Ist in der Ecke da, direkt unter dem Bad, in dem du sein wirst."

Sie strahlt. „Das ist praktisch. Wir können uns gegenseitig arbeiten hören, also leisten wir uns gegenseitig Gesellschaft."

Ich halte meinen Ausdruck neutral. „So sind Bäder in der Regel angeordnet, weil so die Rohre verlaufen. Nicht, um einander Gesellschaft zu leisten."

Ihr Strahlen verblasst. „Ja, richtig."

Ein Anflug von Schuldgefühlen trifft mich. Ich habe ihre Gefühle verletzt. Sie will so sehr meine freundliche Mitbewohnerin sein. Ich verdränge den Gedanken. Ich muss mich wirklich konzentrieren. Sie ist eine Ablenkung, vor allem, weil ich so lange nicht mehr mit einer Frau zusammen gewesen bin. Wenn einer meiner Brüder oben arbeiten würde, würde ich keinen Gedanken an ihn verschwenden. Ich werde daran arbeiten, mit einer Frau – einer anderen Frau – zusammenzukommen, sobald ich diese Renovierung abgeschlossen habe. Ich bemühe mich nicht, um gut Wetter zu bitten, und gehe ins Bad, um mit meiner Arbeit anzufangen.

Kurze Zeit später höre ich sie die Treppe herunterkommen. *Bitte sag mir, dass sie noch nichts vermasselt hat.* Ich strecke meinen Kopf aus dem Bad. „Alles okay?"

Sie lächelt, und ihre blauen Augen funkeln. Ihr Haar ist zu einem Knoten zusammengebunden, ihr Nacken ist freigelegt, ihre Schulter sanft gerundet. Ich zwinge meinen Blick zurück zu ihren Augen. „Keine Probleme, Boss. Ich will was holen. Lass dich nicht von mir ablenken. "

„Zu spät", murmele ich leise, nachdem sie gegangen ist. Ich streiche Mörtel auf die Trockenbauwand. Ich habe schon drei Reihen weißer Fliesen in einem versetzten Ziegelmuster gefliest und arbeite mich nach oben. Ich schalte meine Arbeitsmusik ein und hoffe, dass ich, was immer sie tut, ausblenden und mich konzentrieren kann. Ich habe einen kleinen Lautsprecher aufgestellt.

Glücklicherweise funktioniert die Musik, und ich arbeite mich in einen stetigen Fluss, fliese und mache nur gelegentlich eine Pause, um ins Schlafzimmer zu gehen, wo meine Fliesensäge steht, um eine Fliese zu schneiden, damit sie an den Rand einer Reihe passt. Ich mache schnell Fortschritte, und das Ergebnis gefällt mir. Dann höre ich, wie das Wasser über mir angeht. Es klingt wie eine volle Dusche. Nein, ich gehe da nicht hoch. Sie spült wahrscheinlich die Duschwände ab. Kein Grund zur Panik.

Ich schalte die Musik aus und lausche. Sie singt und klingt wirklich gut.

Ich mache mich wieder an die Arbeit. Einige Minuten später läuft die Dusche immer noch. Sollten die Wände nicht bereits abgespült sein? Ich benutze diese Dusche absichtlich nicht, um nicht zu riskieren, Wasser auf den freiliegenden Holzwaschtisch zu bekommen, dem immer noch die Ablagefläche fehlt. Sie sollte die Glasduschtür besser komplett geschlossen haben.

Ich seufze. Ich sollte besser nachsehen gehen.

In beiden Bädern gibt es keine Tür, weil ich den zusätzlichen Raum zum Arbeiten brauche. Als ich also in der Tür des Bads im dritten Stock ankomme, habe ich freie Sicht auf Josie, die nackt in der Dusche sitzt und singt, während sie mit den

Fingern in einer Art jazzigen Tanzroutine Wasser an die Fliesen spritzt.

Sie ist anmutig, geschmeidig, Wasser läuft über ihre süßen Kurven. Rosa Brustwarzen auf vollen Brüsten, glatter, straffer Bauch, hübsch gerundete Hüften, Knackpo, wohlgeformte Beine. Während ich sie betrachte, zieht sich mein Magen zusammen, und das Blut rauscht durch meine Adern. Ich muss gehen, aber ich kann mich nicht bewegen. Scheiße. Es ist viel zu lange für mich her.

Sie dreht sich ein Stück in meine Richtung, und ich ziehe mich schnell zurück.

Ich bewege mich leise wie eine Katze die Treppe hinunter. Sie kann ihren seltsamen nackten Reinigungstanz aufführen, wenn sie will, und ich werde keinen Ton darüber verlieren. Wenigstens war die Glastür komplett geschlossen. Ich werde mich um das kümmern, was sie hinterlässt, wenn sie mit dem Duschen fertig ist und ich sicher bin, dass sie angezogen ist. Hier geht's ums nackte Überleben.

Sie singt weiter.

Ich mache mich wieder an die Arbeit, bin aber überhitzt und kann mich nicht konzentrieren. Süße, straffe Kurven sind in mein Gehirn eingebrannt. Teufel nochmal.

Ich gehe die Treppe hinunter und in den Garten, um frische Luft zu schnappen. Der Garten beruhigt mich immer. Okay, so schlimm ist es nicht. Ja, ich habe sie nackt gesehen, aber sie weiß nicht, dass ich sie nackt gesehen habe. Das muss nicht unbehaglich sein. Dann erinnere ich mich, dass sie mich nackt in der Außendusche gesehen hat, und ich weiß es. Großartig! Wir sind quitt. Nackt ist passiert, und jetzt ist es vorbei.

Mein Handy vibriert in meiner Hosentasche, und ich werfe einen Blick darauf. Winnie. Ich habe ihr vorhin eine SMS geschrieben und sie gebeten, mich anzurufen. Ich drücke auf den Knopf, und sie beginnt sofort mit einem Wortschwall.

„Hi, ich denke, du hast Josie inzwischen kennengelernt. Ich hoffe, du bist nicht unhöflich zu ihr."

Also hat sie nicht vergessen, mir von ihrer Cousine zu erzählen. Sie hat sich aus irgendeinem Grund dagegen entschieden, genau wie ich bereits geahnt habe. „Du hättest mich ruhig vorwarnen können."

„Nein, du hättest nur viel Aufhebens darum gemacht, und ich bin es leid, dass du dich beschwerst. Es ist mein Haus, und Josie brauchte ein Dach über dem Kopf. Ich habe ihr gesagt, dass du ein Gentleman seist und sie sich sicher fühlen könne."

Ich beiße die Zähne zusammen. Sie tut so, als wäre ich ein Mönch. Als ob Josie nie befürchten müsste, dass ich sie vielleicht angraben könnte. Und ich dachte doch allen Ernstes, dass Winnie Josie hierher geschickt hat, um mich abzulenken, damit ich meine Frist nicht einhalten und sie mich durch einen anderen Bauunternehmer ersetzen kann. Offensichtlich halten beide es für nicht mehr als eine neutrale Mitbewohnersituation. Dabei würde jeder Mann, der halbwegs lebendig ist, Josie wollen!

Winnie fährt fort. „Sie hatte Angst vor einem aggressiven Typen in L.A., und ich wusste, dass du beruhigend auf sie wirken würdest."

Ich runzle die Stirn. Was? Dann erinnere ich mich, dass Josie mich gefragt hat, ob ich jemals als Bodyguard gearbeitet habe. „Was ist passiert?"

„Der Typ ist aggressiv geworden, nachdem sie nein gesagt hat, und sie hat sich verbarrikadiert und die Polizei gerufen. Sie hat es geschafft, in Sicherheit zu bleiben, bis sie gekommen sind, doch es hat ihr Angst gemacht. Ich habe angeboten, sie bei mir wohnen zu lassen, doch sie wollte mich und Colin nicht stören. Wir haben nur ein Schlafzimmer. Im Haus unserer Großmutter ist viel mehr Platz."

Ich fahre mir mit der Hand durchs Haar. Josie ist von einem Typen angegriffen worden, der ihr Nein nicht als Antwort akzeptiert hat? Und hier bin ich und knurre sie dauernd an. Nicht, dass sie davon eingeschüchtert gewesen wäre. Sie ist nicht besonders erfahren. All ihre offene Begeisterung, ihre Miene zeigt jeden Gedanken und jede Emotion, dazu ihr sexy nackter Körper. *Denk nicht darüber nach. Das ist nie passiert.*

Ich blicke finster drein. „Sie ist eine Ablenkung. Sie wird

mich definitiv aufhalten, und ich habe keinen Platz mehr, um sie unterzubringen, wenn ich in der Küche anfange. Sie kann nicht auf einer Baustelle leben."

„Du lebst auf einer Baustelle. Du benutzt sie nur als Ausrede, um den Job nicht wie vereinbart zu beenden. Das Haus muss am ersten Juni auf dem Markt sein. Colin will uns eine Wohnung auf der Upper East Side kaufen, und es gibt eine in einem sehr prestigeträchtigen Gebäude. Wir haben heute Abend das Vorstellungsgespräch mit dem Vorstand der Hausgemeinschaft."

Ihr schnippischer Ton geht mir auf die Nerven, und ich schlucke einen Fluch herunter. Sieht aus, als hätte Mr Moneybags wieder zugeschlagen. Ich kann nicht zulassen, dass mein Zorn zu einem richtigen Streit führt. Ich will dieses Projekt behalten und nach meinen Qualitätsansprüchen beenden. Dieses Projekt ist seit mehr als einem Jahr meins. Es ist eine persönliche Herausforderung, ein seltenes historisches Juwel, das ich von Grund auf restaurieren werde. Und es kann auch nicht schaden, es im Rourke Management-Portfolio zu haben. Mein Familienunternehmen ist vom Bau zur Immobilienentwicklung gewachsen, und dieses Haus ist ein Paradebeispiel für den Wert einer professionellen Renovierung.

„Bitte, Sean. Mach es einfach. Ich vertraue darauf, dass du den Job richtig machst. Das ist der einzige Grund, warum ich dieses Projekt so lange laufen lasse, aber es muss endlich abgeschlossen werden."

„Ich weiß", sage ich durch meine Zähne. „Ich habe mir die Woche freigenommen, um hier weiterzukommen." *Und du hast mit deiner Cousine sexy Sand ins Getriebe gestreut.*

„Wunderbar! Ich weiß das wirklich zu schätzen. Jetzt mach dich wieder an die Arbeit! Haha. Tschüss!"

Ich drücke auf den Knopf, um den Anruf zu beenden, und gehe nach oben, entschlossen, weiterzukommen. Ich fange an zu fliesen und bemerke, dass die Dusche über mir nicht mehr rauscht. Josie singt wieder, aber ich kann die Melodie nicht erkennen. Sie ist wahrscheinlich auf allen vieren und schrubbt die Bodenfliesen. *Hoffentlich angezogen. Natürlich ist sie angezogen!* Ich drehe meine Musik auf, um sie zu übertönen.

Als sie eine Weile später auf meine Schulter tippt, erschrecke ich. Ich drehe mich um, genervt von der Unterbrechung, doch dann strahlt Josie mich mit ihrem Sonnenscheinlächeln an. Ich kann keine Frau anknurren, die hier auf der Suche nach einem sicheren Hafen untergekommen ist, nachdem ein aggressives Arschloch hinter ihr her war. Besonders, da ich weiß, dass ihr Winnies Verlobter unheimlich ist. Ich bin alles, was Josie hat, und ich hasse die Tatsache, dass jemand, der so offen und freundlich ist wie sie, sich jemals bedroht gefühlt hat.

„Fertig!", ruft sie. „Willst du kommen und es dir ansehen? Ich denke, dir wird das glitzernde Ergebnis gefallen."

„Ich bin sicher, es ist okay." Ich werde den Bodyguard spielen und dabei meine Hände bei mir behalten. Wahrscheinlich mehr als sonst. Ich unterdrücke ein Stöhnen. Das wird Folter.

Sie kommt näher. Rote Haarsträhnen sind aus ihrem Knoten gerutscht, immer noch feucht von ihrem Putz-Duschtanz. Die nackte Josie geht mir nicht aus dem Kopf, und ich konzentriere mich auf die Zehen, die aus ihren Sandalen herausschauen. Sogar ihre Zehen sind süß.

„Es ist großartig", sagt sie. „Abgesehen von den fehlenden Waschbecken, Wasserhähnen und Ablageflächen. Bist du sicher, dass du meine Arbeit nicht überprüfen willst, Boss?"

„Ich werde dich beim Wort nehmen."

Sie bedeutet mir, ihr zu folgen. „Komm und schau."

„Bin beschäftigt." Ich wende mich wieder den Fliesen zu. Josie ist tabu. Sie will einen Bodyguard, und das ist alles, was ich sein werde.

„Wie lautet deine Nummer? Ich mache ein paar Fotos und schicke dir eine SMS. Es dauert nur einen Moment, sie dir anzusehen."

Sie ist so hartnäckig, dass es schwer ist, nicht zu knurren. Ich drehe mich zu ihr um, und sie sieht mich erwartungsvoll an. Ich denke, das ist die Art von Beharrlichkeit, die man braucht, um angesichts von einer Ablehnung nach der anderen weiter zum Vorsprechen zu gehen. Ich gebe ihr meine Nummer, obwohl es sich wie ein weiterer Schritt auf sie zu anfühlt. Sie wird mir jetzt wahrscheinlich regelmäßig eine SMS schreiben, und dann muss ich antworten, damit sie nicht das Gefühl hat, dass wir nicht freundliche Mitbewohner sind. Und ich wollte überhaupt keinen Mitbewohner! Und ich wollte definitiv keine schöne, sexy, nackte Frau als *Freundin*.

Nicht nackt. Halt. Sie ist vollständig angezogen und fügt mich zu ihren Telefonkontakten hinzu, doch ich kann ihren straffen kleinen Körper in meinem Kopf sehen. Selbst wenn sie voll angezogen ist, ist sie hübsch anzusehen. Ihre vollen Brüste unter ihrem kurzen grünen T-Shirt, das mir immer wieder einen Blick auf ihre Bauchmuskeln gewährt. Die schwarze Yogahose betont ihre schön gerundeten Hüften und straffen Beine.

Sie dreht sich um und geht nach oben. Was für ein süßer Knackpo.

Verdammt.

4

———

Josie

Ich glaube, ich habe mich als Renovierungshelferin bewährt.
Wo auch immer Sean arbeitet, ich bin genau dort, um ihm ein
Werkzeug, eine Fliese oder einen Schluck Wasser zu reichen.
Ich habe versucht, vorab den Fliesenkleber auf die Fliese zu
streichen, damit er sie anbringen kann, aber das kam über-
haupt nicht gut an. Anscheinend kommt der Kleber auf die
Wand, nicht auf die Fliese, und nur *er* darf das Zeug anfassen.
Auf jeden Fall habe ich ihn bei der Arbeit gründlich studiert.
Wer weiß, vielleicht spiele ich eines Tages einen Bauarbeiter
in einem Film.

Wir sind nach wie vor im Bad im zweiten Stock. Genau
genommen stehe ich auf seinen Befehl draußen, während er
den Boden fliest. Okay, ich habe vielleicht ein *winziges* bisschen übertrieben, als ich sagte, Sean hätte mich als seinen
Helfer akzeptiert. Ich habe das Gefühl, dass er mich
manchmal kaum toleriert, obwohl ich mich die ganze Woche
über unabdingbar gemacht habe. Wie jetzt habe ich ein Glas
Wasser für ihn in der einen und eine Handvoll Plastikab-
standshalter in der anderen Hand, die ich ihm gebe, wenn er
einen braucht. Zusätzlich zu meiner Nützlichkeit bei der
Renovierung habe ich ihm jeden Abend die Kücheninsel

eingedeckt und das von mir bestellte Essen serviert, damit er sich mit mir zu einem schönen Abendessen niederlassen kann. Wir sitzen auf zwei Holzhockern, und danach räume ich alles auf. Alles, um ihm das Leben leichter zu machen.

Es ist jetzt Donnerstag, und trotz aller großen Fortschritte, die wir in diesem Bad gemacht haben, ist er noch missmutiger und angespannter als je zuvor. Er beantwortet meine Gesprächsversuche bestenfalls einsilbig. Manchmal nur mit einem Schnauben. Es nimmt seiner verschwitzten, muskulösen Pracht beinahe den Reiz. Aber nur beinahe.

Ich sehe zu, wie er eine große Fliese an den Rand des Raumes trägt. In seinem schweißnassen schwarzen T-Shirt, seinen Jeans und seinen Arbeitsstiefeln strahlt er rohe männliche Kraft aus. Sein dunkelbraunes Haar ist sexy zerzaust, nachdem er es sich mit der Hand aus dem Gesicht gestrichen hat. Und er hat die schönsten durchdringenden, blauen Augen, einen unrasierten, kantigen Kiefer und einen starken Hals. Ich habe seinen Hals aus allen Blickwinkeln untersucht, und er hat was so Männliches und Erotisches an sich. Also, ja, ich habe ihn ordentlich begafft, trotz aller unerwiderten Lust. Es macht Spaß, wenn ich mir keine Sorgen machen muss, dass er sich revanchiert. Wenn er sich tatsächlich für mich interessieren würde, würde er zumindest ab und zu lächeln. Außerdem würde Winnie es *nicht* schätzen, wenn ich mich an ihren Ex ranmachen würde. *Es gibt ungefähr eine Million Singlemänner in dieser Stadt, und du musst ausgerechnet meinen Ex abschleppen?* Es wäre unbehaglich, angespannt, vielleicht sogar mit einer Prise Eifersucht gewürzt. Ich habe mir das ganze Szenario vorgestellt und bin zu dem Schluss gekommen, dass er mein Fantasiemann ist.

„Wie habt du und Winnie euch kennengelernt?", frage ich.

„Benefizveranstaltung." Wieder nur ein einziges, knappes Wort.

Trotzdem bin ich fasziniert. „Lass mich raten, sie hat dich in einer Junggesellenauktion ersteigert und dich mit nach Hause gebracht."

Er zieht seine Brauen hoch, doch er behält seine Arbeit im Auge. „Nein." *Einsilbig.*

„Komm schon, das wäre eine großartige Kennenlernge-
schichte."

Er fliest weiter.

Diesmal bekomme ich nicht einmal eine einsilbige
Antwort, doch ich möchte es unbedingt wissen. „Okay, ich
will mehr wissen. Was für eine Benefizveranstaltung? Wie
seid ihr ins Gespräch gekommen?"

Er macht sich nicht die Mühe aufzublicken. „Warum spielt
das eine Rolle?"

„Ich bin neugierig. Ihr wart einfach ein ungewöhnliches
Paar. Sie ist so kultiviert und niveauvoll ..."

„Und ich bin das nicht", sagt er.

„Du bist bodenständig und praktisch."

Er widerspricht nicht, sondern verlässt das Bad, um eine
weitere großes Fliese zu holen. In dem Moment, als er
zurückkommt, frage ich weiter. „War es eine Benefizveranstaltung der Kunstgalerie?"

Er seufzt männlich. „Es war eine Benefizveranstaltung für
Habitat for Humanity. Ich helfe ihnen seit Jahren beim Haus-
bau, und der Direktor hat mich gebeten, beim Spendensam-
meln zu helfen. Das habe ich gemacht. Ich habe sie hier in
Park Slope bei einer Benefizveranstaltung in einem Restaurant getroffen."

„Wie hält man eine Benefizveranstaltung in einem
Restaurant?"

„Der Restaurantbesitzer erklärt sich bereit, ein Abend-
essen an einem normalerweise ruhigen Abend zu veranstal-
ten. Ich bringe Gäste, und ein Teil der Gewinne der Nacht
geht an Habitat for Humanity. Es funktioniert wirklich gut.
Die Leute gehen gerne für einen guten Zweck aus, und die
Restaurantbesitzer schätzen ein volles Haus an einem ruhigen
Abend. Es ist auch gut für das Folgegeschäft im Restaurant.
Ich habe eine ganze Reihe davon veranstaltet."

„Also war Winnie in der Gegend und hat beschlossen
hinzugehen?"

Er fängt wieder an zu fliesen. „Ja."

Ich lächle ein wenig und stelle mir vor, wie es gelaufen ist.
„Du warst wahrscheinlich schick angezogen, hast dein char-

mantestes Lächeln gelächelt, sie mit deinen Gentleman-Manieren begeistert, und sie war hingerissen."

Er lacht. *Volltreffer!* Mein erstes Lachen von ihm. Seine blauen Augen funkeln, als er seinen Kopf hebt. „Du hast es ziemlich gut wiedergegeben. Sie sagte, ich sei ein charmanter Gentleman. Vielleicht habe ich die Rolle gern gespielt."

„Aber tief im Inneren bist das nicht du, weshalb ihr euch letztendlich getrennt habt."

Er hört auf zu lächeln. „Wir haben uns getrennt, weil sie gegangen ist, um mit einem anderen Mann zu leben."

Ich hole scharf Luft. „Sie hat dich betrogen."

Sein Gesichtsausdruck verschließt sich, und ich kann es sogar in seiner Stimme hören. „Sie hat gesagt, es wäre eine Sache des Herzens, nicht des Körpers."

„Das ist dasselbe! Oh Sean, es tut mir so leid. Das ist schrecklich."

Er macht sich wieder an die Arbeit. „Ich will nicht über sie reden."

Ich bin überrascht, dass Winnie so etwas getan hat. Sie ist ein wirklich süßer Mensch. Colin muss sie umgehauen haben. Liebe ist unergründlich, denke ich. Ist mir noch nicht passiert, aber ich bin jung, darum habe ich reichlich Zeit. Außerdem bin ich am Valentinstag zur Welt gekommen, was bedeutet, dass ich dafür geboren wurde, eines Tages etwas schillernd Romantisches zu erleben. Da bin ich mir ziemlich sicher.

Ich betrachte seinen angespannten Kiefer. Jetzt fühle ich mich schlecht, weil ich mit Winnie ein schmerzhaftes Thema angesprochen habe. Ich schweige und beobachte ihn bei der Arbeit. Es ist ziemlich erstaunlich, wie perfekt er alles platziert. Es wäre leicht, es schneller dahinzuschludern. Er muss eine Menge Fliesen genau richtig schneiden, damit sie in den Raum passen.

Ich juble, als er die letzte Fliese legt. „Ta-dah! Der Boden ist fertig!"

Er sieht mich über seine Schulter hinweg an. „Nein." *Mist. Zurück zu den einsilbigen Antworten.*

„Was musst du noch tun?"

Er steht auf. „Verfugen." *Noch eine einsilbige Antwort.*

„Und dann?" Auf keinen Fall kann er das einsilbig beantworten.

Er stemmt die Hände in die Hüften und streckt seinen Rücken. „Muss ich mir meinen Zeitplan wirklich von dir absegnen lassen?"

Meine Fähigkeit, ihm Worte aus der Nase zu ziehen, wird durch seine Verdrießlichkeit leicht gedämpft.

„Ich bin dein Renovierungshelfer."

Er sieht skeptisch aus, wie immer, wenn ich das sage.

„Und ich betrachte das als intensive Inspiration für die Rolle eines überqualifizierten Bauarbeiters."

Er dreht sich um, um das Fenster zu öffnen, doch nicht bevor ich ein winziges Zucken seiner Mundwinkel bemerke. Ihm gefällt, dass ich ihm ein Kompliment gemacht habe. Ich konzentriere mich immer auf Mikroexpressionen, die kleinste Veränderung, die auf eine Emotion hinweisen könnte. Alles Teil meiner Schauspiel-Toolbox. Eine Nahaufnahme erfasst genau diese nuancierten Ausdrücke.

„Also?", frage ich in neckendem Ton. „Was kommt als nächstes, Boss?" Ich habe bemerkt, dass er mehr redet, wenn ich ihn so nenne.

Er atmet scharf aus. „Nachdem der Kleber getrocknet ist, streiche ich die Wände und dann baue ich die Toilette, Waschtische, Lampen und Handtuchhalter ein. Dann werden die Ablagen und die Waschbecken installiert. Zwei separate Waschtische in diesem Bad."

„Fantastisch! Wann reißen wir die Küche raus?"

Er blickt finster. „*Wir* reißen nichts raus. *Wir* tun gar nichts. *Ich* reiße dieses Wochenende die Küche raus."

„Ich kann einen Hammer schwingen. Ich habe viele Nicht-Handwerker bei diesen Hausrenovierungsshows gesehen."

„Hast du nichts Besseres zu tun, als mich zu beobachten?", blafft er.

Ich versteife mich, weil er mich nicht so angeblafft hat, seit ich ihn mit meinem Einzug überrascht habe. Er ist sehr ausgeglichen, wenn auch größtenteils wortkarg. „Weißt du, wenn ich bei der Renovierung eines Hauses eine knappe Deadline hätte, würde ich alle Mann an Deck haben wollen. Ich bin eine kostenlose Arbeitskraft und alles, was du tust, ist mich anzumeckern."

„*Ich* bin die kostenlose Arbeitskraft. Du bist der ungebetene Couchsurfer."

„Ich bin eingeladen worden." Ich stelle die Abstandshalter und das Glas Wasser im Flur ab und gehe. Wenn er so undankbar ist, kann er vergessen, mich als seine Renovierungshelferin und rundum nützliche, freundliche Mitbewohnerin zu haben. Wir werden wie zwei Schiffe sein, die einander nie begegnen müssen.

„Josie."

Ich wirble herum. Er steht im Flur. Nicht wirklich freundlich dreinblickend, aber definitiv nicht finster. Vielleicht will er sich ja dafür entschuldigen, dass er mich angeblafft hat. „Ja?"

„Ich reiße die Küche am Samstagmorgen raus. Such dir ein Zimmer in der obersten Etage aus, in dem du ab morgen Abend schlafen willst."

Sein Ton ist ruhig, als wären wir wieder freundliche Mitbewohner, nicht wie zwei nervige Leute, die einander an der Backe haben. Genau so fühle ich mich. Er ist derjenige, der nervt. Ich war noch nie in meinem Leben so hilfreich.

Ich salutiere fröhlich. Ich möchte nicht mit meinem irritierenden Mitbewohner/Fantasiemann/inoffiziellen Bodyguard streiten. „Du musst dir heute Abend dein eigenes Abendessen machen. Ich gehe in die Stadt zu meinem Improvisationskurs."

Er zieht die Brauen hoch. „Wann kommst du zurück?"

„Warum? Habe ich eine Ausgangssperre?"

„Ich will einfach nicht mitten in der Nacht von Gerumpel aus dem Schlaf gerissen werden."

„Entspann dich. Der Kurs endet um halb neun. Ich werde also nicht so spät zurück sein."

Ich gehe zur Treppe.

Seine tiefe Stimme klingt dicht hinter mir und überrascht mich. Dieser Mann bewegt sich wie ein Ninja. „Schreib mir, wenn ich dich an der U-Bahn-Station treffen und nach Hause bringen soll."

Ich drehe mich überrascht von dem freundlichen Angebot um. „Danke, aber es sind nur ein paar Blocks. Ich habe den schnellen New Yorker Schritt schon raus."

„Wo kommst du her?"

Es ist die erste persönliche Frage, die er mir stellt, seit wir uns vor vier Tagen kennengelernt haben. Vielleicht erwärmt er sich ja für mich. „Ich bin auf der ganzen Welt aufgewachsen und mit der Karriere meiner Mutter gereist. Sie ist Opernsängerin. Aber ich habe an der NYU studiert, also bin ich an die Straßen der Stadt gewöhnt." Ich lache.

Er murmelt: „Bis später", bevor er wieder zu seiner Arbeit zurückkehrt.

Ich schätze, er hat sich doch nicht so sehr für mich erwärmt, doch ich schätze seine Sorge um meine Sicherheit. Er ist wirklich ein ausgezeichneter inoffizieller Bodyguard. Ich habe endlich wieder tief und fest geschlafen, seit ich hier bin. Es ist so schön zu wissen, dass sein großer muskulöser Körper nicht weit weg ist. Aus Sicherheitsgründen natürlich.

Und für die eine oder andere Fantasie.

~

Sean

Ich bin irgendwie von der Rolle und weiß nicht warum. Ich bin mit dem Verfugen fertig und genehmige mir ein spätes Abendessen. Ich bewege mich also genau in dem Zeitplan, den ich mir selbst zugewiesen habe. Ich sollte mich gut fühlen, übriges Thai-Essen von gestern an der Kücheninsel essen und mir das Yankeesspiel auf meinem Laptop ansehen. Ich habe unter extrem schwierigen Umständen viel erreicht. Es ist nicht leicht, sich auf die Arbeit zu konzentrieren, wenn Josie in der Nähe herumschwirrt. Ich wische mir mit einer Hand übers Gesicht. Verdammt. Vermisse ich sie etwa? Wir haben diese Woche jeden Abend hier an dieser Insel zusammen zu Abend gegessen, und sie hat über Vorsprechen und all die verschiedenen Schauspielkurse, die sie besucht hat, erzählt. Ich hatte nicht viel zu sagen, denn das ist alles neu für mich, doch das scheint sie nie zu stören. Sie lächelt mich viel an. Es lässt ihre blauen Augen funkeln, ihre Wangen rosig werden, und diese warme Energie, die von ihr ausstrahlt, kann einem den ganzen Tag erhellen.

Was ist bitte mit mir los? Ich bekomme endlich eine Auszeit von ihr und sitze hier und stelle mir ihr Lächeln vor.

Ich schüttle den Kopf und esse, wobei ich die Gedanken an Josie aus meinem Kopf verbanne. Nachdem ich meinen Teller abgeräumt und die Verpackung weggeworfen habe, gehe ich zum Sofa, auf dem ich mich seit ihrem Einzug nicht mehr entspannen konnte. Das ist mein Platz. Ihre rosa Fleecedecke und ihr Kissen sind an einem Ende ordentlich zusammengefaltet. Ich setze mich ans andere Ende und strecke mich aus, um das Spiel auf meinem Laptop anzusehen.

Die Zeit vergeht langsam, und ich merke, dass ich nach ihr lausche. Es ist Viertel nach neun. Sie hat gesagt, dass ihr Kurs um halb neun endet, also sollte sie spätestens gegen halb zehn wieder hier sein, je nachdem, wo in der Stadt der Kurs abgehalten wird. Wir sind nur vierzig Minuten von Midtown entfernt.

Die Yankees gewinnen in zusätzlichen Innings, und sie ist immer noch nicht zu Hause. Es ist halb elf. Ich werfe einen Blick auf mein Handy. Keine Nachricht von ihr. Sie schreibt mir nicht viel, da sie immer hier ist, doch sie schreibt mir jeden Abend, dass das Abendessen fertig ist. Es ist seltsam häuslich, wenn man bedenkt, dass sie nicht kocht. Alles, was sie tut, ist, das Essen vom Lieferservice für uns auf Teller zu verteilen. Wirklich keine große Sache.

Wo ist sie? Soll ich ihr schreiben?

Das Letzte, was ich will, ist, dass ich mir Sorgen um sie mache. Sie sagte, sie sei die Stadt gewohnt. Bestimmt kann sie sicher ihren Weg zurück nach Brooklyn finden. Sie braucht keinen Mitbewohner, der sich als ihr Beschützer aufspielt. Obwohl das der einzige Grund ist, warum ich sie bei der Arbeit herumhängen lasse, auch wenn sie eine große Ablenkung ist. Sie wirkt einfach entspannter, wenn sie in meiner Nähe ist, und ich denke, das liegt daran, dass sie sich sicher fühlt.

Ich stelle meinen Laptop beiseite, gehe zur Haustür und sehe mich auf der Straße nach ihr um. Nichts. Soll ich zur U-Bahn-Station gehen?

Okay, ich mache einen kurzen Spaziergang. Das bedeutet nicht, dass ich mir Sorgen mache. Ich darf spazieren gehen, wenn ich Lust dazu habe. Viele Leute gehen hier spazieren. Ich sehe sie alle aufmerksam an, doch keiner von ihnen ist die rothaarige Schönheit, die ich normalerweise ignoriere.

Nach meinem Spaziergang zur U-Bahn gehe ich nach Hause und lehne mich auf der Couch zurück, nur, dass ich mich nicht entspannen kann. Es ist weit nach halb elf. Sie sollte zwischenzeitlich zu Hause sein. Ich werde ihr eine SMS schreiben. Wieder stelle ich den Laptop beiseite und hole mein Handy hervor. Moment. Will ich diese Grenze wirklich überschreiten? Sie wird denken, dass ich tatsächlich an sie gedacht habe, während sie nicht hier war. Das bedeutet mehr als nur Mitbewohner. Frauen interpretieren gerne etwas in solche Gesten hinein.

Ich blicke zur Tür. Scheiß drauf.

Ich dachte, du wärst um diese Zeit schon zu Hause. Wo bist du? Ich lösche das. Hört sich zu besorgt an.

Wo ist dein Improvisationskurs? Löschen. Zu stalkerhaft.

Hey, ist die U-Bahn kaputt? Mein Finger schwebt über der Senden-Taste. Locker genug? Die Tür öffnet sich, und ich lösche sofort die Nachricht.

Sie tritt ein, hochrot im Gesicht. Sie trägt eine hellviolette Rüschenbluse, enge Jeans und schwarze Pumps. Ihr rotes Haar trägt sie offen, glatt mit sanften Wellen, rosa Lippen, kleine silberne Creolen, und ihre blauen Augen sind mit dunkler Farbe umrandet, was sie dramatisch und auffällig aussehen lässt. Ich sehe sie so oft in einem lässigen T-Shirt und Yogahose ohne Make-up. Ich kann nicht anders, als jedes Detail zu bemerken. Sie ist auf eine entspannte Art glamourös, ein zukünftiger Filmstar, an den ich immer wieder denken muss. „Hallo, Boss!"

Ich liebe es verdammt noch mal, wenn sie mich so nennt. Ich weiß nicht warum. Vielleicht weil ich als Zweitgeborener zugunsten meines älteren Bruders für die Rolle des CEO übergangen worden bin? Und jeder Instinkt in mir will es sein. *Sei cool. Distanz wahren.* „Du bist spät dran."

Sie stellt meinen Laptop auf die Kante im Erkerfenster hinter dem Sofa und lässt sich neben mich fallen. „Wir sind danach noch einen trinken gegangen. Der Unterricht hat so viel Spaß gemacht. Hast du einen schönen Abend gehabt?"

Ich klinge wie ein überfürsorglicher Arsch, aber ich kann anscheinend nicht anders. „Ich bin müde und wollte ins Bett gehen, aber ich konnte mich nicht entspannen, weil du so viel später dran warst, als du gesagt hast."

Ihre Augen weiten sich. „Wow, damit hast du meine Martinistimmung effektiv gekillt. Wie kommts?"

„Du hast gesagt, der Unterricht endet um halb neun. Ich dachte, du würdest spätestens seit einer Stunde zu Hause sein."

Sie lehnt ihre Schulter an mich. „Aww, hat sich mein Wachhund Sorgen gemacht?"

„Verdammt ja, ich *habe* mir Sorgen gemacht. Du hast keine Menschenkenntnis, lächelst dauernd, bist offen und freundlich zu allen und machst dich spät abends allein auf den Weg nach Hause."

Sie lächelt mich auf ihre warme, sonnige Art an, und ihre blauen Augen tanzen vor guter Laune. „Lächerlich. Ich denke, du kannst es jetzt ruhig zugeben. Ich bin dir ans Herz gewachsen. Ich bin dir nicht egal."

Ich starre geradeaus. „Ich habe nicht gesagt – schau, ich war nur besorgt."

Sie drückt meinen Arm, und er erwärmt sich bei ihrer Berührung. Sie duftet süß nach fruchtigen Blumen. „Weil ich dir ans Herz gewachsen bin. Es ist nicht so schlimm, dass ich hier bin. Nicht wahr, Mitbewohner?"

Ich stehe abrupt auf und erkenne, dass es ein Fehler war, auf sie zu warten. Ich brauche Distanz, und zwar schnell. Sie ist in ihrem entspannten Martini-Zustand viel zu ansprechend. „Das nächste Mal schreib mir, wenn du später kommst, als du gesagt hast."

Ich gehe zur Treppe.

„Sean?"

Ich bleibe stehen, aber ich drehe mich nicht um. „Was?", knurre ich barsch.

Schweigen.

Ich drehe mich um, um zu sehen, ob ich ihre Gefühle mit meinem harten Ton verletzt habe. Ich brauche nur dringend Distanz.

Sie sieht mich verschlagen an. „Du solltest das nächste Mal mit mir in den Improvisationskurs gehen. Ich denke, es würde dir helfen, dich zu entspannen."

„Ich habe keine Zeit für Improvisationskurse."

Sie steht auf und geht langsam mit wiegenden Hüften auf mich zu. Meine Sinne sind in höchster Alarmbereitschaft. Ihre Stimme ist ein kehliges Schnurren. „Du würdest dir aber weniger Sorgen machen, wenn du mich nach Hause bringen könntest, nicht wahr?"

Ich schlucke schwer. „Ich habe mir nicht wirklich Sorgen gemacht. Ich war besorgt. Das ist ein Unterschied."

Sie kommt zu mir und lächelt mich an. „Würde es dich umbringen zuzugeben, dass ich dir ans Herz gewachsen bin?"

Ja. Denn das ist einen Schritt zu nah. „Ich möchte nur, dass du in Sicherheit bist. Winnie hat mir von diesem Typen in L.A. erzählt. "

Sie runzelt die Stirn. „Ja."

„Ich werde nicht zulassen, dass dich jemand belästigt. Du bist hier sicher. Halte mich einfach auf dem Laufenden, damit ich weiß, wann ich mir Sorgen machen muss."

Sie beißt sich auf die Unterlippe, und mein Bauch zieht sich zusammen. „Kann ich dir ein Geheimnis erzählen?"

Ich zögere, weil sich das zu intim anfühlt, aber sie redet einfach weiter.

„Seit ich bei dir eingezogen bin, hatte ich keinen einzigen Alptraum mehr von diesem schrecklichen Typen. Ich habe meinen Frieden wiedergefunden, also danke."

„Äh, gern gesch–" Ich halte überrascht inne. Ihre Arme sind fest um meine Mitte geschlungen, ihre Wange an meine Brust gepresst, und als ich sie ansehe, lächelt sie. Ah, verdammt.

Ich lege meine Arme um sie und stoße einen Seufzer aus, der sich fast wie Erleichterung anfühlt. Sie ist hier, sie ist in Sicherheit, und sie fühlt sich überraschend gut an in meinen Armen. Die Erleichterung weicht langsam dem Bewusstsein ihres warmen Körpers an meinem. Ich habe sie die ganze Woche auf Distanz gehalten, und jetzt weckt sie das Verlangen, das ich mit jeder Unze Willenskraft, die ich besitze, gnadenlos niedergerungen habe. Ich weiß nicht, wie viel Willenskraftreserven ich noch habe.

Sie hebt den Kopf, und ihre Augen sind weich. „Ich bin froh, dass du mein inoffizieller Bodyguard und Mitbewohner bist."

Küss sie nicht. „Wie viel hast du heute Abend getrunken?"

„Einen Martini. Gerade genug, um einen kleinen Schwips zu haben."

Ein Martini ist nichts.

Sie seufzt und streicht mit dem Finger über meinen Bizeps und starrt ihn an. „Ich vertrage nicht viel."

Küss das betrunkene Mädchen nicht. „Kein großer Trinker, was?"

„Nein. Du?"

„Nur ein Bier ab und zu."

„Mmm-hmm." Ihre Hände berühren die Seiten meines Halses und gleiten über meine Schultern. „Du bist so muskulös, und ich mag deinen Hals. Er ist muskulös und sehnig."

Das habe ich noch nie gehört. „Danke." Ich lasse meine Hände von ihr sinken und mache einen Schritt zurück. „Gute Nacht."

„Warte!"

Das tue ich, obwohl ich ein spielerisches Funkeln in ihren Augen sehe, das mich misstrauisch macht.

Sie tritt einen Schritt näher und sieht mich unter ihren Wimpern hervor an. Ich bin auf gefährlichem Gebiet, doch ich kann nicht gehen. „Beim Improvisieren schlägt einer etwas vor und der andere muss ‚Ja und' sagen und mitspielen. Willst du es mit mir versuchen?"

Meine Stimme kommt heiser heraus. „Ich bin kein Schauspieler."

„Versuch's einfach. Du sagst: Mach die Augen zu, Josie."

„Mach die Augen zu, Josie."

Sie schließt sie und hebt ihr Gesicht zu meinem. „Ja, und küss mich."

Ich bin versucht, so dermaßen versucht.

Ihre Augen öffnen sich und bohren sich für einen intensiven Moment in meine. Dann gleitet ihre Hand zu meinem Nacken, ihre Finger in meine Haare, und sie zieht mich zu sich herunter, während sie ihre Augen schließt. Ich wehre mich nicht. Neugierde? Einsamkeit? Simple Lust? Ich weiß es nicht, und es ist mir egal. Meine Lippen treffen auf ihre in einem sanften Kuss, der in mir nur die Sehnsucht nach mehr weckt. Ich darf diesem Bedürfnis nicht nachgeben. Sie ist die Cousine meiner Ex, und bei der ersten Gelegenheit, die sich ihr bietet, ist sie hier weg.

Ich ziehe mich zurück, doch sie packt meinen Kopf und zieht mich für einen weiteren Kuss herunter. Rohes Verlangen flutet meine Adern. Ich vertiefe den Kuss und verliere dann bei der ersten zaghaften Berührung ihrer Zunge meine eiserne Kontrolle und tauche hungrig ein. Meine Hand gräbt sich in ihre Haare, die andere umklammert ihren Po und presst sie an mich. Verlangen, wie ich es noch nie zuvor gespürt habe, überwältigt meinen gesunden Menschenverstand. Sie erwidert den Kuss leidenschaftlich, und ich bin in ihrer süßen Hitze verloren.

Dann bricht sie den Kuss ab. „Wir sollten das nicht tun. Du bist der Ex meiner Cousine. Das ist komisch."

„Du gehst, sobald du deinen Piloten bekommst."

Sie strahlt mich an. „Glaubst du wirklich, dass ich ihn bekomme?"

„Es ist einfacher, das zu denken."

„Warum?"

Ich öffne meinen Mund und schließe ihn wieder. Warum möchte ich ihr nicht näherkommen? Pfeif auf Winnie. *Sie* hat *mich* verlassen. Was wäre, wenn Josie hierbleiben würde?

Ich bin einer Beziehung nicht gewachsen. Das ist das Problem. Aber ich habe auch eine rein körperliche Sache mit ihr vermieden. Etwas an Josie fühlt sich gefährlich an, als könnte ich mich in sie verlieben und mich nie wieder erholen. Das ist der Grund, warum ich Abstand halten muss. Ich möchte mir nicht noch einmal die Finger verbrennen.

„Gute Nacht, Mitbewohner", sage ich, lasse meine Hände von ihr sinken und gehe nach oben.

„Gute Nacht, Boss!", ruft sie hinter mir hier.

Ein widerstrebendes Lächeln zupft an meinen Lippen. Vielleicht möchte ich der Boss sein. Zum ersten Mal frage ich mich, ob ich mich mit meinem eigenen Geschäft selbstständig machen sollte. Ich schüttle meinen Kopf. Schau dir an, wie Josies Optimismus meinen Verstand infiziert hat. Als ob ich jemals das Geschäft meiner Familie verlassen könnte. Ich bin hier in Brooklyn mit meiner Familie und unserem Geschäft verwurzelt. Josie wird gehen, wohin auch immer der Job sie führen wird. Ich habe das Richtige getan und es nicht weitergehen lassen. Es gibt keine Zukunft für uns, und ein Teil von mir weiß, dass ein Gelegenheitsfick nichts für mich ist. Sie ist mir jetzt schon zu wichtig.

5

———

Sean

Am nächsten Morgen melde ich mich im Büro. Es ist Freitag, und unser CEO, mein älterer Bruder Dylan, ist mit seiner Frau Ariana frühzeitig aus seinen Flitterwochen in Italien zurückgekehrt. Ihr Plan, die italienische Küste zu bereisen, wurde durch einen schweren Sturm vereitelt, der mehrere Tage andauern sollte. Dylan pfeift allen Ernstes, als er unser Büro betritt. Vermutlich tut ihm das Eheleben gut. Ich kenne Ariana. Sie war in meiner Klasse in der Schule und hat neben uns gewohnt, als wir Kinder waren. Sie war immer ein stilles, schüchternes Mädchen, weshalb ich mich wahrscheinlich nie für sie interessiert habe. Ich mag jemanden mit mehr Feuer, mehr Energie, einer offenen Freundlichkeit, die sagt, dass sie zu allem bereit ist. Und ich beschreibe nicht Josie. Ich spreche nur allgemein darüber, worauf ich normalerweise stehe, wenn ich Zeit und Energie für eine Frau in meinem Leben habe. Und dem ist jetzt nicht so.

„Hey", sagt Dylan und versetzt mir einen Schlag auf den Rücken. „Bereit, wieder richtig zu arbeiten?"

„Ja, fast. Ich bin ab Montag wieder voll hier. Wollte heute nur nach dem Rechten sehen."

Er lächelt, seine blauen Augen funkeln, gesund gebräunt

und entspannt. Ich kann mich nicht erinnern, wann ich mich das letzte Mal so entspannt gefühlt habe. „Wie geht's? Bist du bald bei Winnie fertig?"

„Auf dem Weg dahin. Das Bad ist fast fertig. Dann muss ich die Küche machen und vor der Abnahme hier und da noch ein paar Kleinigkeiten erledigen."

Er nickt und geht pfeifend auf den Tisch in unserer improvisierten Küche in der Ecke des Raumes zu.

„Wie war Italien?"

„Fantastisch!"

Ich schließe mich ihm an, während er sich am Kaffee bedient. „Du bist schrecklich glücklich, wieder bei der Arbeit zu sein. Ärgert es dich nicht, dass ihr euren Urlaub abbrechen musstet?"

„Nein. Wir hatten fünf Tage, um alles zu sehen, was wir in Rom und Venedig sehen wollten. Wir werden zu einem unserer Hochzeitstage nochmal hinfliegen, um die Küste zu erkunden. Vielleicht mit Kindern." Er grinst. „Ein Baby auf dem Weg gibt einem Mann einen ganz neuen Sinn."

Ich nicke. Sie haben bei der Hochzeit verkündet, dass Ariana schwanger ist. Beide wollten sofort eine Familie gründen. Als Ältester hatte Dylan schon immer einen ausgeprägten Sinn für Familie. Ich meine, er sieht vielleicht wie ein Bad Boy aus, wenn er mit einem engen T-Shirt und seinem Tribal-Tattoo auf seiner Harley durch die Gegend fährt, um seinen prallen Bizeps zu zeigen, doch er hat immer auf seine jüngeren Brüder aufgepasst. Auf jeden Fall Vatermaterial. Ich starre ihn an, ein seltsamer Schmerz in meiner Brust. Es ist nicht so, dass ich ihn beneide. Ich dachte nur, ich würde jetzt auch in diese Phase meines Lebens eintreten. Ich bin einunddreißig und komme aus einer großen, liebevollen Familie. Ich dachte, ich würde für immer mit Winnie monogam zusammen sein. Heiraten, Haus, vielleicht ein Hund, Kinder – das volle Programm. Ich hatte mir schon reichlich die Hörner abgestoßen. Da wir vom Hörner abstoßen sprechen …

Meine Brüder kommen zusammen als Gruppe an, als hätten sie sich auf der Straße getroffen und sich unterhalten, bevor sie hereinkamen — Jack, Connor, Brendan und Garrett.

Die Leute in der Nachbarschaft sagen immer, dass man die Rourkes sofort erkennen kann, da wir unserem Vater ähneln — die meisten von uns gut einsachtzig, dieselbe athletische Figur, dichtes dunkelbraunes Haar, scharfe Wangenknochen und markanter Kiefer. Wir alle haben die blauen Augen unserer Mutter – außer Garrett. Er hat die aquamarinblauen Augen unseres Vaters.

Jack sieht mitgenommen aus, als hätte er ein wildes Wochenende hinter sich. Er ist ein eher ruhiger Typ, aber man darf sich davon nicht täuschen lassen, denn das ist er nur, damit man nicht mitbekommt, wie er insgeheim seinen nächsten Streich plant. Und er steht auf Partymachen. Er ist derjenige, der alle anderen anstachelt, noch verrücktere Sachen zu machen. Als nächstes kommt Connor. Meine Eltern sagen immer, Connor sei so ein Engel gewesen, dass sie unbedingt ein fünftes Kind wollten, Brendan. Er hat sie schockiert, weil er so ein schelmischer kleiner Teufel war. Garrett, mit dreiundzwanzig Jahren der Jüngste, ist dank seiner harten Workouts der muskulöseste von uns, weswegen wir ihn Beast nennen.

„Verkatert?", frage ich Jack laut, nur um ihn zu ärgern. Meine Brüder und ich machen uns immer gegenseitig die Hölle heiß.

„Schön wär's", sagt er. „Der Nachbar oben hat einen Köter, der die Klappe nicht halten kann. Hält mich nachts wach." Er fährt sich mit einer Hand durch sein zerzaustes Haar. „Ich muss umziehen. Hey, vielleicht richte ich mich bei dir häuslich ein. Du hast Winnies Haus für dich, oder?"

„Das ist eine Baustelle."

„Das kratzt mich nicht. Ich komm schon klar."

Ich will Jack *nicht* dort haben. Er wird Josie wollen. Jeder Mann würde sie wollen, und ich kann nicht mitansehen, wenn sie zu einem One-Night-Stand nach oben gehen oder tun, wonach Jack ist. „Ich hab schon einen Gast, und es gibt keinen Platz mehr."

„Wer ist es?"

„Niemand, den du kennst."

Er schmunzelt. „Hast du eine Frau ins Haus deiner Ex

gebracht? Weiß Winnie davon? Ha! Das ultimative Fick dich.
"

„Es ist kein Fick dich. Es ist ihre Cousine, und Winnie hat ihr gesagt, dass sie da wohnen kann." Ich bemerke sofort meinen Fehler bei der Erklärung der Situation. Jack ist clever.

„Also ist es eine Frau."

Ich atme aus. „Ja." Ich warte auf die dummen Sprüche. Meine jüngeren Brüder haben gesagt, ich müsse wieder aufs Pferd, damit ich mich entspannen kann. Ich brauche keine Frau. Ich muss die Renovierung abschließen.

Jack schüttelt den Kopf. „Du lässt *sie* bei dir wohnen, aber nicht dein eigen Fleisch und Blut? Was für eine Schande, Bruder."

Ich weiß, dass er mich nur verarscht, aber ich kann einen Anflug von Schuldgefühlen nicht unterdrücken. Wir wurden dazu erzogen, einander zu unterstützen. „Es ist eine besondere Situation. Sie musste sich sicher fühlen. Du kommst schon klar. Außerdem zieht sie wahrscheinlich eh in ein oder zwei Wochen aus."

„Dann kann ich einziehen?"

„Nein. Ich habe Abnahmen, und dann kommt das Haus auf den Markt."

Jack weigert sich, die Klappe zu halten. „Wie wäre es, wenn ich und Winnies Cousine tauschen würden? Deal? Sie kann bei mir wohnen. Es ist sicher, und sie wird den Hund oben wahrscheinlich nicht einmal hören. Er ist nur ein Problem, weil ich einen leichten Schlaf habe."

„Nein, sie bleibt, wo sie ist. Keine Deals."

Er dreht sich zu unseren Brüdern um, von denen ich weiß, dass sie genau zuhören. „Was ist so besonders an ihr?", fragt er. „Keine Deals. Sie bleibt, wo sie ist", sagt er gedehnt.

Leugnen, leugnen, leugnen. „Nichts."

„Hast du sie kennengelernt?", fragt Jack Connor.

„Höre gerade zum ersten Mal von ihr", sagt Connor mit einem Grinsen.

Jack dreht sich zu Brendan und Beast um. Sie zucken die Achseln.

Er dreht sich zu mir um, ein böses Glitzern in den Augen. „Also, Seanie-Boy, wie ist deine neue Mitbewohnerin?"

Ich hebe eine Schulter. „Weiß nicht."

Jack lächelt breit, was niemals gut ist. „Sicher ist dir *irgendwas* an dieser Frau aufgefallen, dass sie unbedingt bei dir bleiben *muss*."

Ich spiele den Coolen und zähle nur Offensichtliches auf, das jeder bemerken würde. „Sie ist Schauspielerin, rote Haare, sehr hilfsbereit."

Jack stürzt sich darauf. „Inwiefern?" Er tauscht einen amüsierten Blick mit meinen Brüdern aus.

Hitze kriecht an meinem Hals empor. Warum habe ich das gesagt? Es klingt nach Sex. „Nicht *so*. Sie hilft mir bei der Renovierung."

Er neigt den Kopf. „Also kennt Winnies Cousine sich auf dem Bau aus?"

„Nein, sie versucht es. Gibt sich große Mühe. Ich weiß nicht einmal, warum." Ich gieße mir einen Kaffee ein, drehe ihnen den Rücken zu und hoffe, dass sie das Thema fallen lassen werden. Ich trinke einen Schluck und ignoriere die Tatsache, dass alle schweigen und ich die neugierigen Blicke meiner Brüder spüren kann.

„Bezahlst du sie, damit sie dir hilft?"

Ich wende mich Brendan zu. „Nein."

Er hebt eine Hand. „Dann ist alles klar. Sie bemüht sich, dir zu helfen, weil sie auf dich steht."

Es ist egal, ob sie mich will oder ob ich sie will. Was zählt ist, dass ich mir nicht die Finger verbrennen werde.

„Und wenn schon", murmle ich, und Hitze kriecht in meine Wangen. Hoffentlich verbirgt mein dicker Stoppelbart das verräterische Zeichen der Verlegenheit. „Ich hab heute frei, um weiter an Winnies Haus zu arbeiten, und wollte nur vorbeischauen. Gibt's was Neues?" Ich wende mich Dylan zu, um das Thema zu wechseln.

„Okay", sagt Dylan. „Jetzt, da –"

Jacks Stimme unterbricht ihn. „Männer, wir haben einen Plan."

Meine Brüder reden alle auf einmal. „Wir müssen heute Abend Sean besuchen."

„Ja."

„Müssen sie kennenlernen."

„Er wird rot, verdammt nochmal!"

Ich hebe eine Hand. „Niemand kommt mich besuchen! Ich muss arbeiten, und sie geht wahrscheinlich aus." Ich greife nach Strohhalmen.

„Dann morgen Abend", sagt Jack.

Ich beiße die Zähne aufeinander. „Sie geht jeden Abend aus."

Jack runzelt die Stirn. „Wo geht sie hin?"

Ich sehe meine Brüder an, die viel zu interessiert an der Ecke zu sein scheinen, in die ich mich manövriert habe. „Verschiedene Orte. Was interessiert euch das?"

Jack grinst. „Jemand ist äußerst empfindlich, wenn es um diese hilfreiche rothaarige Mitbewohnerin geht." Sie lachen. Er dreht sich zu mir um. „Ist sie wie Winnie?"

„Zum Glück überhaupt nicht", sage ich viel zu enthusiastisch und schnell. „Nicht, dass ich sie vergleiche. Können wir bitte über was anderes sprechen?"

Dylan meldet sich zu Wort. „Ich überlege, meine Harley gegen ein Auto einzutauschen."

„Neeeeeiiiiin!", protestiert Jack.

„Blasphemie!", sage ich. Er fährt seit seinem siebzehnten Lebensjahr Harleys. Das ist bereits seine Zweite, und er hält sie in makellosem Zustand. Dylan ist der Prototyp eines toughen Harleyfahrers.

Dylan lächelt, und seine blauen Augen funkeln amüsiert. „Leute, ich kann kein Baby auf den Sozius schnallen."

„Hol dir einen Beiwagen", schlägt Brendan vor.

„Für ein Baby?", fragt Dylan ungläubig. „Hast du je von Babysitzen gehört?"

„Warum behältst du nicht das Bike und holst dir ein Auto dazu?", frage ich. Es ist das Ende einer Ära, wenn Dylan einer dieser Minivan-Typen wird, und ich denke, wir alle nehmen das ein wenig persönlich. Wir haben ihn immer als den coolen, entspannten Typen gesehen.

„Hat keinen Sinn", sagt Dylan. „Ich werde wahrscheinlich zwei Autos brauchen, damit Ariana und ich beide sicher mit dem Baby fahren können, wann immer es nötig ist. Leute, es ist Zeit."

Ich schüttle meinen Kopf. „Eine Schweigeminute für das Ende einer Ära."

Dylan lacht. Soviel zur Schweigeminute.

„Kann ich dein Bike haben?", fragt Beast.

Dylan nickt ihm zu. „Mach mir ein Angebot."

Sie diskutieren es in wenigen Minuten aus. Garrett bekommt die Harley im Austausch für seinen sportlichen schwarzen Mazda, der mit einer bösen Stereoanlage ausgestattet ist. Kein schlechter Deal. Und zumindest müssen wir nicht zusehen, wie Dylan mit einem Minivan vorfährt. Der nächste Schritt wären schlechtsitzende Dad-Jeans und dumme Klopf-Klopf-Witze.

Dylan bringt uns die willkommene Nachricht, dass wir die Genehmigungen bekommen haben, um den Grundstein für die Entwicklung der ehemaligen Grundschule zu gewerblichen Büroräumen legen zu können. Es ist unser erstes großes Projekt unter dem Dach von Rourke Management. Meine Brüder und ich sind Miteigentümer von Byrne Construction, dem ursprünglichen Unternehmen und der neuen Projektentwicklungsfirma. Darum liegt uns allen etwas an ihrem Erfolg. Das Coole an unserem neuen Projekt ist, dass wir auch neue Spielgeräte einbauen, die auch für Rollstuhlfahrer zugänglich sind (und Kindern, die nicht im Rollstuhl sitzen, immer noch Spaß machen), und den Rest des Grundstücks als Park gestalten werden. Es ist alles Teil unserer Entwicklungsinitiative, Parks und Spielplätze in unsere Projekte miteinzubeziehen. Wir wollen etwas zurückgeben und Teil der Entwicklung der Gegend sein. Ich wollte schon lange in die Immobilienentwicklung einsteigen und bin gespannt auf unser neues Unternehmen.

Der Rest unserer Leute kommt, und ich bleibe, da Dylan mir ein Zeichen gibt zu warten, während er die Aufgabenliste für den Tag durchgeht. Als er fertig ist, gehen alle zu den Trucks, um zur Baustelle zu fahren. Wir beide bleiben sitzen.

Sobald wir allein sind, sagt er: „Wenn das Baby kommt, nehme ich mir eine Auszeit. Du bist mein Stellvertreter, wenn ich nicht hier bin. Ist das okay für dich?"

„Ja, natürlich." Dylan und ich stehen uns nahe. Wir sind zwei Jahre auseinander, und wir haben uns als Kinder ein Zimmer geteilt. Er verlässt sich immer auf mich.

Er drückt meine Schulter. „Danke. Ich weiß das wirklich zu schätzen. Du bist mein Ansprechpartner. Mit dir am Ruder kann ich es entspannt angehen lassen. Und ich werde dafür sorgen, dass du Finanzvollmacht bekommst."

„Ich mach das schon. Mach dir keine Gedanken."

Der Stolz lässt mich ein Stück wachsen, als ich das Büro verlasse. Ich bin meinem Familienunternehmen verpflichtet, und es bedeutet mir sehr viel, dass mein älterer Bruder weiß, dass er auf mich zählen kann.

Am Nachmittag bin ich optimistisch, was die Renovierung angeht. Die Leute, die die Ablageflächen geliefert haben, sind pünktlich gekommen, und jetzt ist das Bad im dritten Stock fertig. Ich muss den Kleber nur vierundzwanzig Stunden trocknen lassen. Auch im Bad im zweiten Stock mache ich große Fortschritte. Wenn ich heute Abend lange arbeite, kann ich morgen früh gleich mit dem Rausreißen der Küche anfangen.

Ich bin froh, beschäftigt zu sein. Es ist einfacher, die Anziehung zu ignorieren, die von Josie ausgeht, während sie mir immer noch wie ein Schatten durchs Haus folgt. Wem versuche ich etwas vorzumachen? Ich kann sie unmöglich ignorieren, besonders wenn sie mir immer wieder Komplimente über meinen Hals, meine Schultern und meinen Rücken macht. „Kraftvolle Linien muskulöser Perfektion" ist wahrscheinlich mein Favorit. Ich nehme an, es ist ihre Art zu flirten, oder vielleicht will sie nur eine Reaktion. Auf jeden Fall beiße ich nicht an. Ich habe viel zu tun und keine Zeit für eine Frau, selbst wenn sie sexy und ständig in Reichweite ist.

Ich muss das Projekt abschließen und mein Leben weiterleben.

Verdammt, ich hätte sie niemals zurückküssen sollen. Es war ein Fehler, und es hat sie eindeutig dazu ermutigt, mehr von mir zu wollen. Ich weigere mich, darüber nachzudenken. Ich habe keine Zeit für komplizierte Beziehungen.

Ich nehme eine Kiste, die gerade geliefert wurde, und bringe sie in den zweiten Stock. Es ist ein Ersatzlampenschirm, auf den ich gewartet habe, um den zerbrochenen im Bad im zweiten Stock auszutauschen. Die Tür zum Schlafzimmer gegenüber ist offen, und ich sehe, wie Josie ihr Kissen und ihre Decke auf den Boden legt, während sie gut gelaunt telefoniert. Ich habe ihr gesagt, sie solle hier hochziehen, bevor ich anfange, die Küche rauszureißen.

„Alles ist gut", sagt sie. „Keine Bange." Und dann sagt sie etwas, das mich innehalten lässt. „Er hat das Bad im dritten Stock fertig. Das Bad im zweiten Stock sieht großartig aus, Wände gestrichen, Toilette und Waschtische sind drin. "

Ich trete näher und achte darauf, dass sie mich nicht sieht.

„Mmm-hmm. Er muss nur noch die Lampen und Handtuchhalter einbauen. Dann fordert er die Installation der Zähler an. Morgen geht er in die Küche." Sie macht eine Pause und hört zu. „Ich bin mir nicht sicher. Ich werde es herausfinden. Ich glaube, er geht Montag wieder normal arbeiten." Pause. „Natürlich werde ich dich auf dem Laufenden halten!" Sie fährt fort mit einem Update über ihren Mangel an Vorsprech-Gelegenheiten und wie schwer es ist zu warten, endlich etwas von der Pilotepisode zu hören.

Mir wird kalt. Jetzt weiß ich, warum Josie hier ist – um mich für Winnie auszuspionieren. Und ich dachte langsam, Josie sei eine gute Gesellschaft. Kein Wunder, dass sie mir die ganze Woche wie ein Schatten gefolgt ist. Sie hat mich hintergangen, genau wie Winnie. Was ist mit dieser Familie los?

Sie verabschiedet sich und kommt aus dem Zimmer.

„Wer war das?", frage ich, obwohl ich sicher bin, dass ich es weiß. Ich möchte, dass sie es zugibt.

Sie zuckt zusammen und legt eine Hand an ihr Herz. „Schleichst du immer so rum?"

„Spionierst du immer deine Mitbewohner aus?"

Ihre Wangen werden pink. „Winnie wollte nur ein Update."

„Sie hat dich gebeten, mich auszuspionieren. Das ist der wahre Grund, warum du hier bist, oder?"

Sie verzieht das Gesicht und sieht verdammt schuldig aus. „Es war beides. Ich habe ein Dach über dem Kopf gebraucht, und sie wollte, dass ich über deine Fortschritte berichte."

„Warum fragt sie mich nicht einfach selbst?"

„Ich habe dir gesagt, sie war deine Verdrießlichkeit leid." Bei meinem finsteren Blick fügt sie hinzu: „Ich habe ausschließlich gute Dinge über dich gesagt!"

Ich spreche durch meine Zähne. „Das liegt daran, dass es nur gute Dinge gibt. Ich dachte, sie vertraut mir, dass ich die Arbeit richtig mache."

„Das tut sie! Total! Es ist nur so, dass ihr Verlobter sie unter Druck setzt zu verkaufen und sie überlegt hat, eine andere Firma einzustellen, wenn es dir zu viel wäre. Sie weiß, dass du einen zweiten Job hast."

Ich bin so wütend, dass ich kaum sprechen kann. Ich reiße mir den Arsch auf, um dieses Projekt abzuwickeln. „Versuch nicht, es so klingen zu lassen, als ob sie es mir leichter machen will. Sie will mich raushaben, und sie will sich nicht schuldig fühlen, mich gefeuert zu haben." *Besonders nach der Art, wie sie mich verlassen hat*, füge ich im Geiste hinzu. Es war eine abrupte, furchtbare Überraschung. Winnie weiß, dass sie im Unrecht ist, was mich angeht. Das Mindeste, was sie tun konnte, war, mich beenden zu lassen, was ich begonnen hatte.

Sie tritt auf mich zu. „Es tut mir leid. Ich dachte nicht, dass es eine große Sache ist, da ich sowieso nur vorhatte, gute Sachen über dich zu sagen. Ich würde niemals die Arbeit von jemandem gefährden, es sei denn, er ist ein Verbrecher oder so was."

„Wow, vielen Dank. Das macht alles besser."

„Ich möchte nicht, dass du gehst. Ich habe seit einem Jahr nicht mehr so gut geschlafen."

Meine Lippen verziehen sich. „Nun, solange *du* nachts gut schlafen kannst." Ich kneife meine Augen zusammen, als mir einfällt, was sie sonst noch vorhat. „Du hast mich absichtlich mit deiner ständigen ... Freundlichkeit gebremst." Ich weigere mich zuzugeben, dass es ihre Sexualität ist, die ablenkt. Ich bin zu wütend auf sie. Sie hat mich genauso betrogen wie ihre Cousine. Ich hätte wissen müssen, dass sie hinter meinem Rücken zusammenarbeiten. Ich kann sie nicht einmal rausschmeißen, da sie mehr Recht hat, hier zu sein als ich. Es ist das Haus ihrer Großmutter. Aber ich würde es so gern –

„Sean –"

Ich hebe eine Hand. „Ich beende dieses Projekt und hoffe dann, keinen von euch je wiederzusehen."

„Warte. Komm schon."

Ich ignoriere sie und gehe ins Bad. *Bring das Projekt zu Ende. Und dann verschwinde.* Ich öffne die Schachtel und hole vorsichtig den neuen Milchglas-Lampenschirm heraus.

„Sean, ich schwöre, ich habe nicht versucht, deine Arbeit zu stören."

Natürlich muss sie mir hier rein folgen. Sie muss immer noch über alles berichten, was ich tue.

„Lass mich in Ruhe", blaffe ich.

„Ich werde dir helfen, die Arbeit schneller zu machen. Du willst, dass ich die Küchenschränke leerräume? Damit du sie nur rausreißen musst? Ich mache alles, was du brauchst."

Ich drehe mich zu ihr um, halte meine Stimme leise und kontrolliert. „Was ich brauche, ist, dass du gehst."

Sie beißt sich auf ihre Unterlippe, und ich konzentriere mich darauf, den Lampenschirm zu installieren. Ich kann spüren, wie sie mich wie immer beobachtet, nur diesmal ist es nicht schmeichelhaft. Wenn ich sie lange genug ignoriere, wird sie sich langweilen und gehen. Bisher hat sie nichts davon abgehalten, mit mir abzuhängen.

Ich habe viele gute Gründe, Abstand zu halten – sie hat mich ausspioniert, sie geht bald, und ich muss mir nicht noch einmal die Finger verbrennen. Ich bin mit ihr fertig.

„Ich denke immer noch, dass du ein überqualifizierter Bauarbeiter bist", sagt sie schließlich.

Ich konzentriere mich weiter auf meine Arbeit und halte den Mund, denn wenn ich ihn aufmachen würde, würde nichts Nettes herauskommen. Ich bin so wütend, dass ich sie im Augenblick nicht einmal ansehen kann.

„Ich werde die Küche ausräumen gehen, okay? Da kann ich nichts vermasseln. Ich packe nur Sachen in Kisten. Hast du irgendwelche Kisten?"

Ich werfe ihr einen tödlichen Blick zu. *Natürlich, ich werde alles fallen lassen, um dir ein paar Kisten zu suchen. Dann kannst du Winnie berichten, wie langsam mein Fortschritt ist.*

Sie schluckt. „Ich werde mir was einfallen lassen."

Ich bin mit dem Lampenschirm fertig und bemerke, dass es unten still ist. Ich bin sicher, sie wird versuchen, sich nützlich zu machen, denn das tut sie nun einmal, ob ich es will oder nicht. Ich werde nicht nach ihr sehen, obwohl sie in der Küche eher katastrophal ist. Die Küche wird morgen rausgerissen. Wie viel schlimmer könnte sie es machen?

Als ich im Bad im zweiten Stock fertig bin, habe ich einen Plan, Josie loszuwerden. Sie sieht mich gerne als ihren Bodyguard, doch ich will nicht mehr ihr Muskel sein. Nicht, dass ich jemals etwas anderes getan hätte, als unter demselben Dach zu existieren. Ich ziehe mein Handy heraus und rufe meine Cousine Silvia an. Sie ist von der königlichen Seite der Familie eine Prinzessin, die mit ihrem Ehemann in der Stadt lebt, und das Coole daran? Sie hat eine Wache. Einen echten Bodyguard. Palastregeln. Er lebt in einer nahegelegenen Wohnung und begleitet sie, wenn sie ausgeht. Wenn ich Silvia dazu bringen kann, Josie auf ihrem Sofa pennen zu lassen, wird sie sich mit einem echten Bodyguard in der Nähe sicher fühlen. Ein Teil von mir kann Josie nicht ungeschützt lassen, selbst wenn ich sie jemand anderem aufs Auge drücken will.

„Hallo", antwortet sie herzlich. Silvia ist der netteste Mensch, den ich je getroffen habe. Ich denke, sie ist der Hauptgrund, warum sich die beiden Seiten unserer Familie versöhnt haben. Sie hat sich als Studentin in Yale mit meiner Familie in Verbindung gesetzt und ihre Magie benutzt und uns alle zur Hochzeit ihres Zwillings Adrian nach Villroy eingeladen.

„Hey, Sil. Wie geht's dir? "

„Mir geht's gut, danke. Ich bin gestern gerade in die Stadt zurückgekommen. War eine schöne Hochzeit, oder?"

„Ja, war toll. Ich habe mich gefragt, ob du mir einen Gefallen tun könntest?"

„Absolut."

„Willst du nicht wissen, was es ist?"

„Ich werde alles in meiner Macht Stehende tun, um der Familie zu helfen."

So verdammt nett. „Ich weiß das wirklich sehr zu schätzen. Ich habe dir doch erzählt, dass ich Winnies Haus in meiner Freizeit renoviere, und jetzt habe ich eine enge Deadline. Und Winnies Cousine ist vor ungefähr einer Woche hier aufgetaucht, um auf meiner Couch zu pennen. Sie hatte ein unschönes Erlebnis und braucht das Gefühl, sicher zu sein – wie mit einem Bodyguard. Glaubst du, sie könnte bei dir unterschlüpfen, da du einen hast? Sie bremst mich hier, und ich muss mich konzentrieren."

„Ich verstehe nicht ganz. Wenn sie einen Bodyguard braucht, was macht sie dann bei dir?"

Mich ausspionieren, ablenken, in Versuchung führen. Ich kann nichts davon sagen, ohne dass sie sich wie jemand anhört, den sie nicht auf ihrem Sofa würde haben wollen. Ich muss ihr die guten Seiten verkaufen. „Ich glaube, Winnie dachte, ich würde auf das Bild eines Bodyguards passen, da ich groß bin und einen ausgeprägten Beschützerinstinkt habe. Josie muss sich nur sicher fühlen, aber ich glaube nicht, dass ich der Typ dafür bin. Ich bin nicht gerade als Bodyguard ausgebildet und habe auch so schon mehr als genug zu tun."

„Verfolgt jemand sie?"

„Nein. Sie hatte nur gerade eine schlechte Erfahrung mit einem aggressiven Typen."

„Ist er immer noch eine Gefahr für sie?"

Ich reibe meinen Nacken. „Nein. Er ist in L.A. Aber sie ist verletzlich. Es würde ihr bei dir mit deinem Bodyguard viel besser gehen. "

„Hmm ..."

„Sil, sie kann nicht hierbleiben. Sie ist eine Ablenkung. "

„Also ist sie zuerst verletzlich, und jetzt ist sie eine Ablenkung. Wo liegt das eigentliche Problem?"

Ich zögere und will die Wahrheit nicht zugeben.

„Sean, ich kann dir nicht helfen, wenn ich nicht die ganze Geschichte kenne. Ist es, weil sie Winnies Cousine ist?" Ihre Stimme nimmt einen mitfühlenden Ton an. „Erinnert sie dich an Winnie? Ich weiß, manchmal kann es schwierig sein, über einen Ex hinwegzukommen, besonders über einen, der einen verraten hat ..."

Ich kann das Mitgefühl nicht ertragen. „Sie spioniert mich aus! Meine Ex hat sie hierher geschickt, um ihr über meine Fortschritte zu berichten. Sie hat es zugegeben!"

„Wow, sie hat dich wirklich wütend gemacht. Ich glaube nicht, dass ich dich jemals so verärgert gehört habe, selbst als Winnie dich verlassen hat, und wenn es jemals eine Zeit gegeben hat, wütend zu sein, war es da."

Meine Lippen werden zu einer flachen Linie. Soviel zur netten Silvia, die mir das Leben leichter macht. „Schau, ich kann sie nicht rausschmeißen. Es ist nicht mein Haus. Kannst du mir helfen?"

„Bring sie zum Sonntagsessen zu mir nach Hause. Wir werden uns unterhalten, und ich werde sie Leon vorstellen, um zu sehen, ob ein Bodyguard wirklich das ist, was sie will."

„Danke." Endlich hilft sie mir. Ich bin sicher, Leon wird mit seinem Ohrstecker, seinem versteinerten Gesichtsausdruck und seiner versteckten Waffe angemessen bedrohlich aussehen. Das ist wirklicher Schutz. Und ich muss mich nicht von einer wenig vertrauenswürdigen Frau in Versuchung bringen lassen. Es reicht, dass ich mir schon an ihrer Cousine die Finger verbrannt habe.

„Kein Problem", sagt Silvia fröhlich. „Bis dann!"

Ich danke ihr noch einmal, und als ich auflege, hat sie mir ein Gewicht von meinen Schultern genommen. Jetzt werde ich nur noch eine Kleinigkeit essen und nehme mir den Abend frei, bevor morgen die harte Arbeit beginnt. Am Ende des Wochenendes wird mein Problem gelöst sein. Ich gehe nach unten in die Küche und erwarte ein Katastrophengebiet, doch alles ist ordentlich. Die Kisten stehen neben dem Sofa aufgereiht und ordentlich mit einem schwarzen Marker beschriftet. Sie hat die Küchenschränke für mich ausgeräumt.

Sie ist nicht hier. Ich lasse meine Schultern hängen. Vermisse ich sie allen Ernstes?

Ich schüttle den Gedanken ab und gehe zum Kühlschrank, um zu sehen, ob noch irgendwelche Reste übrig sind. Wir haben letzte Nacht ein Nudelgericht geteilt. Keine Nudeln, doch es wartet ein neues Abendessen auf mich – ein großes eingewickeltes Hühnchen-Parmigiana-Sandwich mit einem Klebebandetikett mit der Aufschrift „Dein Abendessen". Etwas in der Nähe meines Herzens schwillt an. Das war wirklich nett von ihr.

Ich hole mein Abendessen aus dem Kühlschrank, lasse mich an der Insel nieder und esse. Es ist zu still. Ich bin es gewohnt, mit ihrer fröhlichen Unterhaltung zu Abend zu essen. Schuldgefühle machen sich breit. Es ist nicht Josies Schuld, dass Winnie sie in eine so schwierige Position gebracht und sie gebeten hat, mich auszuspionieren. Ich war zu hart zu Josie und habe meine Wut auf Winnie an ihr ausgelassen. Und jetzt ist Josie ausgegangen, und ich weiß nicht wohin. Ich weiß nicht, wann sie zurück sein wird oder ob sie sicher ist. Verdammt, sie hat mich erwischt. Ich habe getan, was ich konnte, um sie auf Distanz zu halten, doch sie hat sich eingeschlichen. Ich will mich nicht sorgen, ob es ihr gut geht. Ich will nichts für irgendeine Frau empfinden. Ich will mich nur konzentrieren, meine Arbeit machen, mich selbst zum Erfolg führen und *dann* werde ich darüber nachdenken zu daten. Alles wird viel besser, wenn Josie sicher bei Silvia und ihrem Bodyguard wohnt. Es ist sowieso nur für ein paar Wochen, bis Josie zu ihrem nächsten Job fliegt.

Ich beende mein Abendessen, das nicht so gut schmeckt wie normalerweise, weil ich nicht anders kann, als zu glauben, dass ich Josie vergrault habe. Jetzt möchte ich nur noch, dass sie zurückkommt, damit ich mich nicht mehr fragen muss, ob es ihr gut geht. Ich hole meinen Laptop, kehre aufs Sofa zurück und schiebe eine Kiste mit meinem Fuß aus dem Weg. Es gibt nur vier Kisten aus der Küche, da das alles meine Sachen waren. Ich suche online nach einem Film, aber nichts gefällt mir. Es ist Freitagabend. Ich sollte ausgehen. Nach all meiner harten Arbeit verdiene ich einen Abend.

Die Tür öffnet sich, und Josie kommt mit einer braunen Papiertüte herein. „Ich habe Bier geholt, Mitbewohner."

Ich lächle erleichtert. Es geht ihr gut, und sie hat ein Friedensangebot mitgebracht. „Oh, danke. Und danke, dass du die Küche ausgeräumt hast. Das war eine echte Hilfe."

„Gern geschehen. Ich habe die Nudeln gegessen, aber ich dachte, du brauchst Proteine für deine Muskeln."

Meine Brust schwillt angesichts des Kompliments an. Ich glaube, ich habe mich irgendwie an ihre Komplimente gewöhnt.

Sie geht in die Küche und stellt die Tüte auf die Insel. Ich schließe mich ihr an und beobachte, wie sie zwei Bier herausholt und den Rest in den Kühlschrank stellt.

Sie dreht sich zu mir um. „Ich glaube, ich habe den Flaschenöffner eingepackt."

„Ich mach das schon." Ich setze die Flasche am Rand der Insel an, öffne sie und reiche ihr das erste Bier, bevor ich dasselbe mit meiner Flasche mache.

„Also sind wir cool?", fragt sie.

„Ja. Ich war vorhin hart zu dir, doch eigentlich war ich wütender auf Winnie als auf dich."

Sie winkt ab. „Nein, schon gut. Ich hätte offen sein und dir sagen sollen, dass Winnie mich gebeten hat, über deine Fortschritte zu berichten."

„Sie hat dich in eine unangenehme Position gebracht. Mach bitte nicht nochmal sowas, okay? Ich werde sie über den Fortschritt informieren."

„Ich wollte es auch nicht. Ich habe mich schlecht dabei gefühlt, obwohl ich nur gute Dinge gesagt habe."

„Ich bin drüber hinweg. Lust auf einen Film?"

„Gerne!"

Nach einer kurzen Debatte über die Vorzüge alter romantischer Schwarz-Weiß-Komödien (ihr Lieblingsgenre) und Superheldenfilme (meins) einigen wir uns auf einen Thriller. Bevor ich den Film starte, sage ich ihr: „Meine Cousine Silvia hat mich für Sonntag zum Abendessen eingeladen. Sie sagt, du kannst uns gerne begleiten."

Ihre Augen weiten sich. „Du meinst *Prinzessin* Silvia?"

Ich lehne mich neben ihr auf dem Sofa zurück. „Ja. Du wirst sie mögen. Sie ist wirklich nett."

„Wow. Abendessen mit einer Prinzessin. Das würde ich gerne. Hast du ihr von mir erzählt?"

„Ja. Ich habe erwähnt, dass ich einen Gast habe. "

„Es war nett von ihr, mich einzuladen."

Ich ignoriere den Anflug von Schuldgefühlen über den wahren Grund für das Abendessen – sie jemand anderem aufs Auge zu drücken. „Ja, Silvia ist nett."

Ich starte den Film und stelle den Laptop auf die Kisten, damit wir ihn beide sehen können. Ich sollte mich nicht schuldig fühlen. Ich schicke Josie nur zu ihrem eigenen Besten weg. Ich werde sie nicht anblaffen, wenn sie nicht hier ist, und ich bin sicher, dass sie sich bei einem bewaffneten Bodyguard, der darauf trainiert ist, einen Angreifer abzuwehren, viel sicherer fühlen wird als bei mir. Mein Training beschränkt sich darauf, mich gegenüber meinen Brüdern und dem gelegentlichen Pausenhoftyrannen zu behaupten. Josie muss sich sicher fühlen, und genau das wird sie bei Silvia tun.

Sie lächelt mich an, und meine Brust erwärmt sich. „Ich bin froh, dass wir wieder auf dem richtigen Fuß sind."

„Ja, klar", murmele ich und trinke einen langen Schluck Bier.

Dann konzentriere ich mich auf den Film. Nicht ihren süßen, fruchtigen Blumenduft, nicht ihren zufriedenen Seufzer und definitiv nicht ihre rosa Lippen, an die sie diese Flasche ansetzt. Ich bin stärker als das.

6

____

Josie

Ich bin mir immer noch nicht wirklich klar, warum Prinzessin Silvia mich zu einem Familienessen einladen würde, doch ich bin zu dem Schluss gekommen, dass es Seans Version eines Friedensangebots sein muss. Er möchte mich jemandem vorstellen, der interessant ist, und auch Zeit mit mir außerhalb der Baustelle verbringen. Ich würde sogar sagen, Sean und ich sind jetzt Freunde. Nach dem Film am Freitagabend haben wir uns über alle Löcher im Drehbuch unterhalten und viel gelacht. Er ist wirklich lustig mit einem großartigen Sinn für Humor. Gestern Abend hat er an der Küche gearbeitet, aber er hat mich eingeladen, mit ihm auf ein schnelles Abendessen in einer Pizzeria den Block runter zu gehen. Die entspannte Version von Sean ist unwiderstehlich.

Ich kann es zugeben. Ich will mehr davon, mehr von ihm. Wir hatten einen wirklich schönen Kuss, und heute Abend hat es sich wie ein Neuanfang angefühlt, als er mich zum Abendessen mit seiner Familie eingeladen hat. Ich kann nicht anders, als zu denken, dass es ein bisschen wie ein Date war und vielleicht etwas zwischen uns passieren könnte. Ich weiß, es ist komisch, dass er Winnies Ex ist, aber sie hat alle Rechte an ihm aufgegeben, als sie ihn betrogen hat. Eine Affäre mit dem Herzen ist genauso schlimm wie eine Körperliche. Sie hat sich erlaubt, Gefühle für Colin zu hegen, bevor sie die Sache mit Sean beendet hat. Das ist falsch.

Ich ziehe ein Taschentuch aus meiner Handtasche, tupfe meinen roten Lippenstift ab und trage eine zweite Schicht auf. Ich trage ein süßes schwarzes Minikleid mit Tupfen und winzigen Perlenknöpfen auf der Vorderseite. Und ich habe meine rote Handtasche, die perfekt zu meinen roten Wildleder-Highheels passt. Ich mag es, rote Farbtupfer zu meinen gefärbten roten Haaren zu verwenden. Ich werfe meinen Lippenstift in meine Handtasche. Okay, ich bin bereit für das Abendessen mit meinem Mitbewohner. Und möglicherweise mehr.

Ich klappe meine Handtasche zu und stehe einen Moment da, als mir einfällt, dass ich bald weggehen werde. Ich könnte schon diesen Freitag Neuigkeiten über meinen Piloten hören. Es wäre Sean gegenüber nicht fair, etwas anzufangen. Ich habe das Gefühl, dass er an einem Punkt in seinem Leben ist, an dem er nach etwas Ernsthafterem sucht. Es ergibt Sinn. Das hatte er kürzlich mit Winnie, und er ist ein bodenständiger, verantwortungsbewusster Mann in den Dreißigern. Mir gefällt das. Die meisten Leute, die ich kennenlerne, sind unreif. Es ist nicht so, dass Sean jemals nach L.A. ziehen würde, um bei mir zu sein, denn das ist, wo ich höchstwahrscheinlich landen werde. Er ist mit dem Bau- und Immobilienentwicklungsunternehmen seiner Familie in Brooklyn verwurzelt. Nicht gerade die Art von Arbeit, die viele Reisen zulässt. Und ich weiß aus eigener Erfahrung, dass Fernbeziehungen schwierig sind. Ich habe es mit meinem College-Freund versucht, und es hat nicht länger als zwei Wochen gehalten. Wahrscheinlich hat es nicht geholfen, dass er sofort mit seinem Co-Star in einem Theaterstück in London ins Bett gehüpft ist. Für Männer gilt: Aus den Augen aus dem Sinn.

Okay, also Freunde. Kein Problem.

Ich gehe nach unten und finde Sean im Wohnzimmer, wo er auf mich wartet. Ich bemerke seinen Blick offener Bewunderung, bevor sein Gesichtsausdruck sorgfältig neutral wird. Mein Herz klopft stärker, mein Atem beschleunigt sich. Er weiß nicht, dass ich menschliche Emotionen lesen kann – alles Teil meiner Schauspiel-Toolbox. Er trägt ein hellblaues Hemd und eine beige Hose zu braunen Lederschuhen. Zum ersten Mal sehe ich ihn glattrasiert. Er hat scharfe Wangenknochen und einen markanten Kiefer. Ein klassisch schönes Gesicht. Sein dichtes, dunkelbraunes Haar ist noch etwas feucht von der Dusche. Er muss draußen geduscht haben, weil ich die Dusche im Obergeschoss benutzt habe.

Ich bin wie immer von ihm angezogen und gehe direkt in seinen persönlichen Bereich. Ich fühle mich wohl genug, um das zu tun, wenn er mich nicht finster ansieht, und ich möchte ihm näher sein. Alle Gründe, Abstand zu halten, verschwinden aus meinem Kopf.

„Du siehst gut aus", sage ich zu ihm.

Er räuspert sich und schiebt seine Hände in seine Hosentaschen. „Vielen Dank. Du auch."

„Ist der Wagen da?" Seine Cousine wollte uns ihren Fahrer schicken. Muss schön sein, zur königlichen Familie zu gehören. Schade, dass Sean keine dieser Annehmlichkeiten regelmäßig in Anspruch nehmen kann.

„Ja, er wartet vor dem Haus. Bereit?"

„Sicher."

Er deutet mir an, ihm vorauszugehen. Ich gehe hinunter und balanciere vorsichtig über die Planen, die er ausgebreitet hat. Die Einbauküche ist verschwunden. Alles, was noch da ist, ist der Kühlschrank, den er an der gegenüberliegenden Wand angeschlossen hat, bis der neue geliefert wird. Er legt eine Hand unter meinen Ellbogen und überrascht mich damit, als er mich zur Tür hinausführt. Bis jetzt hat er mich nie absichtlich berührt. Abgesehen von diesem einen Kuss, zu dem ich ihn irgendwie überrumpelt habe. Wärme breitet sich von meinem Ellbogen über meinen Arm aus.

Auf der Straße wartet ein schwarzer Mercedes mit getönten Scheiben. Der Fahrer, der ein weißes Hemd und eine schwarze Hose trägt, steigt aus, begrüßt uns freundlich und öffnet die hintere Tür für uns.

Ich steige zuerst hinein und Sean folgt mir. Nachdem das

Auto vom Bordstein weggefahren ist, beuge ich mich vor und flüstere: „Fährst du oft so?"

Er antwortet leise: „Nein, nie. Silvia hat mich überrascht, als sie ihren Fahrer angeboten hat. Vielleicht liegt es daran, dass ich einen Gast mitbringe."

„Einen weiblichen Gast." Ich stoße ihn mit meinem Ellbogen an. „Sie denkt wahrscheinlich, ich sei deine Freundin."

„Nein. Das habe ich ihr nicht gesagt."

„Sie nimmt es an, da ich bei dir wohne."

„Vertrau mir, das glaubt sie nicht. Ich habe ihr gesagt, dass du Winnies Cousine bist, die vorübergehend auf dem Sofa übernachtet."

Ich lehne meinen Kopf zurück an den Sitz und verberge meine Enttäuschung. Offensichtlich steht er nicht so auf mich wie ich auf ihn. „Nun, aus welchem Grund auch immer, es ist definitiv besser als U-Bahn."

„Ja", nickt er und blickt aus dem Fenster.

„Alles okay?"

„Ja", sagt er.

Ich unterdrücke ein Seufzen. Ich habe in der letzten Woche viel Zeit mit Sean verbracht, und ich kann sagen, dass ihm etwas durch den Kopf geht. Er hat zwei Modi — einen intensiv konzentrierten Arbeitsmodus und einen entspannten Nichtarbeitsmodus. Ich habe nur einen kurzen Blick auf den Nichtarbeitsmodus bekommen. Diese knappe Deadline muss ihn wirklich belasten.

„Du machst große Fortschritte bei der Renovierung", sage ich.

„Ja, aber ich muss morgen wieder zurück in meinen Job, Brötchen verdienen, dadurch werde ich nicht mehr so schnell vorankommen."

„Ich kann das eine oder andere für dich tun, während du weg bist. Vielleicht irgendwas vorbereiten?"

„Nein!"

„Meine Güte, du musst mich nicht gleich anschreien. Ich kann helfen."

„Er hebt eine Hand. „Bei bestimmten Dingen. Aber bitte

fass nichts an, während ich nicht zu Hause bin."

„Okay, okay."

„Gibt es schon Neuigkeiten zu deinem Piloten?"

„Nein, ich werde frühestens Ende dieser Woche was hören. Ich habe morgen ein Vorsprechen für einen Autoversicherungswerbespot. Daumen drücken."

„Das ist zumindest was."

„Ja, ist natürlich nicht mein Traumjob, aber sie zahlen recht gut für einen Arbeitstag, und ich bekomme jedes Mal Tantiemen, wenn der Werbespot ausgestrahlt wird. So kommt Geld auf die Bank, während ich versuche, bessere Jobs an Land zu ziehen. Ich lebe seit vier Monaten von meiner Parfümwerbung. Es war ein nationaler Werbespot, der vergangene Weihnachten viel ausgestrahlt wurde. Das Geld reicht vielleicht ein Jahr, wenn ich sparsam bin."

„Ich glaube nicht, dass ich ihn gesehen habe."

„Du hast wahrscheinlich umgeschaltet. Ist ja nicht so, dass du zu der Zeit wusstest, wer ich bin. Es war ein nettes Shooting auf einem Minigolfplatz. Später haben sie die Parfümflasche digital als Ball eingearbeitet. Ich habe natürlich ein Hole-in-One, dank der Magie des Editierens. Ich hatte eine Zeile zu sagen: Bereit zu spielen? Mit sexy, verspielter Stimme." Ich probiere es an ihm aus. „Bereit zu spielen?"

Er starrt mich an und benetzt sich die Lippen. „Ich verstehe, warum du den Spot gebucht hast."

„Danke!" *Ich denke, er mag sexy.*

„Es muss schwierig sein, nicht zu wissen, wann dein nächster Gehaltsscheck kommt."

„Ja, ich habe Sicherheit gegen meinen Traum eingetauscht. Aber ich denke immer positiv, dass mein großer Durchbruch gleich um die nächste Ecke ist."

Er sieht nachdenklich aus. „Ich denke, das musst du dir sagen. Doch an welchem Punkt wirst du sagen, genug, ich suche mir einen normalen Job?"

„Nie."

„Es könnte passieren. Das Geld wird knapp. Du bist es leid, auf den Sofas der Leute zu pennen."

„Ich bin jung! Ich mache mir darüber keine Sorgen. Ich komme schon dorthin, wo ich hin will."

„Okay." Er klingt nicht überzeugt.

„Ich bekomme Rollen, weißt du? Ich habe ein BFA in Drama Arts, und ich habe jede Menge Theater gespielt."

„Bezahlte Rollen?"

Ich brause auf. „Schau dir mein Bewerbungsvideo an, wenn du mich in Aktion sehen willst. Du wirst sehen, dass ich weiß, was ich tue."

„Es ist nicht so, dass ich an dir zweifle. Ich denke nur, dass es eine sehr schwierige Art ist, seinen Lebensunterhalt zu verdienen."

„Na ja, jemand muss es tun. Die Unterhaltungsindustrie existiert aus einem bestimmten Grund." Ich ziehe mein Handy heraus und schicke ihm den Link zu meiner Website. „Schau es dir später an."

Er tut es sofort, was ich nicht erwartet hatte.

„Ich sagte später", sage ich ihm. „Nicht vor mir."

Er drückt auf Pause. „Warum? Du trittst für Publikum auf. Was ist der Unterschied?"

„Der Unterschied ist, dass ich normalerweise nicht mitansehen kann, wenn mich jemand anderes ansieht. Ich möchte nicht wissen, wenn es dir nicht gefällt."

„Ich werde mein Pokerface aufsetzen." Er drückt erneut auf „Play", und ich kann sofort erkennen, dass ihn etwas verwirrt. Er weiß nicht, wie gut ich ihn lesen kann.

„Was ist?"

Er kehrt mir den Rücken zu.

Ich kann das Video hören, und ich wünschte, ich wäre nicht so defensiv gewesen, als müsste ich mich beweisen. Warum kümmert es mich, was er denkt? Es ist nur eine Drei-Minuten-Rolle, aber es sind die längsten drei Minuten meines Lebens.

Er dreht sich zu mir um. „Du bist gut."

Ich seufze. „Danke. Und du bist auch gut in deinem Job."

„Ich weiß."

„Sag einfach danke!" Ich muss lachen.

Er lächelt die beste Art eines Lächelns. Die Art, die seine

blauen Augen erreicht und sein hübsches Gesicht leuchten lässt. „Danke, Josie."

Als wir bei Silvia ankommen, bin ich guter Stimmung. Sean und ich scheinen eine gute Chemie zu haben. Er hat mir von seiner Familie erzählt, dem skandalösen Bruch und die eng gestrickte Familie, die er in Brooklyn hat. Ich bin ein bisschen neidisch, als er die Possen seiner Brüder beschreibt, während sie aufgewachsen sind, und ihre Kameradschaft, die sie jetzt im Job auch haben, wo alle im Familienunternehmen zusammenarbeiten. Ich stehe meinen Eltern nah, doch ich habe nie eine große Familie oder lustige Geschichten mit Geschwistern erlebt. Er ist mit tiefen Wurzeln hier verankert. Ich bin mir nicht sicher, ob ich jemals Wurzeln schlagen werde. Ich muss gehen, wohin der Job mich bringt.

Silvia öffnet uns die Tür mit einem ernst aussehenden Mann, der ganz in Schwarz gekleidet hinter ihr steht. „Hallo! Herzlich willkommen!" Sie ist jung, wahrscheinlich in meinem Alter, mit einer sehr mädchenhaften Ausstrahlung. Ihr dunkelbraunes Haar fällt in einer sanften Welle über ihre Schultern, sie trägt nur minimales Make-up, ihre haselnussbraunen Augen strahlen Wärme aus. Sie trägt ein süßes schwarz-weiß gestreiftes Kleid mit hellbraunen Gladiatorsandalen. Ich hatte Angst, dass sie ein wenig distanziert und herablassend daherkommen würde, doch sie scheint jemand zu sein, mit dem ich jederzeit einen Kaffee trinken gehen würde.

„Danke", sage ich. „Es ist so toll, Sie kennenzulernen."

„Hey, Sil", sagt Sean. „Danke, dass du uns eingeladen hast."

Sie tritt zurück, damit wir eintreten können, und stellt sich auf Zehenspitzen, um Seans Wange zu küssen. „So schön, euch beide hier zu haben!", ruft sie und streckt mir ihre Hand entgegen. „Ich bin Silvia. Und das mit dem Sie lassen wir, okay?"

Ich schüttle ihr die Hand. „Ich bin Josie."

Sie strahlt. „Normalerweise komme ich nach Brooklyn, aber Sean wollte mich ganz allein sehen, ohne seine mürrischen Brüder."

Ich grinse. „Du meinst, sie sind mürrischer als er?"

„Ich würde nicht mürrisch sagen. Eher tiefe, knurrende Stimmen. Aber Hunde, die bellen, beißen nicht, mach dir also keine Sorgen." Sie deutet auf den Mann, der in einem schwarzen Blazer, einem schwarzen T-Shirt und einer schwarzen Hose direkt hinter ihr steht. „Das ist mein Bodyguard, Leon."

„Hallo, schön, Sie kennenzulernen", sage ich.

Sean nickt ihm zu.

Leon nickt knapp. Kein Lächeln. Brr ... Ist es hier drinnen kalt?

„Ihr habt Glück", sagt Silvia. „Mein Mann Cade macht seine berühmte Lasagne. Na ja, berühmt in unserem Haus." Sie lädt uns ein, ihr in die Küche zu folgen, wo ein Mann mit langen, dunkelblonden Haaren, Vollbart und einem Lächeln Tomaten für einen Salat schneidet. „Cade, das ist Josie. Und meinen Cousin kennst du ja schon."

Cade wischt sich die Hand an der Schürze ab und schüttelt mir die Hand, bevor er sich an Sean wendet. „Schön, dich wiederzusehen, Sean. Wie lange ist es her, eine Woche?"

„Ja." Sean dreht sich zu mir um. „Er war bei der Hochzeit meines Bruders in Villroy."

„Die ganze Familie war da", sagt Silvia und sieht zufrieden aus. „Kann ich euch einen Wein anbieten? Ich habe einen wirklich schönen italienischen Roten da."

„Sicher", sage ich. Aus dem Augenwinkel sehe ich Leon, ihren Bodyguard, der in der Küche an der Tür steht. Hält er mich für eine Bedrohung? Keine Angst! Ich bin eine friedliebende Frau.

Cade nickt Sean zu. „Bier ist im Kühlschrank."

„Danke", sagt Sean und bedient sich.

„Lasst uns ins Wohnzimmer gehen", sagt Silvia. „Bis zum Abendessen dauert es nicht mehr lang."

Sie geht voran, Leon bleibt wie ein Schatten bei ihr. Der Rest von uns folgt ihr zu einem Sitzbereich mit einem braunen Wildledersofa, zwei türkisblauen Stühlen und einem Sofatisch aus Glas. Es gibt eine Fensterfront mit Blick auf den Central Park. Wir sind in der obersten Etage und haben eine wunderschöne Aussicht. Gegenüber des großen Wohnzimmers ist ein Essbereich mit einem schwarzen Holztisch und sechs passenden Stühlen.

Sie setzt sich mit Cade auf das Sofa und Leon bleibt in gewissem Abstand hinter ihr. Lebt er bei ihnen? Das muss für ein Ehepaar seltsam sein. Wie kann man spontanen Sex haben, wenn einem immer ein Schatten hinterherschleicht?

Sean und ich nehmen auf den Sesseln gegenüber Platz.

„Also, Josie, du bist neu in der Stadt, oder?", fragt Silvia.

„In gewisser Weise. Ich hab schonmal hier gelebt, als ich studiert habe. Ich wechsle zwischen New York und L.A. für Vorsprechen hin und her."

„Sie ist Schauspielerin", sagt Sean. „Wirklich talentiert."

Ich drehe mich lächelnd zu ihm um. „Danke."

„Oh, ist das nicht aufregend?", schwärmt Silvia. „Habe ich dich schon in irgendwas gesehen?"

„Ich war letztes Weihnachten in der Blossom-Parfümwerbung. Ich habe Minigolf gespielt, und das Parfüm war der Ball."

„Ich kenne das! Du hast ein leuchtend gelbes Kleid getragen. Wie süß!" Sie dreht sich zu Cade um. „Erinnerst du dich an den Werbespot?"

„Vage. Ich habe wahrscheinlich nach meinen E-Mails gesehen, als es dran war, wenn es eine Parfümwerbung war. Nichts für ungut."

„Schon gut", sage ich.

„Sonst noch was, wo ich dich gesehen habe?", fragt sie mit einem Lächeln.

Ich lächle weiter. „Nur, wenn du ein Mittelschulkind bist, das sich eine Bildungsserie über Bibliotheksressourcen ansieht."

„Ha! Nicht wirklich."

„Sie hat einen Piloten gemacht", fügt Sean hinzu.

Ich lächle ihn an. „Ja. Ich bin begeistert davon. Wenn der Sender ihn übernimmt, könnte ich mindestens eine Staffel in einer Sitcom haben."

„Sie wird in L.A. gefilmt", sagt Sean. „Könnte in ein oder

zwei Wochen losgehen. Sie wird es frühestens Ende dieser Woche wissen."

Ich werfe ihm einen Seitenblick zu. Seltsam, dass er in meinem Namen spricht, wenn ich hier sitze.

Er holt sein Handy heraus. „Schaut euch ihren Videoclip auf ihrer Website an."

Ich werde rot. „Oh, das ist wirklich nicht nötig."

„Ich möchte ihn gerne sehen", sagt Silvia. „Sei nicht schüchtern. Sean hat dich schon in höchsten Tönen gelobt."

Sean schneidet eine Grimasse. „Hab ich nicht. Objektiv gesehen ist sie talentiert."

„Nichts Persönliches, oder?", sagt Silvia und zwinkert mir zu. „Lass mich sehen."

Sean gibt ihr sein Handy, und ich versuche mich nicht zu winden, während Silvia und Cade es sich gemeinsam ansehen. Leon bleibt stoisch hinter Silvia stehen und starrt geradeaus. Es ist, wie mit einer Statue zu feiern. So seltsam. Wenn ich jemals berühmt werde, brauche ich wahrscheinlich auch einen wie ihn. Ich werde meinen bitten, diskret Abstand zu halten. Oben vor der Tür Wache zu stehen. Irgendwo, von wo er schnell zu mir kommen kann, wenn ich um Hilfe schreie, doch auf keinen Fall sollte er im selben Zimmer lauern.

Silvia gibt Seans Handy zurück, als das Video fertig ist. „Sehr cool, Josie. Ich mochte den Kontrast der Szenen auch – Drama und Komödie. Was machst du lieber?"

„Ich mag alles. Ich möchte eine der Schauspielerinnen sein, die nicht nach Genres definiert werden, weißt du? Ich könnte in einem Action-Abenteuer, einer Rom-Com oder einem Thriller spielen. Wie Claire Jordan."

Silvia nickt. „Ich kenne sie. Na ja, nicht persönlich, aber meine Hochzeitsplanerin hier in den Staaten hat auch Claire Jordans Hochzeit geplant. Vielleicht könnte ich sie anrufen, um euch beide in Kontakt zu bringen."

Ich hole scharf Luft. „Omeingott. Das wäre fantastisch. Claire Jordan ist mein Idol! Sie hat so viele Genres gemacht, so viele fantastische Rollen, und sie hat ihre eigene Produktionsfirma. Es wäre eine große Ehre, sie kennenzulernen und mit ihr über ihre Erfahrungen zu sprechen."

„Na, dann machen wir das!", ruft Silvia. „Gib mir deine Nummer, und ich melde mich, sobald ich weiß, wann Claire verfügbar ist."

Ich werfe Sean einen *ist das zu glauben*-Blick zu, bevor ich mich wieder zu ihr umdrehe. „Ich bin sicher, sie ist viel zu beschäftigt. Sie hat gerade einen neuen Film rausgebracht und ich weiß, dass sie jetzt zwei Kinder hat, Owen und Harper. Außerdem hat sie ihre Produktionsfirma Red Jewel Films."

Alle starren mich an.

Ich zucke mit der Schulter. „Ich habe ein bisschen recherchiert. Jedes Mal, wenn ich eine Schauspielerin mit einer Karriere finde, die ich bewundere, versuche ich herauszufinden, wie sie dorthin gekommen ist. Um ihren Karriereschritten zu folgen. Das persönliche Zeug erfährt man da einfach mit." Ich lache. „Okay, und ich bin ein totaler Fan!"

„Ich schicke dir Josies Kontaktinformationen", sagt Sean zu Silvia, bevor ich es tun kann. Er tippt auf sein Handy und schickt sie ihr. Er ist heute Abend sehr proaktiv für mich unterwegs. Es fühlt sich gut an zu wissen, dass er möchte, dass ich Erfolg habe. Es bedeutet, dass er an mich glaubt.

Silvia sieht ihn neugierig an, bevor sie sich zu mir umdreht und süß lächelt. „Ich hoffe, dass das ein guter Kontakt ist."

„Ich weiß das wirklich zu schätzen", schwärme ich.

Sie lächelt und trinkt einen Schluck Wein. „Also, Josie, wie geht es dir mit meinem Cousin als Mitbewohner?"

Ich strahle Sean an. „Toll! Wir wissen, wie man umeinander herum arbeitet, und ich habe keine Beschwerden."

Sean zieht an seinem Kragen. „Es war eine Anpassung. Ich bin es gewohnt, allein zu arbeiten, aber Josie ... sie ist auch da."

Ich versteife mich. „Ich bin auch da?"

Er verzieht das Gesicht und wendet den Blick ab.

Meine Stimmung schlägt um, und ich schlucke. „Ich dachte, du hättest gesagt, dass ich dir geholfen habe. Und ich sorge dafür, dass du jeden Abend was isst."

Er senkt seine Stimme. „Ich denke, ich könnte mir auch

selbst was zu essen besorgen. Außerdem ist es keine gute Lebenssituation auf einer Baustelle."

Ich kneife meine Augen zusammen. Nach allem, was ich für ihn getan habe? „Also bin ich dir nur lästig?"

Cade entschuldigt sich, um nach dem Abendessen zu sehen. Silvia beobachtet Sean genau. Ich auch. Hier hatte ich so herzliche Gefühle für ihn, obwohl er meine blanke Gegenwart als lästig empfindet.

„Also?", dränge ich. „Sag einfach, was du wirklich von mir denkst."

Er atmet scharf aus, wirft Silvia einen flehenden Blick zu, doch sie bedeutet ihm, mir zu antworten, und er wendet sich mir zu. „Okay, gut. Du bist eine Ablenkung. Das habe ich dir von Anfang an gesagt. Ich muss mich konzentrieren. Ich sollte keinen Mitbewohner haben. Ich habe dich nur bleiben lassen, weil Winnie gesagt hat, dass du das Bedürfnis hättest, dich sicher fühlen zu wollen."

„Ist Sean eine Art Bodyguard für dich?", fragt Silvia mich. „Anders als Leon ist er unbewaffnet, das weißt du aber schon?"

Ich schaue zum furchteinflößenden Leon hinüber, der seinen Blazer zurückschiebt, um seine Waffe zu zeigen. Ich schlucke. „Ich brauche nicht *so* viel Schutz."

Sean trinkt einen langen Schluck von seinem Bier und starrt geradeaus. Etwas stimmt hier nicht.

Silvia lächelt. „Das mag wahr sein, aber wenn Sean dir auf die Nerven geht, kannst du hier gerne unterkommen. Leon kann sich um uns beide kümmern."

Mir bleibt der Mund offenstehen, und ich drehe mich zu Sean um, der ein unechtes Lächeln aufsetzt. „Das ist ein nettes Angebot", sagt er.

Hat Prinzessin Silvia mich gerade, fünf Minuten nach unserer ersten Begegnung, eingeladen, bei ihr einzuziehen? Und warum sieht Sean nicht im Geringsten überrascht aus? Und dann weiß ich es – er will mich zu ihr abschieben! Diese Ratte! Das ist der einzige Grund, weswegen ich hier bin. Das ist der Dank, den ich bekomme, nachdem ich so viel getan habe, um ihm zu helfen! Ich habe diesem Idioten Essen besorgt, sein Geschirr abgewaschen und ... ich habe ein ganzes Bad geputzt! Das war harte Arbeit. Ich habe ihm Werkzeuge gereicht und Fliesen geholt, bin die Treppen hoch und runter gerannt. Ganz zu schweigen davon, dass ich die Küche für ihn ausgeräumt habe! Wenn mich das lästig macht, hat er mich nicht verdient.

„Ich habe viel für dich getan", sage ich mit erstickter Stimme zu Sean. Verdammt. Meine Augen brennen. Ich wende mich Silvia zu. „Entschuldigung, wo ist dein Bad?"

Sie sieht mich mitfühlend an und nickt. „Den Flur runter."

Ich springe auf und eile dorthin, bevor Sean sehen kann, wie wütend ich bin. Ich will mich nicht über ihn aufregen. Ich will mich überhaupt nicht um ihn scheren. Ich wünschte, ich würde es nicht tun. Er ist mir ans Herz gewachsen mit seiner schroffen, kompetenten Art und dem gelegentlichen Einblick in einen Mann, der mehr Tiefgang zu haben schien. Nach dem Kuss habe ich mehr in die Situation hineininterpretiert, als wirklich da war.

Ich spreche mir im Spiegel Mut zu und mache dann eine Atemübung, um wieder zur Ruhe zu kommen. Ich habe viel Übung darin, mich vor dem Vorsprechen zu beruhigen. Sicher, das hier ist schlimmer, weil es persönlich ist, aber es gelten die gleichen Prinzipien. Mir geht's gut. Ich werde schon klarkommen.

Als ich ins Wohnzimmer zurückkehre, sagt Silvia: „Entschuldige, Josie. Leon fühlt sich nicht wohl dabei, die Sicherheit auf eine andere, weitere Person auszudehnen. Er sagt, wir müssten einen anderen Bodyguard für dich einstellen."

„Schon gut. Ich brauche keinen."

„Du musst dich immer noch sicher fühlen", sagt Sean.

„Mach dir keine Sorgen um mich", sage ich durch die Zähne.

„Was ist mit meinen Eltern?", fragt er. „Mein Vater ist großartig, und sie haben Platz."

Ich benutze meine coolste, gelassenste Stimme. „Das ist nicht nötig. Ich werde, so schnell es geht, eine andere Bleibe finden."

„Bei wem?", fragt Sean.

„Ich weiß nicht", feuere ich zurück. „Vielleicht bei jemandem aus meinem Improvisationskurs."

„Bei einem Mann?"

Warum kümmert ihn das, solange ich ihm nicht mehr auf die Nerven gehe?

Ich werfe Sean einen harten Blick zu. „Wir reden später."

Er brummt. Der Muffel ist zurück. Doch was soll's? Jetzt bin ich auch mürrisch. Ich habe mich in meinem Leben noch nie so wenig geschätzt gefühlt. Und so verletzt.

Ich trinke meinen Wein aus und stelle das leere Glas ab.

„Mehr Wein?", fragt Silvia.

„Ja, danke."

Sie füllt mein Glas nach und sieht Sean scharf an. „Vielleicht solltest du Cade helfen, das Abendessen zum Tisch zu bringen."

Sean errötet schuldbewusst, begreift den Hinweis und verlässt den Raum.

In dem Moment, als er geht, beugt sie sich vor. „Er ist normalerweise ziemlich locker und hat wirklich Humor. Ich weiß, dass er unter großem Druck steht."

Ich schüttle meinen Kopf. „Er war von Anfang an irritiert von meiner Anwesenheit. In meiner Gegenwart war er vielleicht *einmal* kein absoluter Griesgram. Ich bin es leid. Ich mag nicht mehr."

Sie trinkt einen Schluck Wein und sagt gelassen: „Okay."

„Ja, wirklich. Ich könnte es nicht ernster meinen."

„Da bin ich mir sicher."

Ich schlucke eine scharfe Bemerkung herunter. Das Letzte, was ich will, ist, mit Prinzessin Silvia zu streiten, besonders nachdem sie sich bereit erklärt hat, für mich Kontakt zu Claire Jordan herzustellen. „Ich habe gehört, du bist eine Kinderbuchredakteurin? Macht das so viel Spaß, wie es sich anhört?"

Sie blickt in die Küche. „Er ist ein guter Kerl, und er meint es gut. Sei nicht zu hart mit ihm."

Ich presse meine Lippen aufeinander. Offensichtlich ist seine Cousine auf seiner Seite.

$$7$$

Sean

Heute Abend war eine Katastrophe. Silvia hat sich sehr darum bemüht, dass das Abendessen so reibungslos wie möglich verlief, was nicht einfach war, da Josie mir angepisste Blicke zuwarf. Schlimmer noch, die Schuldgefühle fressen mich innerlich auf. Ich glaube, Josie hat im Bad geweint. Ich fühle mich schrecklich, weil Josie keinen gemeinen Knochen in ihrem Körper hat. Sie ist immer so offen und fröhlich. Ich habe nur versucht, um unser beider willen etwas Abstand zu halten.

Ich kann nicht mehr mit ihr unter einem Dach leben. Ich weiß nicht, was sie erwartet. Und okay, gut, ich mag sie. Ich wollte sie nicht mögen, aber ich tue es, und sie wird sich nur noch mehr einschleichen, und dann wird sie verschwinden. Und ich gehe nirgendwo hin. Ich kann nicht. Meine Brüder sind für unser gemeinsames Geschäft auf mich angewiesen.

Wir sind auf dem Heimweg im Wagen, und Josie hat kein Wort zu mir gesagt, seit wir Silvias Wohnung verlassen haben.

Ich kann die Stille nicht mehr ertragen. „Es war nur eine freundliche Einladung, Leon als Bodyguard zu benutzen."

Sie blickt finster drein. „Ich kann es nicht leiden, wie du versucht hast, mich zu deiner Cousine abzuschieben. Du hättest mich einfach fragen können, ob ich dort bleiben möchte. Stattdessen hast du dir einen schlauen Plan hinter meinem Rücken zurechtgelegt."

„Silvia musste dich zuerst treffen, aber offensichtlich mochte sie dich, um dich einzuladen, bei ihr zu wohnen."

„Sie hat die Einladung zwei Minuten später zurückgenommen."

„Weil ich sie darum gebeten habe, nachdem mir klar wurde, dass du deswegen wütend warst."

Sie blickt wieder schweigend aus dem Fenster.

„Hey, du hast mich auch schon mal hintergangen. Ich habe dir vergeben."

Sie dreht sich zu mir um und kneift ihre Augen zusammen. „Ich nehme jedes Kompliment zurück, das ich dir jemals über deinen Hals gemacht habe."

„Auch gut."

„Deine Schultern und dein Rücken sind immer noch nett, aber das ist nebensächlich. Du bist mein Mitbewohner und nichts weiter."

Ein Teil meiner Schuldgefühle lässt nach, weil sie mir ein Kompliment gemacht hat, was bedeutet, dass sie sich vielleicht ein bisschen besser fühlt. „Das ist alles, was ich jemals war."

„Nein, du hast mich einmal geküsst."

„Weil *du* es mir gesagt hast."

Sie schiebt ihr Kinn vor. „Das habe ich nicht. Wir haben improvisiert."

Auf keinen Fall lasse ich mir diesen Kuss unterschieben. „Nenn es, wie du willst, aber es gab keine Frage, du wolltest, dass ich dich küsse. *Ja, und küss mich.* Deine genauen Worte."

Sie verschränkt die Arme. „Ja und nie wieder. Ich entwerfe einen neuen Raum."

Ich runzle die Stirn. „Was?"

Sie lässt die Arme sinken. „Improv. Ja, und … dann fügt die andere Person etwas Neues hinzu."

„Hör auf mit dem Improvisieren. Ich will keine Spiele spielen. Ich will nur ..." Ich höre auf, weil mir klar wird, dass ich wirklich etwas will, das niemals funktionieren kann – wir beide zusammen. „Schau, ich werde von jetzt an offen mit dir umgehen, du machst das Gleiche, und wir werden wieder die freundlichen Mitbewohner sein."

Sie starrt mich einen Moment lang an, und ich halte ihren Blick fest. Ich weiß nicht warum, aber ich kann dieses Wettstarren nicht verlieren.

Schließlich sagt sie: „Silvia hat mir gesagt, dass du normalerweise locker bist und Humor hast. Junge, hat sie sich getäuscht."

„Humor? Wie in ich bin lustig?"

„Ja. Was ist mit dir passiert?"

„Oh, ich weiß nicht, vielleicht hat es was damit zu tun, dass ich rund um die Uhr arbeite, während meine Ex mir im Nacken sitzt und ihre spionierende Cousine mich ablenkt und mir auf Schritt und Tritt im Weg steht."

Sie stößt mich mit einem Finger an. „Du hast Winnie immer noch nicht vergeben. Das ist hier das eigentliche Problem."

Das eigentliche Problem ist, dass ich Winnie vergeben habe. Ich bin über sie hinweg, aber ich habe mir die Finger verbrannt, und gebrannte Kinder scheuen nunmal das Feuer. Josie geht bald für ihre Sitcom nach L.A. Für mich ist das gar keine Frage, jemand, der so talentiert ist wie sie, muss den Job bekommen. Ihre Persönlichkeit allein kann eine Show tragen. Ich kann Verwicklungen für die nächsten ein oder zwei Wochen vermeiden, bevor sie nach L.A. geht. Ich darf ihr nichts davon sagen, weil sie dann weiß, dass sie mich zu sehr interessiert. Dann würde es schwieriger werden, Abstand zu halten.

Ich gehe in die Defensive. „Würde ich dann in ihrem Haus bleiben und renovieren wollen?"

Sie wirft die Hände hoch. „Keine Ahnung."

„Ich bin über sie hinweg."

„Du bist *nicht* über sie hinweg."

„Das hat nichts mit Winnie zu tun. Ich liebe dieses Haus. Ich liebe die Gegend. Ich möchte es zu Ende bringen."

Sie wedelt mit der Hand. „Das klingt alles vollkommen vernünftig. Leider glaube ich kein Wort von dem, was du gerade gesagt hast."

Ich brause auf. „Was willst du hören? Dass ich dachte, das wäre meine Zukunft, ein Leben auf der Park Slope zu führen, und ich kann es nicht loslassen?"

„Zumindest wäre das ehrlich."

Ich beuge mich vor. „Dieses Projekt bedeutet mir etwas. Ich arbeite seit mehr als einem Jahr daran." Ich lehne mich zurück. „Und ja, ich will dieses Leben, auch ohne sie. Ich bin ehrgeizig. Ich möchte nicht immer nur auf dem Bau arbeiten. Ich habe dir gesagt, dass meine Familie in die Immobilienentwicklung einsteigt. Rourke Management, das sind wir. Winnies Haus wird in unserem Portfolio großartig aussehen. Wusstest du, dass ihre Großmutter 1935 fünftausend Dollar dafür bezahlt hat? Wenn ich diese Renovierung nach meinen Maßstäben abgeschlossen habe, ist das Haus mindestens drei Millionen wert."

Ihre Augen weiten sich. „Whoa. Ich hatte keine Ahnung."

„Ja. Ich werde Projektentwickler. Vielleicht steige ich auch auf der Finanzseite ein. Weniger Schweiß, mehr Gehirnleistung."

Sie sieht mich neugierig an. „Du kennst dich mit Finanzen aus?"

„Ich bin lernfähig."

„Ich bin auch ehrgeizig. Ich möchte genau wie Claire Jordan sein."

„Du solltest nicht versuchen, wie jemand anderes zu sein. Sei einfach du selbst."

Sie schnaubt. „Du sagst, dass ich eigentlich in Ordnung bin, dabei weiß ich, dass du mich als nichts anderes als eine riesige Unannehmlichkeit siehst."

„Ich sage nur, sei keine Möchtegern-Claire Jordan."

Sie seufzt. „Schau, ich weiß, dass Winnie dich wirklich verkorkst hat, und das tut mir leid, aber bitte halt mich aus der Explosionszone raus. Ich habe, seit ich angekommen bin, nichts anderes getan, als dir zu helfen. "

„Du hast den Rauchmelder ausgelöst, einen Saustall in der Küche veranstaltet, mich dazu gebracht, mir Sorgen um dich zu machen, und dich im Allgemeinen selbst zum Ärgernis gemacht."

Sie holt scharf Luft und blinzelt.

Ich verziehe das Gesicht, weil ich befürchte, dass sie wieder meinetwegen weinen wird. „Nicht wirklich ein Ärgernis. Ich nehme das zurück."

Als sie mich sieht, glänzen ihre Augen vor unvergossenen Tränen. Mein Bauch dreht sich. „Nein, nimm es nicht zurück. Es ist offensichtlich, wie du wirklich über mich denkst."

„Nein, ist es nicht. Das hätte ich nicht sagen sollen. "

Sie dreht sich weg. Ich höre sie schniefen.

„Ich mag dich", gebe ich zu. „Auch wenn ich nicht will."

Sie dreht sich zu mir um und blinzelt die Tränen weg. „Warum willst du mich nicht mögen? Wegen Winnie?"

„Du gehst so oder so. Was würde das schon bringen?"

„Also, wenn ich nicht gehen würde, würdest du mich mehr mögen?"

Ich blicke geradeaus und murmle: „Du drehst mir die Worte im Mund um."

Sie ist für einen Moment still, bevor sie sagt: „Ich hatte recht, was dich angeht."

Ich drehe mich zu ihr um. „Womit?"

„Du bist ein Beziehungstyp, niemand für eine flüchtige Affäre. Ich finde das erfrischend."

„Ich bin so, wie ich mich fühle. Ich habe keine Zeit für Komplikationen mit einer Frau. Das ist der wahre Grund, warum ich allein leben will, aber du bist immer da."

„Okay, ich versteh schon. Du musst nicht so hart sein. Du wirst mich nicht sehen. Und du kannst vergessen, dass ich dir jeden Abend das Abendessen serviere."

Ich schüttle meinen Kopf. So komisch, dass sie das für eine große Hilfe hält. Es ist nicht so, als würde sie kochen. „Ich kann mir durchaus selbst was zu essen holen."

„Gut, weil du von nun an offiziell auf dich allein gestellt bist."

„Was meinst du?"

„Ich werde so viel wie möglich ausgehen, damit du nicht einmal weißt, dass ich in der Nähe bin."

„Großartig." Nur fühlt es sich nicht großartig an. Meine Brust schmerzt. Ich habe sie vielleicht so weit weggestoßen, dass sie niemals zurückkommen wird.

„Außerdem werde ich wahrscheinlich sowieso bald was über meinen Piloten hören."

„Ich hoffe, sie übernehmen die Serie."

Sie runzelt die Stirn. „Weil ich gehe oder weil du mir nur Gutes wünschst?"

„Ich weiß nicht, wie ich darauf antworten soll."

„Würde es dich umbringen, nett zu mir zu sein?"

Ich atme scharf aus. „Ich weiß nicht, wie du auf die Idee kommst, dass ich nett bin."

Sie starrt geradeaus, ihre Lippen sind zu einer flachen Linie zusammengepresst.

Mir wird bewusst, dass sie jeden Abend ausgehen wird, da das die einzige Zeit ist, zu der ich zu Hause bin, wenn ich morgen anfange, wieder normal zur Arbeit zu gehen. Doch kann ich mich konzentrieren, wenn sie nachts allein in der Stadt unterwegs ist? Sie ist keine toughe New Yorkerin. Sie ist eher der *Hey, lass uns abhängen*-Typ.

Bevor ich es verhindern kann, sind die Worte aus meinem Mund. „Lass mich deine Pläne wissen und schreib mir eine SMS, wenn du spät kommst. Ich möchte meine Zeit nicht damit verschwenden, nachzusehen, ob du gut nach Hause gekommen bist."

Ihre Lippen krümmen sich ein wenig, bevor sie sie wieder zu einer flachen Linie zusammenpresst. Es macht ihr nichts aus, wenn ich sie beschütze. Sie mag es. „Betrachte das als erledigt. Du musst keine Sekunde deiner Zeit mit mir verschwenden."

„Gut."

„Stört es dich, wenn ich oben einen Gast habe?"

Ich knirsche mit den Zähnen. Meint sie einen Mann oder eine Freundin? Ich kann nicht fragen, sonst wird sie denken, dass ich eifersüchtig bin – was ich bin, auch wenn ich kein Recht dazu habe. „Keine Gäste. Das Haus ist immer noch eine Baustelle."

„Der dritte Stock ist fertig. Da ist dieser Typ in meinem Improvisationskurs, der mehr mit mir üben will."

Ich sehe sie an. Versucht sie, mich zu provozieren? Schwer zu sagen. Ihre Miene ist vollkommen unschuldig.

„Was üben?", frage ich.

„Improv."

„Improv-küssen?" Das hat sie mit mir gemacht.

Sie zuckt mit den Achseln.

„Ich denke, es ist keine gute Idee, besonders, wenn du so bald gehst."

„Okay." Sie klingt erfreut.

„Was soll das heißen? Okay?"

Sie lächelt, jedoch bewusst nicht in meine Richtung. „Es bedeutet okay."

„Du hörst dich an, als würdest du mehr implizieren."

„Du hoffst, dass ich mehr impliziere, nicht wahr?"

Ich schließe den Mund, bevor ich die Wahrheit herausplatze – der einzige Grund, warum ich will, dass sie verschwindet, ist, dass die Versuchung beseitigt werden würde. Ich habe das unangenehme Gefühl, dass sie bereits die Wahrheit ahnt.

Sie seufzt und lehnt ihren Kopf an meine Schulter.

Ich schiebe sie nicht weg.

Als ich Montagabend nach der Arbeit nach Hause komme, höre ich oben ein Geräusch und hoffe, dass sie es ist, obwohl sie gesagt hat, dass sie jeden Abend ausgehen will.

„Josie?", rufe ich.

Schweigen.

Ich gehe nach oben, doch sie ist nicht da. Es war nur das

alte Haus, das vor sich hin knarzt. Ich muss mich an ein Leben ohne Josie gewöhnen. Ich bin derjenige, der sie aus gutem Grund weggestoßen hat, also muss ich nur mit dem vorübergehenden Unbehagen leben, nicht zu wissen, wo sie ist, mit wem sie zusammen ist oder wann sie zurück sein wird.

Ich gehe in die Küche, stelle eines der Tiefkühl-Abendessen, die ich mitgebracht habe und die nicht wie das Bild auf der Schachtel aussehen, in die Mikrowelle und esse draußen auf der Terrasse. Dann mache ich mich an die Arbeit in der Küche, fühle mich unzufrieden und ungewöhnlich schlecht gelaunt.

Eine Stunde später muss ich wissen, was sie treibt. Ich ziehe mein Handy aus der Tasche und schreibe ihr kurz und prägnant: *Voraussichtliche Ankunftszeit?*

Keine Antwort. Was macht sie? Ist sie mit diesem Improvisationsheini zusammen?

Ich stecke mein Handy in meine Gesäßtasche und mache mich an die Arbeit. Es vibriert, als ich gerade einen neuen Hängeschrank anschraube. Ich halte den Schrank mit einer Hand fest, setze den elektrischen Schraubendreher ab und hole mein Handy aus der Tasche.

Josie: *Bin gegen 9 zurück. Besuche eine Freundin vom College. Vielleicht gegen 10. Sie will mich mitnehmen, um ihre Freunde in Harlem zu treffen. Vielleicht machen wir eine Jam-Session.*

Ich stecke das Telefon wieder in meine Tasche und schraube den Schrank fertig an. Dann ziehe ich mein Handy wieder heraus und schicke ihr eine kurze Nachricht. *Du spielst ein Instrument?*

Josie: *Ich bin passabel am Klavier.*

Ich: *Multitalent. Cool.*

Sie schickt einen Kuss Emoji. Okay, jetzt nur nichts da reininterpretieren. Emojis sind nichts Ernstes. Trotzdem rauscht das Blut durch meine Adern, plötzlich hellwach.

Josie: *Meine Mutter ist Opernsängerin. Ich bin mit Musik in meinem Leben aufgewachsen. Habe ich dir das jemals erzählt?*

Ich: *Ja. Ich habe dich einmal singen hören. Du warst wirklich gut.*

Josie: *Wow. So viele Komplimente heute Abend. Ich kann auch Stepptanz.*

Ich ertappe mich dabei, wie ich lächle. Irgendwie ist es leichter, ihr gewisse Dinge in Form von SMSen zu sagen.

Ich: *Das würde ich gerne sehen.*

Josie: *Vielleicht. Wenn du wirklich nett fragst. Was ist dein Talent? Abgesehen davon, dass du ein überaus talentierter Bauarbeiter ist.*

Ich schreibe spontan zurück. *Ich bin gut im Bett.*

Ich verziehe das Gesicht. Was tue ich da?

Scheiße. Sie schreibt nicht mehr. Ich wünschte, ich könnte die Nachricht zurücknehmen. Ich sehe mich in dem halbfertigen Raum um, als könnte mir hier jemand helfen. Wie repariere ich das wieder? Ich bin im Begriff, eine SMS zu schreiben. *Entschuldigung. Hab das an die Falsche geschickt*, als sie wieder schreibt.

Josie: *Hey, musste meiner Freundin antworten. Zurück zu dir. Zählt das als Talent?* Auch unangemessen.

Ich: *Es ist eher eine Gabe als ein Talent. Und das war unangemessen.*

Josie: *Sexten wir?*

Ich lache laut und schreibe zurück: *Willst du sexten?*

Josie: *Vielleicht. In der U-Bahn ist es superlangweilig.*

Ich: *Du musst nicht jede Nacht wegbleiben. Ich wollte dich nicht vergraulen.*

Josie: *Warum hast du es dann getan?*

Ich kann ihr nicht die Wahrheit sagen und trotzdem Abstand halten.

Ich: *Ich weiß nicht.*

Josie: *Ich erwarte, gute Fortschritte in der Küche zu sehen, wenn ich zurückkomme. Lass uns den Job erledigen, damit dir Winnie nicht mehr im Nacken sitzt.*

Ich: *Verstanden. Okay, zurück an die Arbeit.*

Josie: *Mach das.*

Ich lächle, als ich ein kurzes Tschüss schreibe. Ich muss aufhören, sie anzumotzen. Ich kann höflich und sogar freundlich sein, ohne ihr zu nahe zu kommen.

Ich mache mich wieder an die Arbeit, und neue Energie

durchströmt mich. Ich kann es kaum erwarten, ihr zu zeigen, wie viel ich heute Abend geschafft habe.

~

Josie

Ich war die ganze Woche nervös und wollte unbedingt etwas über den Piloten erfahren. Meine Agentin sagt, sie sei sich ziemlich sicher, dass wir bis Freitag – also heute – etwas hören werden. Ich sage mir, wenn es nicht funktioniert, war es einfach nicht das richtige Projekt. Es gibt viele Geschichten über Schauspieler, die eine Show verloren haben, nur um eine noch bessere zu landen, die ein Riesenerfolg wird. Was sein soll, wird sein. Ich beschäftigte mich diese Woche mit Vorsprechen (hatte mehrere für Werbespots und für eine Show auf einem Streaming-Service), Improvisationskurs, Fitnessstudio und Besuchen bei allen, die mir in der Stadt eingefallen sind, einschließlich eines Besuchs an der NYU, um meinen Lieblingsdozenten Hallo zu sagen. Ich bin sogar zu einem Open-Mike-Abend in einem alternativen Comedy-Club gegangen. Ich habe die Rolle des überbegeisterten Triangelspielers gespielt, der davon träumt, sich einer Rockband anzuschließen, denn warum nicht? Das Publikum bei diesen Shows will was Anderes sehen, was Frisches, Neues. An einem Abend habe ich Winnie besucht, die ungewöhnlich angespannt gewirkt hat, obwohl sie erklärt hat, es sei nur Stress der Hochzeitsplanung.

Jetzt ist Freitagabend, immer noch früh genug, um Nachrichten aus L.A. zu hören, und ich bin in meinem Zimmer im zweiten Stock verbarrikadiert und versuche, Sean mit seinen lauten Elektrowerkzeugen in der Küche mit Musik zu übertönen. Er installiert eine neue Kücheninsel. Er hat mir diese Woche jeden Abend eine SMS geschickt und nachgehört, wann ich zu Hause sein würde. Es ist klar, dass ich ihm nicht egal bin, aber was bringt das, wenn er Abstand hält? Ich seufze. Ich gebe es nur ungern zu, doch er hat wahrscheinlich recht, Abstand zu halten, da er hier tief verwurzelt ist und ich bald weggehen werde. Wir haben uns jeden Abend nur für ein kurzes Hallo gesehen, wenn ich nach Hause gekommen bin. Er hat nicht auf mich gewartet, sondern in der Küche gearbeitet. Vielleicht ist es seine Art, freundlich zu sein, nachdem er ein schlechtes Gewissen hatte, weil er sich so aufgeführt hat, als wäre ich ihm ein so irritierender Dorn im Auge.

Eine gute Sache *ist* diese Woche passiert. Ich habe von Claire Jordan gehört, und sie hat vorgeschlagen, mich nächstes Wochenende in einem Restaurant in der Stadt zu treffen, damit wir uns unterhalten können. Es gibt mir Hoffnung. Wenn eine gute Sache passiert ist, sind nicht aller guten Dinge drei? Ich bin für zwei weitere fällig. Ich werfe meine ganze positive Energie hinaus in die Welt.

Mein Handy klingelt, und als ich einen Blick auf das Display werfe, rast mein Herz. Es ist meine Agentin. Das ist er. Der große Moment. Ich werde den Interviewern erzählen, wann ich diese Show bekommen habe und wie aufregend es war. Ich springe ein paarmal auf und ab, um meine nervöse Energie herauszulassen.

„Hallo Jade!", antworte ich fröhlich. „Hast du Neuigkeiten?"

Sie antwortet fast tonlos: „Sie wollen die Serie nicht. Tut mir leid, Josie. Ich dachte wirklich, dass das dein Durchbruch sein würde."

Mein Magen sackt in meine Kniekehlen, und ich halte das Handy fester. „Haben sie gesagt warum?"

„Es lag nicht an dir. Du warst klasse. Es gibt nur zu viele Shows, die um das Publikum wetteifern, und der Sender war der Ansicht, dass es stärkere Optionen für sie gibt. Doch wir machen weiter. Ich habe nächste Woche ein Vorsprechen für einen neuen Comedy-Kanal für dich geplant, und bist du offen für Off-Broadway? Es gibt eine neue Show, die nach unbekannten Talenten sucht, die singen können."

Mein Hals schnürt sich zu, meine Augen brennen vor unvergossenen Tränen. *Unbekanntes Talent.* Das bin ich. Niemand weiß, wer ich bin. Vielleicht wird mich nie jemand kennen.

„Okay, klar", bringe ich heraus. „Danke, dass du mir Bescheid gegeben hast."

„Kopf hoch. Nächstes Mal. Es ist nicht persönlich. Jedes Nein ist ein Schritt auf ein Ja zu."

Ich nicke und kann einen Moment lang nichts sagen. „Tschüss." Ich drücke auf den Knopf, um den Anruf zu beenden, und sinke langsam zu Boden. Für einen Moment starre ich nur fassungslos vor mich hin, dann breche ich in Tränen aus. Ich wollte diese Serie wirklich, wirklich. Ich war mir so sicher, dass es klappen würde. Tolles Drehbuch, tolles Konzept. Ich habe bei der Rolle wirklich den Nagel auf den Kopf getroffen. Es gibt so viele Dinge, die in dieser Branche außerhalb meiner Kontrolle liegen, doch es schien, als ob alles, was richtig laufen könnte, richtig gelaufen war. Und doch war dem nicht so.

Nachdem ich mich ausgeheult habe, gehe ich die Treppe runter. Ich habe das Bedürfnis, mich in Selbstmitleid zu suhlen, und das bedeutet Eiscreme. Ich ignoriere Sean, der in der Küche arbeitet. Ich will jetzt mit niemandem sprechen. Stattdessen gehe ich direkt zur Tür.

„Hey", sagt er. „Du gehst aus?"

Ich habe ihm nicht, wie besprochen, zuvor Bescheid gesagt, damit er sich keine Sorgen um mich machen muss. So dumm. Er ist der irritierendste Bodyguard, den ich je hatte. Er checkt immer bei mir ein, ist jedoch nie *bei* mir.

Ich bleibe stehen und starre auf die Tür, anstatt ihn anzusehen. Ich will nicht, dass er mein fleckig verheultes Gesicht sieht. Meine Stimme ist kratzig. „Ja, tschüss."

„Warte."

Ich schüttle den Kopf und gehe zur Tür hinaus. Ich gehe direkt in Richtung Supermarkt, um eine große Packung *Rocky Road* zu kaufen. Nein, *Chocolate Fudge*. Das kann ich schneller runterschlingen, weil ich keine Schokoladenstückchen und Marshmallows kauen muss. Das ist ein Notfall-Eiscreme-Moment.

„Josie."

Ich gehe schneller und höre Sean dicht hinter mir. „Bitte lassen mich in Ruhe."

Er holt mich ein, stellt sich vor mich auf den Bürgersteig und versperrt mir den Weg. „Warte. Ich habe dich die ganze Woche nicht gesehen." Seine Stimme wird leiser. „Was ist los?"

Meine Augen brennen von frischen Tränen angesichts der Sorge in seiner Stimme. „Sie wollen den Piloten nicht."

Er runzelt die Stirn und sieht mich mitfühlend an. „Bist du okay?"

Ich kann das Mitgefühl in seinen Augen nicht ertragen und wende den Blick ab. „Wird schon wieder. Ich brauche nur ein bisschen Raum. Du weißt, wie das ist." Ich lache, aber es ist einer dieser schmerzhaften Lacher.

„Wo willst du hin?"

„Hast du keine Küche fertig einzubauen?"

„Die kann warten."

„Nein, kann sie nicht. Du hast eine knappe Deadline."

Ich gehe weiter, jogge praktisch und lasse ihn schnell zurück. Ich schieße in den ersten Laden, von dem ich annehme, dass er Eis hat. Es ist einer dieser schicken Biolebensmittel-Läden, in denen alles lächerlich überteuert ist. Ich kann mir dieses schicke Eis nicht leisten, aber ich fürchte, mehr Mitgefühl von Sean würde mich auf der Straße zu einem heulenden Häuflein Elend schmelzen lassen. Ich brauche nur etwas Zeit, um mich zusammenzureißen. Ich nehme die kleinste Portionsgröße von etwas, von dem ich sicher bin, dass es einfaches Schokoladeneis ist, und gehe zur Theke.

Sean taucht plötzlich an meiner Seite auf, und ich zucke zusammen. Er würde einen guten Ninja abgeben. „Das sieht aus wie bestenfalls zwei Löffelvoll."

„Ja, ich muss sparen. Ich bin eine arbeitslose Schauspielerin." *Eine Unbekannte. Dorfbewohner Nummer vier. Nein, Baum Nummer vier.*

Er zieht an meinem Arm. „Komm mit. Was ist dein Lieblingseis? Geht auf mich. Es ist das Mindeste, was ich tun kann, nachdem du mir Essen besorgt und mir geholfen hast."

Meine Unterlippe zittert, Tränen steigen mir in die Augen. „Du hast nur Mitleid mit mir."

Seine Augen sind mitfühlend, sein Ton beruhigend. „Du tust mir leid, aber ich tue mir noch viel mehr leid."

Ich sehe ihn überrascht an. „Warum?"

„Weil ich dich die ganze Woche verpasst habe und es meine eigene dumme Schuld war. Ich habe dich vermisst."

Mein Atem stockt, mein Herz pocht. Er klingt so warm und aufrichtig. „Ich habe mich rar gemacht, damit du deine Arbeit erledigen kannst."

„Ich weiß. Das musst du nicht mehr. Ich kann gut mit dir zusammenarbeiten. Du bist eine gute Gesellschafterin."

Ich freue mich über das Kompliment, doch dann bin ich misstrauisch. So läuft das nicht zwischen uns. Er ist irritiert, und ich halte mich aus der Grummelzone raus. „Du bist nur nett zu mir, weil ich den Piloten verloren habe und meine Karriere im Arsch ist."

„Ich dachte, wir haben bereits festgestellt, dass ich nicht nett bin."

„Das bist du nicht. Du bist ein Idiot und ein Grummel und vollkommen verschlossen. Alles summiert sich zu einer gigantischen –" Ich wedle mit den Händen in seine Richtung „– Irritation."

Ein Mundwinkel hebt sich. „Sag, was du wirklich fühlst."

Ich schüttle meinen Kopf. Es ist wirklich schwer, böse auf ihn zu sein.

„Lass uns dein Eis holen und nach Hause gehen."

Ich gehe zum Gefrierschrank und lege meine Miniportion zurück. „Ich hätte gern das Schokoladigste, das sie dahaben."

„Wie wäre es mit *Death by Chocolate*?"

„Perfekt."

Er holt zwei Becher heraus. „Eins für mich, eins für dich."

„Ich könnte leicht beide essen."

„Okay, dann nehmen wir sechs. Ist sechs genug?"

Ich lache trotz meines Elends. „Vielleicht."

Er lächelt. „Sechsmal *Death by Chocolate*. Wir werden in einer Pfütze aus Schokoladeneis ertrinken." Er holt sechs Becher aus dem Regal und trägt den Haufen zur Theke.

„So suhlt man sich in Selbstmitleid. Mach es richtig oder mach dir gar nicht erst die Mühe."

„Ich bin froh, dass du mir zeigst, wie man sich richtig in Selbstmitleid suhlt." Er zwinkert mir zu.

Ich werde ernst. „Danke für das Eis."

„Jederzeit."

Ein paar Minuten später sind wir auf dem Nachhauseweg. Seltsam, wie ich angefangen habe, es als Zuhause zu betrachten. Ich habe nur einen Koffer da und eine Decke und ein Kissen auf dem Boden. Es ist nicht so, dass Sean und ich tatsächlich da wohnen. Er wird bald fertig sein. Ich muss mir ein Zimmer in einer WG und einen Kellnerjob suchen, auch wenn ich nicht gut darin bin. Es ist einer der wenigen Jobs, die flexibel genug sind, um zu Vorsprechen zu gehen, von denen ich oft in letzter Minute erfahre. Gott, ich bin es so leid, abgelehnt zu werden.

„Wie wäre es, wenn wir uns heute Abend einen Film ansehen?", fragt er. „Alles, was du willst."

„Was ist mit der Küche?"

„So, wie ich das sehe, muss ich mir den Abend frei nehmen, um dich vor dir selbst zu beschützen. Du wirst morgen Früh sechs Packungen Eis bereuen."

Ich hebe mein Kinn. „Eis bereue ich nie."

„Was ist dein Lieblingsfilm?"

„Es fällt mir schwer, einen süßen Sean zu fassen."

„Verzweifelte Zeiten, Josie. Also, was ist dein Lieblingsfilm?"

„Wird dir nicht gefallen."

„Wenn er dir gefällt, werde ich so tun, als würde er mir gefallen. Ich werde ihn mir ansehen, damit ich mich später über dich lustig machen kann."

„Das klingt eher nach dem Sean, den ich kenne."

„Siehst du, ich bin immer noch da unter der Zuckerschicht."

„Es ist eine alte romantische Schwarz-Weiß-Komödie. Die erste, denke ich. *Es geschah in einer Nacht* mit Clark Gable und Claudette Colbert. Gegensätze, die sich anziehen. Ist wirklich lustig."

„Gibt es eine Farbversion?"

Ich zucke zusammen. „Wenn ja, will ich sie nicht sehen.

Wenn du mit einer Rom-Com nicht umgehen kannst, über-
lasse mich meinem Selbstmitleid."

Er beugt sich vor. „Okay, nur unter uns, und ich werde
das mit meinem letzten Atemzug leugnen, doch die Wahrheit
ist, ich mag Rom-Coms."

„Tust du?"

Er lacht. „Nein."

Ich versuche, meine Augen zusammenzukneifen, aber
sie sind vom Heulen geschwollen, darum hat es keine große
Wirkung. „Der Film ist großartig, und wenn du ihn für
mich ruinierst, werde ich dich mit meinem Löffel
erstechen."

„Würde ein Messer nicht besser funktionieren?"

„Für Eiscreme?"

Er grinst. „Du bist wirklich lustig. Ich wünschte, ich hätte
dich in diesem alternativen Comedy-Club gesehen."

„Wenn es nur ein bezahlter Auftritt wäre."

Wir kommen nach Hause, und ich schließe die Tür auf
und halte sie für ihn auf, da er meinen Selbstmitleids-
Eiscremevorrat trägt.

„Es ist gut, dich da zu zeigen", sagt er. „Damit die Leute
sehen, was du kannst. Du weißt nie, wer im Publikum sitzt."

„Wohl wahr. Ich mache es einfach, um am Ball zu
bleiben."

„Ich hole die Löffel. Kannst du die Abdeckplane vom Sofa
ziehen? Vorsichtig, damit nicht der Staub hochfliegt."

Ein paar Minuten später sitzen wir nebeneinander, den
Laptop auf Kisten gestützt. Sean hat den Film auf einem
Streaming-Service gefunden und ihn tatsächlich gekauft,
anstatt ihn nur zu leihen, „falls du ihn später noch einmal
sehen willst", was so süß ist, dass ich innerlich ganz matschig
werde. Es ist sein Laptop, also sagt er in gewisser Weise, dass
er möchte, dass ich da bin und ihn mir noch einmal mit ihm
ansehe. Ich bin jetzt besonders emotional. Zumindest macht
es das Sich-suhlen leichter.

Ich fange an, mein Eis zu essen, wie ich es am liebsten tue,
nämlich, indem ich jeweils eine dünne Schicht abkratze und
mich nach unten arbeite. Sean sticht seinen Löffel in die Mitte,

was die unpraktischste Art und Weise ist, weil es in der Mitte härter ist. Er isst sein Eis in großen Happen.

„So bekommst du Hirnfrost", warne ich.

„Schhh, ich schaue mir einen tollen Film an."

Ich schnaube leise und tue dasselbe. Ich sehe zu ihm hinüber, als er seine Finger an seine Stirn presst. „Hab's dir ja gesagt."

„Schh!"

Sean ist vor mir mit seinem Becher fertig und scheint sich den Film tatsächlich anzusehen. Ich habe diesen Film so oft gesehen. Das ist der einzige Grund, warum ich ihn anstelle des Films beobachte. Er lächelt genau an den richtigen Stellen. Ich denke, dass er insgeheim Rom-Coms mag, obwohl er versucht hat, es zu leugnen. Der Film ist ein Klassiker und hat so viele andere inspiriert.

Ich löffle mein Eis aus, entspannt und schläfrig. Ich lehne meinen Kopf an seine Schulter, und er legt seinen Arm um mich und zieht mich an seine Seite. Ich könnte mich glatt daran gewöhnen.

„Ich mag es, wenn du nett bist", sage ich ihm.

Er unterbricht den Film und blickt auf mich herab. „Willst du mehr Eis?"

„Nein, für mich nichts mehr."

„Wasser? Wein?"

„Du hast Wein?"

„Ich könnte dir welchen besorgen. Ich will sicher sein, dass du dich angemessen im Selbstmitleid suhlen kannst."

Ich lächle. „Danke, brauch ich wirklich nicht."

Er lächelt zurück und drückt Play. Ich seufze zufrieden. Mein Lieblingsfilm, ein glücklicher Schokoladenbauch und ein warmer Mann, der mich festhält. Besser geht es nicht.

Doch dann ist der Film vorbei. Sean nimmt seinen Arm von meinen Schultern und rutscht ein Stück weg. Ich bin wirklich sauer, weil der Moment vorbei ist und ich mehr will.

„Sean", blaffe ich, „was ist mit meinem Selbstmitleids-Kuscheln passiert?"

Seine Augen weiten sich. „Äh, der Film ist zu Ende. Ist dein Blutzucker abgesackt?"

„Nein. Ich habe mich einfach gut gefühlt, und jetzt tue ich es nicht mehr."

„Noch einen Film?"

„Ja, bitte."

Er gibt mir den Laptop, und ich wähle einen weiteren Schwarz-Weiß-Klassiker aus, diesmal mit Katharine Hepburn, Jimmy Stewart und Cary Grant: *Die Nacht vor der Hochzeit.* Oh, wie es doch gewesen sein muss, in der Blütezeit Hollywoods geboren worden zu sein. Ich weiß, dass das Studiosystem nicht perfekt war, aber diese Filme sind einfach fabelhaft. Witzige, rasante Scherze, sexuelle Spannung, eigenwillige Frauen, raffinierte Männer.

Ich lehne mich auf dem Sofa zurück und ziehe seinen Arm um meine Schultern. Er zieht mich an seine Seite und küsst mich auf den Kopf. Das gefällt mir noch besser. Ich neige mein Gesicht in stiller Einladung zu ihm.

„Josie." In seinem Ton liegt Bedauern.

„Was?"

„Du bist gerade zu verletzlich."

„Ich werde dir den Kopf abreißen, wenn du mich nicht küsst."

Seine Lippen zucken. „Du hörst dich schon an wie ich."

„Gut. Ich habe dich genau beobachtet, um deinen Brooklyn-Akzent zu lernen."

Er legt seine Hand an meine Wange. „Ich habe alles über meinen muskulösen Hals gehört."

„Er ist schön."

Er senkt den Kopf und drückt seine Lippen für einen erhabenen Moment auf meine, bevor er sich zurückzieht. Seine Augen sind zärtlich und auf meine gerichtet. In diesem Moment passiert etwas zwischen uns. Er lässt mich herein und zeigt mir, dass er an mir interessiert ist, und mir geht es genauso. Es ist Zeit. Mehr als Zeit. Wir führen seit dem Tag, an dem wir uns begegnet sind, einen Eiertanz um diese Anziehung herum auf.

Dann schiebt er mich wieder an seine Seite und murmelt: „Schau dir den Film an."

Ich tue es, und mein trauriges Selbstmitleid weicht einem

kleinen Funken Glück. Er ist so warm, dass ich einschlafe, bevor der Film endet.

Plötzlich ist mir kalt, und mir wird bewusst, dass er aufgestanden ist. Er steht vor dem Sofa.

Ich strecke die Hand aus und packe seinen in Jeans gehüllten Oberschenkel. „Bleib bei mir. Ich möchte heute Nacht nicht alleine sein."

8

Josie

Sean seufzt, und ich weiß, dass er gleich nein sagen wird.

„Bitte", sage ich. „Ich fühle mich so viel besser, wenn du mich hältst."

Er studiert mich für einen langen Moment. Ich muss ordentlich erschöpft und erbärmlich aussehen, weil er nachgibt. „Also gut, komm mit." Er zieht mich vom Sofa hoch und auf die Füße.

Ich folge ihm. Er schaltet das Licht auf dieser Ebene aus, schaltet die Taschenlampe seines Handys ein und geht nach oben zu seiner Luftmatratze. Die verbotene Zone. Normalerweise bin ich oben im dritten Stock mit meinem Bett auf dem Boden. Er hat mir angeboten, mir eine Luftmatratze zu besorgen, aber ich habe dankend abgelehnt. Ich weiß, dass es seltsam klingt, aber es motiviert mich, so auf dem Boden zu schlafen und weiter nach meinem Traum zu greifen. So sehr will ich es. Ich schlafe auf dem harten Boden, um mich daran zu erinnern, dass ich selbst nach einer Ablehnung weitermachen muss. Aber nicht heute.

Er stellt sein Telefon auf den Parkettboden, steckt es in das Ladegerät und dreht sich zu mir um. „Dreh dich um."

Ich gehorche. Ich kann ihn in seiner Reisetasche wühlen

hören. Wahrscheinlich zieht er einen Pyjama an. Ich trage ein T-Shirt und eine Yogahose, was beides zum Schlafen gut geeignet ist. Normalerweise schlafe ich nur im T-Shirt oder in meinem Lieblingspyjama mit Smokey the Bear drauf, doch ich habe das Gefühl, wenn ich sie hole, wird er seine Meinung ändern, bis ich zurück bin. Wie viele Leute würden sich so wunderbar mit mir im Selbstmitleid suhlen und dann zustimmen, mich in den Schlaf zu kuscheln?

„Ich leg mich hin", verkünde ich, bevor ich unter der Bettdecke auf seinem Bett verschwinde. Die Matratze gibt nicht annähernd so stark nach, wie ich dachte. „Fühlt sich an wie eine echte Matratze. Ich dachte, sie wäre wabbelig wie ein Wasserbett."

Ich werfe einen Blick auf ihn. Leider trägt er bereits ein T-Shirt und eine graue Jogginghose. Keine muskulöse Perfektion für mich.

Sein Ausdruck ist grimmig. „Ist eine ziemlich gute Luftmatratze."

„Komm her. Du bist Teil der Kuschelgleichung. "

Er reibt sich den Nacken. „Ich bin wirklich kein Kuschler."

„Okay, dann werde ich dich kuscheln. Komm schon, ich brauche deine Körperwärme. Du bist wie ein riesiger, warmer Teddybär."

Er murmelt etwas vor sich hin.

„Hab keine Angst", necke ich.

Er nimmt sein Handy, tippt ein paarmal darauf herum und schaltet es aus. Der Raum wird pechschwarz. Seine tiefe Stimme klingt heiser. „Wie müde bist du?"

„Sehr." Ich sage das nur, um ihn hierherzubringen. Ich war ziemlich müde, bevor ich über die Kuschelmöglichkeiten mit dem Mann nachgedacht habe, dem ich heimlich hinterhergesabbert habe.

Endlich kommt er unter die Decke und bringt mir die köstliche Hitze seines Körpers in nächste Nähe. Er rollt sich von mir weg auf die Seite, und ich klebe mich gegen seinen Rücken und lege meinen Arm um seine Taille.

„Das ist schön", flüstere ich. „Danke."

„Das ist scheiße."

„Warum?"

„Ich kann nicht schlafen, wenn du so gegen mich gedrückt bist."

„Kannst du mich ein paar Minuten kuscheln lassen? Du kannst mich auf den Boden legen, nachdem ich eingeschlafen bin."

„Ich werde dich nicht auf den Boden werfen", brummt er und klingt wie der Sean, den ich gewohnt bin. Irgendwie ist es jetzt liebenswert. Vielleicht, weil ich weiß, dass er sich Mühe für mich gibt, obwohl er nicht gerne kuschelt. Ich werde morgen etwas Nettes für ihn tun.

„Danke", flüstere ich, schließe die Augen und seufze zufrieden. Ich streichle seine Brust, weil ich mich liebevoll und, ja, lüstern fühle, doch er greift nach meiner Hand und hält sie. Das ist auch schön.

Das nächste, was ich höre, ist ein lautes Klopfen aus der Küche. Es ist Samstagmorgen, und er ist wieder an der Arbeit.

Ich habe fantastisch geschlafen. Er muss mich die ganze Nacht kuscheln gelassen haben, dieser Schatz. Ich gehe nach oben, hole mir ein frisches Outfit und dusche kurz. Heute werde ich ihm auf jede Weise helfen, auf die er mich braucht. Er wird das ganze Wochenende arbeiten, und ich werde Seite an Seite mit ihm sein Partner sein.

Als ich nach unten komme, trägt er sein übliches T-Shirt, Jeans und Arbeitsstiefel. Schweiß glänzt auf seinem wohlge-formten Bizeps, als er ein Stück Sockelleiste an die Wand nagelt. Eine Welle roher Lust macht mich fast benommen. Ich wusste immer, dass er wunderschön und muskulös ist, aber nachdem er sich letzte Nacht so zärtlich um mich gekümmert hat, möchte ich nicht mehr, dass er nur mein Fantasiemann ist. Ich will ihn hier, im echten Leben. Verzweifelt.

Ich warte darauf, dass er beim Hämmern innehält. „Sean."

Er wirft mir einen kurzen Blick über die Schulter zu, legt seinen Hammer ab und erhebt sich zu seiner vollen Größe wunderschöner Perfektion. „Hey, wie fühlst du dich?"

Ich gehe zu ihm und lege meine Arme um seinen Hals. „Viel besser. Danke für letzte Nacht."

Seine Augen sind heiß auf meinen, als seine Hände zu meiner Taille wandern und mich leicht halten. „Bitte. Es war Folter."

„Lass mich das wiedergutmachen." Ich drücke meine Lippen sanft auf seine, doch der Kuss eskaliert schnell. Er zieht mich fest an sich, und seine Hände streifen über mich, während sein Mund meinen verschlingt. Mein Körper summt vor Vergnügen. Ich stöhne tief in meinem Hals, und er bricht den Kuss ab.

„Nach oben", knurrt er.

„Ja."

Er ergreift meine Hand, zieht mich nach oben, bleibt in der Mitte des größtenteils leeren Raums stehen und sieht plötzlich unsicher aus. „Ich bin verschwitzt."

„Ich weiß. Das gefällt mir."

Er stöhnt und packt mich, küsst mich und zieht mir gleichzeitig meine Kleider aus. Meine Hände wandern zum Rand seines T-Shirts und ziehen daran. Er bricht den Kuss ab und reißt sich das Shirt mit einer schnellen Bewegung vom Leib. Ich streichle mit meinen Händen über seine Brust, wie ich es letzte Nacht schon tun wollte. Er zieht mich schnell weiter aus, dann sich selbst, und wir klatschen aneinander, Hände, Lippen, Zunge und Zähne. Es ist wild und außer Kontrolle.

Seine Hand taucht zwischen meine Beine. Der Handballen reibt mich, als seine Finger in mich eindringen. Meine Knie geben nach, und ich klammere mich an seinen Arm, um das Gleichgewicht nicht zu verlieren.

„So feucht, so bereit", knurrt er. „Ich wollte dich schon so lange."

„Du warst mein Fantasiemann", keuche ich.

„Du hast in all meinen besten Fantasien mitgespielt."

Sein Mund ergreift von meinem Besitz, und ich reite schamlos seine Finger, schiebe meine Hüfte vor für mehr von seiner Berührung. Ich bin überwältigt von ihm, seiner Berührung, seinem männlichen Geruch und der Intensität dessen, was er mich fühlen lässt. Er hält meinen Hinterkopf, und sein

Mund wandert zu meinem Ohr. „Sobald du kommst, werd ich dich so hart ficken."

Ich schnappe nach Luft, die Intensität nimmt zu.

„Du stehst auf Dirty Talking", flüstert er mir dunkel ins Ohr und macht weiter, um mich immer näher an den Rand zu bringen. Seine große Hand hält mich im Nacken, während seine andere Hand in einem eskalierenden Tempo zustößt und mich massiert, bis ich nur noch keuchend atmen kann. O Gott. Ich bin so nah dran. Ich öffne meinen Mund, um ihn zu bitten, nicht aufzuhören, doch nichts kommt heraus, außer einem scharfen Laut, und dann explodiere ich, und vor Lust wiege ich mich hilflos gegen ihn.

„Schön", flüstert er in mein Ohr, seine Hand verlangsamt sich allmählich und führt mich Welle für Welle durch den Genuss. Schließlich hört er auf, und ich klammere mich erschöpft an ihn.

Er schiebt mich zur Matratze und legt mich darauf, spreizt meine Beine und betrachtet mich mit glänzenden Augen.

Ich fühle mich zu gut, um verunsichert zu sein. „Kondom?"

„Ja", sagt er heiser und reißt seinen Blick los.

Er geht zu seiner Reisetasche und holt eines heraus. Ich sehe zu, wie er es überrollt. Er ist dick und steinhart. Ich greife nach ihm und kann es nicht erwarten, endlich die Vereinigung mit dem Mann zu spüren, den ich auf die beste Weise bewundere.

Er kehrt zu mir zurück und lässt sich zwischen meinen Beinen nieder. Ich erwarte einen harten Stoß, doch er streicht mir die Haare aus dem Gesicht und küsst mich stattdessen zärtlich. Mein Herz hämmert, eine Welle von Emotionen überrascht mich. Ich hatte noch nie einen Mann, der mich beim Sex zärtlich behandelt hat.

Er dringt langsam in mich ein und bringt einen köstlichen Schmerz. Er stöhnt und schließt die Augen. „Fuck. Du fühlst dich so verdammt gut an."

„Gleichfalls."

Er verschränkt unsere Finger, presst meine Hände auf die Matratze und wiegt seine Hüften gegen mich. Ich schnappe nach Luft, als der Genuss wieder in mir zu funkeln beginnt. Er macht weiter mit dem langsamen Wiegen, bei dem mir die Augen in den Kopf zurückrollen. Ich habe so etwas noch nie gespürt, eine intensive Spannung, die mir bei jeder Bewegung den Atem raubt. Es ist zu viel.

„Sean", stöhne ich fast verzweifelt.

„Ja, ich weiß."

Er küsst mich, beißt auf meine Unterlippe und beruhigt sie mit sanftem Saugen. Er lenkt mich von der sich schnell aufbauenden Anspannung in mir ab, während sein Körper mich zu immer höheren Ebenen weißglühenden Vergnügens wiegt.

Er hebt seinen Kopf, sein erhitzter Blick auf meinem, und alles in mir steigt an den Rand der Erlösung. Mein Herz rast, mein Atem stockt. Ich brauche, was nur er geben kann. Er wiegt mich immer weiter, seine Augen verlassen meine nie. Er löst seinen Griff um meine Hände, und ich packe seinen Po und ziehe ihn näher. Dann stößt er tief in mich hinein und hält still, während er seine Hand zwischen uns schiebt. Ich erschauere und explodiere. Die Schockwellen der Explosion strahlen durch mich hindurch und lassen mich von der Kopfhaut bis zu den Zehen prickeln.

Er schiebt sich vorwärts, sein Mund ist seitlich an meinem Hals, als er hart und tief stößt und mich immer weitertreibt. Ich spüre, wie sein Stöhnen gegen meinen Hals vibriert, als er tief in mir vergraben loslässt.

Ich halte ihn fest und halte den Atem an. Schließlich sage ich: „Wenn das keine Ablenkung ist." So hat er mich von Anfang an genannt. Eine Ablenkung von seiner Arbeit.

Er hebt den Kopf und grinst. „Die beste Art, die es gibt."

„Du hast wirklich ein Geschenk."

„Was meinst du?"

„Du bist gut im Bett."

Er küsst mich und rollt sich auf die Seite. „Dazu gehören immer zwei, Darling."

Wärme strahlt durch meinen Körper, mein Herz tanzt. Ich kann gegen mein albernes Lächeln nichts tun. Er hat mich Darling genannt.

Sean

Ich liege erschöpft neben Josie auf der Matratze. Es war noch besser, als ich erwartet habe. Ich wollte sie, seit wir uns kennengelernt haben, und die Spannung hat sich seit Wochen aufgebaut. Ich habe mich mit jedem bisschen meiner Selbstbeherrschung zurückgehalten, doch dann hat der Sender die Serie nicht übernommen, und sie schien wirklich meinen Trost zu brauchen. Ich würde lügen, wenn ich nicht zugeben würde, dass ein Teil von mir froh war. Ich wollte mich nicht auf jemanden einlassen, der mit einem Fuß aus der Tür ist. Jetzt bleibt sie, wahrscheinlich für eine Weile, da sie Vorsprechen hat, wartet und hofft. Ich fühle mich ein bisschen schuldig, weil ich will, dass sie hier in Brooklyn bleibt, doch es ist nicht so, dass es in der Stadt keine Möglichkeiten für sie gebe. Es gibt Theater und ein paar Fernsehshows. Nicht so viele wie in L.A., aber trotzdem. Ich sage nicht, dass sie nicht arbeiten sollte. Ich meine nur Arbeit in meiner Nähe.

Sie stützt sich auf meine Brust und lächelt. „Ich fühle mich fantastisch. Endorphine auf Höhenflug. Wie kann ich dir heute behilflich sein?"

Ich streichle ihr weiches Haar. Sie meint es immer gut, auch wenn sie nicht wirklich weiß, was sie tut. „Du könntest die Pakete für die Küchenschränke auspacken."

„Und sie anbauen?"

„Nachdem ich die Löcher vorgebohrt habe." Ich traue ihr nicht zu, dass sie richtig misst. Sie müssen perfekt ausgemittelt sein.

„Was sonst?"

„Was hältst du von Unkraut jäten im Garten?"

„Aber dann kann ich dir nicht helfen."

„Das ist Hilfe. Es muss gemacht werden, bevor das Haus verkauft werden kann. Ich muss dafür sorgen, dass der Garten gut aussieht."

Sie küsst mich. „Du willst nur, dass ich dir nicht im Weg stehe."

Ich streichle mit dem Daumen über ihre Unterlippe. „Ich möchte nicht den ganzen Tag von dir in Versuchung geführt werden. Ich kriege nichts gebacken, wenn ich dauernd darüber nachdenke, wie und wo ich dich als nächstes nehmen kann."

Sie lächelt mich sexy an. „Heute Abend."

„Deal."

„Oder vielleicht ein Nachmittags-Quickie?"

Ich ziehe sie auf mich und lege meine Arme um sie. „Ich wünschte, ich könnte den ganzen Tag mit dir im Bett bleiben."

Sie schmiegt ihre Wange an meine Brust. „Ich auch." Sie hebt den Kopf. „Aber du musst deine Arbeit erledigen. Was passiert, wenn sie das Haus verkauft? Wo gehst du dann hin?"

„Ich bin immer noch auf der Suche nach einer Bleibe und warte darauf, dass sich was Gutes findet. Wenn ich muss, kann ich vorübergehend bei einem meiner Brüder wohnen. Auch wenn das nicht ideal ist. Wir gehen uns schnell auf die Nerven, wenn wir zusammenleben *und* arbeiten."

Sie küsst mich noch einmal, bevor sie aufsteht. „Ich mach mich zuerst an den Garten. Ich bin mir nicht sicher, wie wichtig die Griffe für die Renovierung sind."

„Schrecklich wichtig. Ohne kann man die Schränke nicht öffnen."

„Oh ja, wahnsinnig wichtig." Sie zieht sich an und ich schaue zu und wünschte, ich könnte die Aussicht behalten. Sie ist die sexieste Frau, die ich je gesehen habe, schlank und doch kurvig. Sobald sie angezogen ist, klatscht sie zweimal. „Chop-Chop. Mach dich an die Arbeit, Boss."

Ich stehe auf und packe sie. Sie quietscht und lacht dann, als ich sie herumwirbele. Ich stelle sie wieder auf die Füße.

Sie strahlt mich an, und meine Brust schwillt an. All diese lächelnde Güte, die direkt auf mich gerichtet ist, ist schon was Mächtiges. „Was für ein schöner Start in den Tag. Danke."

„Danke *dir*."

Ich ziehe mich an und sehe zu, wie sie nach oben läuft.

„Der Garten ist unten!", rufe ich ihr hinterher.

„Ich weiß! Ich brauche nur was mit langen Ärmeln und eine Mütze."

Ich ertappe mich ohne guten Grund beim Lächeln und ziehe mich schnell fertig an. Wenn ich nicht aufpasse, kriegt sie noch mit, wie sehr ich sie mag. Ich will nicht, dass sie diese Macht über mich hat. Ich muss es leicht und locker halten, bis ich mir ihrer sicher bin.

Ich gehe pfeifend zurück in die Küche. Ich kann nicht anders, als zu denken, dass das ein sehr vielversprechender Start ist.

9

Josie

Ich werfe meine ganze Energie in das Jäten, und nach einer Weile komme ich in einen Rhythmus. Es ist schön, im Dreck zu graben. Und an diesem Tag im späten April sind es angenehme fünfzehn Grad. Sean hat recht. Der Garten ist ein großes Verkaufsargument, weil nicht jeder in Brooklyn einen so schönen Gartenbereich hat. Ganz zu schweigen von der Außendusche. Wie cool ist das denn? Meine Zeit mit Sean heute Morgen läuft immer wieder in meinem Kopf ab. Zweifellos der beste Sex meines Lebens, und ich kann es kaum erwarten, es wieder mit ihm zu tun.

Stunden später bin ich im Garten fertig, voller Dreck und Lust auf Sean.

Ich stecke meinen Kopf in die Hintertür. „Hey, ich bin fertig."

Er erhebt sich aus der Hocke, wo er irgendwas unter der neu installierten hellen Holzinsel verschraubt hat. „Prima, danke."

Ich schmolle ein wenig und strecke meine Hüfte hinaus. „Ich bin so schmutzig. Ich komme besser nicht rein." Ich mache eine Pause. „Aber du könntest ..."

Seine Augen leuchten. „Ich könnte."

„Treffe dich dort." Ich hebe meinen Arm über meinen Kopf und zeige auf die Außendusche.

Ein Schauer der Vorfreude durchströmt mich, als ich die Dusche erreiche, wo ich meinen ersten Blick auf den nackten Sean erhascht habe. Ich drehe das Wasser auf, ziehe mich aus und lasse meine schmutzigen Klamotten auf der Bank liegen. Ich hoffe, Sean bringt Handtücher mit. Ich trete unter das warme Wasser und wasche mich mit der Seife, die am Wasserhahn hängt. Einige Minuten später frage ich mich, ob er seine Meinung geändert hat. Oder vielleicht hat er meinen Hinweis nicht verstanden. Ziemlich blöd, jetzt muss ich nass und nackt zurück zum Haus laufen.

Ich hebe meinen Kopf zum Himmel und schreie: „Sean!"

„Bin doch schon da." Ich erschrecke, als er in Sicht kommt.

„Hast du gespannt?"

„Ich habe dir wie ein vollkommener Gentleman Zeit gegeben, dich zu waschen."

„Hmmm, hört sich für mich so an, als hättest du gespannt. Hast du Handtücher mitgebracht?"

„Ja."

„Dann komm rein, du wundervoller Mann!"

Er grinst, zieht sich aus und schließt sich mir an. Er reißt mich an sich, küsst mich und nimmt mein Gesicht in seine großen Hände. Ich schmelze gegen ihn. Seine von der Arbeit rauen Hände sind einfach so wunderbar, so kompetent und selbstbewusst. Wie er. Sein Mund verlässt meinen nicht, während seine Hände über meine Schultern und meinen Rücken streichen, bevor er meine Seiten emporgleitet, um meine Brüste zu streicheln. Meine Brustwarzen ziehen sich zusammen und seine Daumen reiben über sie, bevor er hineinkneift. Das Verlangen wächst in einer langsamen Hitzewelle.

Sein Blick begegnet meinem und mein Atem beschleunigt sich bei der Intensität des Gefühls, das ich dort sehe. Ich glaube nicht, dass ich es mir einbilde. Er fühlt, was ich fühle, und was ich fühle, ist ...

Ich verliebe mich in ihn.

Er beugt sich vor, um meine Nippel in seinen Mund zu

saugen, auf eine Weise, die mein Innerstes pochen lässt. Ich grabe meine Finger in seine Haare und halte ihn an mich. Ich möchte ihm sagen, dass ich ihn mag, aber ich kann die Worte nicht herausbringen. Ich hoffe, er weiß, dass das für mich nicht im Geringsten locker und ungezwungen ist. Er bewegt sich zu meiner anderen Brust, seine Zähne knabbern sanft an meinem Nippel, bevor er hart saugt.

„Sean, ich brauche dich."

Seine Hand schiebt sich zwischen meine Beine, und dann streichelt er mich und gibt mir, was ich brauche. Doch ich brauche noch mehr. Er hebt den Kopf und richtet sich auf, während er mein Gesicht beobachtet. Ich mache mir nicht die Mühe, meine Gefühle zu verbergen. Ich will ihn, ich brauche ihn, mit ihm bedeutet es mir mehr als jemals zuvor bei einem anderen Mann.

Sein Blick wandert weg, und ich spüre den Verlust so intensiv, als hätte er meine Gefühle offen abgelehnt. Er verschließt sich vor mir. Und das weiß ich mit Sicherheit, als er mich so dreht, dass ich mit dem Rücken zu ihm gerichtet bin und er mir den Augenkontakt verweigert.

Seine Hand liebkost meine Brust, die andere gleitet zwischen meine Beine. „Du bist bereit für mich."

„Mehr als du", bringe ich heraus und versuche, meiner Stimme eine gewisse Schärfe zu geben, aber ich bin zu atemlos. Ich möchte, dass er so ist, wie er heute Morgen war, und mich hereinlässt.

„Das bezweifle ich." Er stößt seine Erektion gegen meinen Po. „So bereit." Er streichelt mich in sinnlichen Kreisen, die meinen Genuss exponentiell anwachsen lassen, so intensiv, dass ich aufhöre, an etwas anderes als seine Finger und die Lust zu denken, die er mir bringt. „Spreize deine Beine."

Ich tue, was er verlangt. Er zwickt mich, und ich schnappe nach Luft. Dann geht er. Ich drehe mich um und beobachte, wie er sich ein Kondom holt, in der Hoffnung, diesen intensiven Ausdruck in seinen Augen zu sehen, der besagt, dass er fühlt, was ich fühle.

Er begegnet meinem Blick kurz, bevor er meine Brüste anstarrt.

„Sieh mich an", sage ich.

„Das tue ich", sagt er, bevor er sich schnell hinter mich bewegt, mich nach vorne beugt und in mich hineinstößt.

Mir stockt der Atem. Mit großer Anstrengung sehe ich ihn über meine Schulter an. Seine Augen sind geschlossen, als er meine Hüften packt und tief und hart zustößt. Ich vermisse seinen zärtlichen Blick.

„Süßer Sean", sage ich, weil er es ist und versucht, es zu leugnen. Er will nicht, dass ich sehe, dass er auch Gefühle für mich hat.

Sein Zeigefinger stößt in meinen Mund und erschreckt mich. Seine Stimme ist heiser und kratzt an meinem Inneren. „Saugen."

Das tue ich, und ich werde sofort mit seinen Fingern belohnt, die mich zwischen den Beinen massieren, während er tief in mich hinein stößt. Mein Geist wird völlig leer, als mich der Genuss Welle für Welle überflutet. Ich bin das pulsierende Verlangen, am Rande der Erlösung, während er die Kontrolle übernimmt. Es gibt nichts als scharfe Lust und seinen stockenden Atem an meinem Ohr. Sein Finger verlässt meinen Mund und zwickt meine Brustwarze. Ich stöhne. Dann umfasst er meine Brust und hebt mich hoch, sodass mein Rücken an seine Brust geschmiegt ist, während er immer wieder tief zustößt.

Sein Name ist ein Gesang, den ich nicht aufhalten kann. Mein Verlangen ist so groß, dass ich nicht mehr herausbringe. Seine andere Hand schiebt sich erneut zwischen meine Beine, massiert mich im Takt zu seinen Stößen und macht mich wahnsinnig. Der Orgasmus ist so nah und doch so fern.

„Sean, bitte!"

„Bitte was?", keucht er.

„Gib. Es. Mir."

Er gibt mir nur ein bisschen mehr, der Druck seiner Berührung schmerzhaft richtig. Er beißt in meinen Nacken, und eine Schockwelle brandet durch mich, kurz bevor der Orgasmus mich explodieren lässt. Ich schreie vor Genuss, die Empfindungen tiefer, als ich sie jemals gefühlt habe. Er lässt von meinem Hals ab, packt meine Hüften mit beiden Händen und rammt in mich hinein. Ich halte mich an der Duschwand fest, um das Gleichgewicht gegen seine kräftigen Stöße zu halten. Schockwellen der Lust durchströmen mich mit jedem Stoß. Er stößt ein gutturales Geräusch aus und zieht mich an sich, als er schließlich kommt.

Wir sind beide atemlos. Ich bin wackelig, meine Beine zittern. Er zieht sich zurück, und ich drehe mich zu ihm um. Sein offener Ausdruck ist eindringlich, besitzergreifend. Er zieht mich an sich und hält mich fest in seinen Armen. Dann wird mir klar, dass es für einen Mann wie Sean mehr als eine Möglichkeit gibt, mir zu zeigen, dass er sich für mich interessiert. Es ist körperlich, besitzergreifend, und ich will von ihm besessen werden.

Heute ist mein großer Tag – ich habe ein privates Treffen mit Claire Jordan! Ich atme ein paarmal tief durch, bevor ich in Luc's Bistro in der Stadt gehe, wo ich sie in einem diskreten Nebenraum treffe. Claire Jordan! Mein Magen sackt mir in die Kniekehlen, ich bin nervös wie bei einem ersten Date. Ich wirbele herum und gehe zurück nach draußen auf den Bürgersteig. *Atme. Atme. Blamier dich nicht, indem du dich vor ihr als Fangirl outest!*

Ich gehe auf dem Bürgersteig auf und ab und überlege, Sean eine SMS zu schicken, doch es ist Samstag, was bedeutet, dass er ungestörte Arbeitszeit in Winnies Haus braucht. Die ganze Woche war ein Traum. So zart, so sexy, so wild, so leidenschaftlich. Mir wird heiß von Kopf bis Fuß, als ich mich an die letzte Nacht erinnere, als er mich mit seinen starken Armen und harten Stößen an die Wand genagelt hat. Oh, das ist nicht gut. Jetzt habe ich Lust auf Sean, wo ich mich doch auf mein Treffen mit Claire Jordan konzentrieren muss.

Claire Jordan, Leute!

Ich atme langsam und tief ein und fahre mit meinen klammen Händen über meinen schwarzen Bleistiftrock. Ich trage dazu eine weiße Bluse und als Farbtupfer eine rote Korallenkette. Ich hoffe, ich bin nicht overdressed. Es ist nur so, oh, Claire war unglaublich in den Fierce-Trilogie-Filmen, und davor war ich so inspiriert von ihrer schauspielerischen Leistung in *Blue Haze*, in dem sie eine Bande in einer postapokalyptischen Welt anführt. Und sie produziert auch großartige Filme über ihre Produktionsfirma Red Jewel Films. Sie sucht wirklich originelle Geschichten aus, und ich liebe jeden Film, den sie jemals gemacht hat. Okay, ich werde sie nicht bitten, mich in einen ihrer Filme zu besetzen. Das ist keine Frage. Es ist schon verdammt viel verlangt, mich, die Bekannte einer Freundin, zu treffen. Ich bin hier, um zu lernen. Das ist alles.

Professionelles Schauspielergesicht aufsetzen und los!

Ich gehe zurück ins Restaurant und gebe dem Restaurantleiter meinen Namen. Ich sage ihm, dass ich hier bin, um Amelia Hart zu treffen. Das ist der Name, den sie benutzt, wenn sie inkognito unterwegs ist. Ich habe gehört, dass sie früher Jenny benutzt hat. Die Geschichte endete damit, dass sie vorgegeben hat, Jenny von nebenan zu sein, um sich mit einem *normalen* Mann zu verabreden, den sie später geheiratet hat. Ich weiß so ziemlich alles über sie. Sie ist mein Idol.

Ein furchteinflößender Hawaiianer mit einem rasierten Kopf und Muskeln, die so groß sind, dass sie den Stoff seines schwarzen T-Shirts bis zur Belastungsgrenze dehnen, kommt auf mich zu. Er muss ihr Bodyguard sein. „Geheimhaltungserklärung", sagt er und gibt mir ein Dokument zum Unterschreiben.

Ich überfliege es und unterschreibe schnell. Ich würde nie über Claire Jordan tratschen, doch ich verstehe ihre Vorsicht.

Er bedeutet mir, ihm zu folgen. Wir gehen in einen verschlossenen Nebenraum. Er zieht eine Schlüsselkarte durch ein elektronisches Schloss, öffnet die Tür und weist mich an, hineinzugehen. Die Tür schließt sich hinter mir, und plötzlich sind es nur sie und ich. Die anderen drei Tische sind leer, und ihr Bodyguard ist draußen geblieben.

Ich starre Claire Jordan an, die an einem runden Tisch mit weißer Tischdecke sitzt und an einem Glas Sprudel nippt. Ihr schulterlanges blondes Haar ist glatt, ihr Ausdruck ruhig und selbstbewusst. Sie trägt ein ärmelloses, schwarz-weißes Kleid, was mir sofort bestätigt, dass ich nicht overdressed bin. „Hallo", sagt sie mit ihrer kehligen, heiseren Stimme. „Du musst Josie sein."

Ich gehe mit ausgestreckter Hand auf sie zu. „Das bin ich. Es ist so schön, dich zu treffen." Ich mache einige unbeholfene Schritte mit ausgestreckter Hand auf sie zu, bis ich sie endlich erreiche, um ihr die Hand zu schütteln. „Ich bin ein Riesenfan!"

Sie lächelt freundlich. „Danke. Ich hoffe, es macht dir nichts aus, dass ich schon angefangen habe, Brot zu essen." Sie zeigt auf den Brotkorb. „Ich habe Morgenübelkeit dank Baby Nummer drei. Aber behalte es für dich, okay?"

Ich nicke eifrig und lasse mich auf meinen Platz nieder. „Absolut. Ich habe die Geheimhaltungserklärung unterschrieben, aber selbst ohne würde ich niemals einer Seele etwas von dem erzählen, worüber wir reden. Ich bin einfach so dankbar, hier zu sein. Wie geht es Owen und Harper?" Ich hebe eine Hand. „Nein, ich bin kein Stalker. Ich recherchiere nur gerne über Schauspielerinnen und ihre Karrieren. Und dabei erfährt man eben persönliche Dinge wie Kinder und so."

„Schon okay. Du bist eine Freundin von Prinzessin Silvia, oder? Hailey hat in höchsten Tönen von ihr geschwärmt. Hailey ist eine gute Freundin von mir."

Ich nicke und schelte mich dann. Ich sollte aufhören, so viel zu nicken. „Ja. Ich bin mit – ich meine, ich date, ähm, ich bin mir nicht sicher, wie ich es nennen soll, aber Sean ist ihr Cousin. Ich meine, Silvias Cousin. Ich kenne Sean gut. Sehr gut." Meine Wangen brennen. Rede nicht mit Claire Jordan über Sex! Ich räuspere mich. „Den Kontakt herzustellen war unglaublich nett von Silvia. Deine Kinder sind ganz bezaubernd."

„Danke. Und ja, denen geht's gut. Sie sind gerade bei meinem Mann." Sie lächelt, und ihre haselnussbraunen Augen leuchten. Der Effekt ist von Angesicht zu Angesicht noch auffälliger als auf der großen Leinwand. „Owen ist dreieinhalb und liebt es, Fußball zu spielen und jede Art von Ball zu werfen. Er kommt sportlich nach seinem Vater. Harper ist zwei. Ich fürchte, sie hat mein Gespür für das Dramatische. Sie kann … schwierig sein."

„Das hört sich wunderbar an. Du musst eine tolle Familie haben."

Sie lächelt. „Ja, danke."

Sie macht eine Geste in Richtung einer Tür mit einem kleinen Glasfenster im hinteren Teil des Raumes, und ein Kellner kommt mit Speisekarten heraus. Ich nehme eine. Es gibt nur drei Optionen und keine Preise. Ich hoffe, ich kann es mir leisten.

Sie bestellt ein Lachsgericht, und ich bestelle den warmen Spinatsalat. Wie teuer kann ein Salat sein?

Nachdem der Kellner gegangen ist, sagt sie: „Ich hoffe, du hungerst nicht, um einen bestimmten Look zu erzielen. In der Branche werden derzeit alle Arten von Figuren gesucht."

„Nein, ich mag nur wirklich gerne Salat."

„Also, erzähl mir über dich. Wie läuft deine Karriere?"

Ich seufze und entscheide mich, ehrlich zu sein. Ihre Karriere hat angefangen, als sie jung war, doch sie wird sicherlich verstehen, wie schwierig es da draußen ist. „Nicht so gut wie deine, aber ich bin weiterhin positiv gestimmt. Von dir mochte ich die Fierce-Trilogie und *Nachbarliche Anziehung* genauso wie *Pleasant Town* und *Blue Haze*. Oh, es gibt einfach zu viele, um sie alle aufzuzählen!"

Sie beugt sich vor. „Du bist ein bisschen nervös, oder? Das ist nicht nötig. Ich bin wie du, eine Schauspielerin, die sich einen Namen machen will. Das hier ist kein Vorsprechen. Nur eine Unterhaltung. Ich gebe gerne etwas zurück, wenn ich kann, und ich hätte selbst gern ein ehrliches Gespräch mit einer erfahrenen Schauspielerin geführt, als ich noch grün hinter den Ohren war. Silvia hat erwähnt, dass du gerade erst angefangen hast."

„Ich kann mir nicht vorstellen, dass du je grün hinter den Ohren warst. Du hast deinen großen Durchbruch jung gehabt, und jetzt bist du ganz oben."

Sie schiebt sich einen Bissen Brot in den Mund und kaut. „Du wirst sehen, dass jedes neue Niveau, das du erreichst, seine eigenen Herausforderungen hat. Es ist nie eine einmalige Sache, bei der du dich umschaust und sagst, jetzt bin ich erfolgreich. Ich kann jetzt aufhören, so hart zu arbeiten."

„Oh."

Sie trinkt einen Schluck Wasser. „Aber es gibt einige Dinge, die einfacher werden. Ich muss nicht mehr vorsprechen. Ich bekomme heiße Skripte geschickt, und ich kann meine eigenen Filme produzieren und mich auf ein ausgefallenes Projekt einlassen, wenn ich will. Das würde ich dir empfehlen, wenn du es noch nicht getan hast. Mach Videos und stell sie online. Viele Schauspieler haben auf diese Weise Verträge bekommen."

„Ich bin kein großer Schreiber, aber ich könnte es versuchen."

„Heutzutage müssen Schauspieler ein bisschen von allem sein – Schauspieler, Autor, Regisseur, Produzent."

„Komiker."

„Bist du Komikerin?"

„Ja. Ich meine, ich mache manchmal Stand-up-Comedy. Ich mag lustige Rollen. Ich mag alle Rollen. Ich möchte mein Genrerepertoire so breit gestalten wie du und nicht in eine Schublade gesteckt werden."

Sie nickt, steckt sich wieder einen Bissen Brot in den Mund und kaut. „Entschuldigung, wenn ich dauernd Brot esse. Ich muss meinen Magen beruhigen."

„Kein Problem! Verstehe ich vollkommen."

„Ich hatte großes Glück, früh einen Hit zu landen. Das hat mir Türen geöffnet. Es geht nicht nur um harte Arbeit. Timing und ein bisschen Glück gehören auch dazu."

„Ja, da stimme ich vollkommen zu. Danke, dass du das gesagt hast."

Der Kellner kommt und bietet uns kleine Schüsseln mit kalter Melonensuppe an. „Gruß aus der Küche."

„Danke", sage ich.

„Danke", murmelt Claire.

Ich koste einen Löffel voll. „So lecker."

Sie nimmt auch einen Löffel. „Ich bin froh, dass du es magst. Ich komme oft mit meinem Mann hierher, wenn wir ohne viel Trara ausgehen wollen. Erzähl mir von deiner bisherigen Arbeitserfahrung."

Ich lege meinen Löffel ab und überlege, ob ich mein Portraitfoto und meinen Lebenslauf aus meiner übergroßen Handtasche nehmen soll. Nein, sie hat nicht danach gefragt. Das ist kein Vorsprechen. „Ich war letztes Weihnachten in einem Parfüm-Werbespot und habe eine Lehrvideoserie über Bibliotheken gemacht und war in zahlreichen Studenten- filmen an der NYU. Ich habe da meinen BFA in Dramatic Arts gemacht. Ich habe regelmäßig Vorsprechen und drei Piloten für Sitcoms gebucht, die jedoch nicht vom Sender ange- nommen wurden. Ich würde gerne in Filmen spielen. Ich bin ein großer Filmfan, das ist also das ultimative Ziel."

„Das ist großartig. Ich habe nie meinen Abschluss in irgendetwas Künstlerischem gemacht und mich immer gefragt, ob ich etwas verpasst habe. Ich habe Schauspielunter- richt genommen und bei der Arbeit gelernt. Bei meinem ersten Film haben sie mir einen Schauspiellehrer zugewiesen, der mir eine Weile geholfen hat, bis ich mich selbstsicher genug gefühlt habe, um allein weiterzumachen."

„Ganz unterschiedliche Pfade." Obwohl ich nicht raten muss, wie sie zu der Rolle gekommen ist, die ihr den Durch- bruch gebracht hat. Sie hat einen Blick, der vor der Kamera leuchtet, und ihre Stimme macht mit ihrem kehligen, heiseren Ton auf sich aufmerksam.

„Ich hoffe, du hast dein Portraitfoto und deinen Lebens- lauf mitgebracht."

Ich zucke zusammen. „Ja, habe ich! Ich wusste nicht, ob du es sehen willst." Ich nehme meine Handtasche, öffne sie und hole es vorsichtig heraus. Der Lebenslauf ist auf die Rückseite des Fotos gedruckt. Ich gebe es ihr. „Ich habe auch einen Clip, den du dir auf meiner Website ansehen kannst. URL steht im Lebenslauf. Einfach mein Name. Josie Abbott."

O Gott, ich plappere. Krieg dich wieder ein!

Sie überfliegt kurz den Lebenslauf und holt dann ihr Handy heraus. „Lass mich den Clip ansehen."

Mein Magen zieht sich zusammen. Warum machen die

Leute das immer wieder vor mir? Ich muss aufhören, ihn zu erwähnen.

„Sicher", bringe ich heraus. Ich konzentriere mich auf meine Suppe, als ich meine eigene Stimme aus ihrem Handy höre. Ich kann es nicht ertragen, ihr ins Gesicht zu blicken. Sie könnte völlig unbeeindruckt oder enttäuscht sein. Was ist, wenn sie das Gefühl hat, dass dieses Gespräch eine völlige Zeitverschwendung war? Sie hat sich mit mir getroffen, obwohl sie unter Morgenübelkeit leidet. Das hätte sie nicht tun müssen.

„Ich weiß es wirklich zu schätzen, dass du dich mit mir triffst", platzt es aus mir heraus.

Sie hält einen Finger hoch, während sie weiter aufmerksam meinen Clip ansieht.

„Tut mir leid." Ich rolle die Serviette hin und her auf meinem Schoß und warte auf das Urteil.

Sie lächelt und steckt ihr Handy weg. „Gott sei Dank, du bist wirklich gut! Ich hatte Angst, ich müsste so tun, als wäre es nicht so schlimm."

Ich blinzle. „Oh danke! Ich bin so froh, dass es dir gefallen hat."

„Was hältst du von Fantasy?"

Mein Herz rast. Omeingott. Wird sie mir eine Rolle in einem ihrer Filme anbieten? „Fantasy ist cool. Hast du irgendwas im Sinn?"

Der Kellner kommt, um unsere Suppentassen abzuräumen. „Ihr Mittagessen kommt in ein paar Minuten."

Ich sitze auf der Kante meines Stuhls und warte darauf, dass er geht.

Claire dankt ihm und wendet sich mir zu. „Ich habe die Filmrechte für ein Fantasyepos gekauft, *Labyrinth Unraveled.*"

Ich quietsche und schlage mir die Hand vor den Mund.

Sie lächelt. „Du hast davon gehört."

„Ja! Ich lese gerne Literatur für junge Erwachsene. Ich kann als Teenager durchgehen." *Labyrinth Unraveled* ist die Geschichte einer Hexe im Teenageralter, die endlich einen Zirkel findet, der wie sie die dystopische, patriarchalische Gesellschaft stürzen will. Es ist eine Wahnsinnsrolle. Riesige

Fangemeinde. Ein Film mit weiblicher Hauptfigur. Alles, wovon ich jemals geträumt habe! Mein Atem geht schwer. *Nicht hyperventilieren! Ahhh!*

Sie fährt fort. „Ich finde auch, dass du jung aussiehst. Wir möchten, dass eine Unbekannte Sophie spielt, damit das Publikum keine vorgefassten Bilder von einer früheren Rolle im Kopf hat."

Ich zapple vor Aufregung. Endlich lohnt es sich mal, eine Unbekannte zu sein! „Macht Sinn", bringe ich heraus.

„Wir suchen jemanden, der mindestens achtzehn ist, um sie zu spielen. Wie auch immer, das Buch ist lang. Um den Fans und der Story gerecht zu werden, werden wir zwei Filme drehen, gleich hintereinander weg. Wir suchen auf der ganzen Welt nach Sophie. Ich meine *überall*. Wir haben fünftausend Bewerbungen mit Videos durchgesehen, die wir für Probeaufnahmen auf dreihundert eingegrenzt haben, und trotzdem haben wir immer noch nicht die Eine gefunden. Ich werde den Kontakt mit unserer Casting-Direktorin für dich herstellen, und du kannst ihr sagen, dass ich dich persönlich eingeladen habe. Aber versprechen kann ich dir nichts, okay?"

„Ich bin dir so dankbar! Das ist so großzügig von dir!"

Sie hält eine Hand hoch. „Es ist ein Fuß in der Tür, nichts weiter. Wir brauchen jemanden, der Sophie Gravitas geben kann und gleichzeitig als Siebzehnjährige glaubwürdig ist. Sie ist eine starke Frau. Sie hat Schneid."

„Ich liebe das! Das kann ich total gut spielen." Ich ziehe mein Handy heraus und lasse es vor Aufregung fallen. „Mist." Ich kann mir keinen Ersatz leisten. Ich hebe es vom Teppichboden auf. Zum Glück ist es okay. „Wie lautet die Nummer der Casting-Direktorin?"

Sie holt ihr Handy heraus und liest sie mir vor.

Ich will sie sofort anrufen und mich auf die Rolle vorbereiten, doch dann wird mir klar, dass das unhöflich wäre. „Kann ich irgendetwas für dich tun? Brauchst du einen Babysitter? Jemanden, der Besorgungen für dich erledigt? Irgendwas?"

Sie lacht. „Dafür ist gesorgt, aber danke für das Angebot. Nur wenige Leute bieten es an. Oh, und du solltest wissen, dass wir sechs Monate lang in Vancouver filmen werden. Funktioniert das für dich?"

„Absolut." Mein Lächeln verschwindet, als mir klar wird, dass ich mich von Sean verabschieden müsste. Wir sind erst seit drei Wochen Mitbewohner und seit einer Woche zusammen, aber ich kann nicht anders, als zu glauben, dass das der Beginn von etwas Bedeutendem ist. „Wann fangen die Dreharbeiten an?" Ich lache über mich. *„Fragt sie optimistisch."*

„September."

Das Mittagessen kommt, und wir fangen an zu essen. Meine Gedanken wandern immer wieder zu Sean zurück. Es ist jetzt Anfang Mai. Wenn wir bis September noch zusammen sind, könnten wir es mit einer Fernbeziehung versuchen. Es sind nur sechs Monate. Bis dahin wären wir auch schon fünf Monate zusammen. Wäre er bereit, mich zu besuchen? Oder wäre ich aus den Augen aus dem Sinn?

Ich sehe Claire an, die zu mir aufblickt und mir ein kleines Lächeln schenkt, während sie kaut. „Ist es schwer für dich, wenn du filmst und nicht bei deiner Familie bist?"

„Oh nein, meine Familie kommt mit mir. Dieses Geschäft ist hart für Beziehungen. Du musst schauen, dass du einen Partner hast, der deine Karriere unterstützt. Mein Mann Jake ist mit mir gereist, noch bevor wir verheiratet waren. Er war voll an Bord und hat online gearbeitet, wenn er musste. Schließlich ist er in meine Produktionsfirma eingestiegen. Und die Kinder reisen jetzt mit uns. Allerdings bin ich bei dieser Schwangerschaft erschöpfter und musste mein Arbeitspensum runterfahren. Ich habe ein gutes Team bei Red Jewel Films, und du hast vielleicht bemerkt, dass ich seit ein paar Jahren keine großen Rollen mehr übernommen habe."

„Aber *Eine verzauberte Nacht* kam gerade zu Weihnachten heraus. Oh, ist das vorher gefilmt worden?"

Sie wischt sich mit ihrer Serviette den Mund ab. „Ja. Manchmal halten sie einen Film zurück, um ihn zu bestimmten Jahreszeiten zu veröffentlichen."

Ich denke darüber nach, was sie über einen unterstützenden Partner gesagt hat, als ich weiteresse. Als ich die Serie verloren habe, hat Sean mich wirklich unterstützt und getröstet. Dann sind wir zusammengekommen. Ich halte inne. War das ein Zufall oder wollte er nicht mit mir zusammen sein, bis er wusste, dass ich nirgendwo hingehen würde? Würde er mich unterstützen, wenn meine Karriere Aufschwung gewinnen würde?

„Bist du okay?", fragt sie.

Ich blinzle und sehe sie an. „Ich habe nur an das gedacht, was du gesagt hast. Danke für den Hinweis. Ich denke, mein Freund – ich meine, wir haben noch nicht einmal ein offizielles Label, aber ich denke, er würde mich unterstützen. Sicher kann ich allerdings nicht sein, da ich nichts hatte, was mich für längere Zeit von ihm weggeführt hätte. Hoffentlich werde ich es eines Tages herausfinden und es wird in eine positive Richtung gehen, sowohl beruflich als auch in Bezug auf die Beziehung."

Sie schiebt sich einen kleinen Bissen Kartoffelpüree in den Mund, schluckt und sagt dann: „Einige meiner Freunde kommen anders damit klar. Wenn ihr Partner nicht mit ihnen reisen kann, versuchen sie, nicht länger als zwei Wochen getrennt zu sein. Sie fliegen viel hin und her. Das fordert auch seinen Tribut. Ich nehme an, es ist am besten, wenn du einfach mit deinem Partner darüber sprichst und herausfindest, was eurer Meinung nach für euch beide am besten ist."

„Ja, das ergibt Sinn." Ich versuche zu lächeln, schaffe es aber nicht. Ich hatte noch nie einen Mann, der mir so wichtig war, dass ich mir über solche Dinge Sorgen machen musste. Aber ich denke wahrscheinlich viel zu weit. Ich weiß nicht, ob ich die Rolle in ihrem Film bekomme, und ich weiß auch nicht, wo ich mit Sean stehe. Obwohl ich weiß, dass er etwas für mich empfindet. Ich sehe es in seinen Augen und seiner Berührung, auch wenn er es nicht ausspricht.

Wir beenden unser Essen, unterhalten uns über unsere Lieblingsfilme, und sie erzählt sogar von den Possen ihrer Kinder. Sie werden beim Baden mit Schaumbad richtig albern. So süß! Sie ist überraschend bodenständig, und ich bin so dankbar, dass sie mir diese Chance gegeben hat.

Sie nimmt ihre Handtasche. „Ich muss los, aber es war schön, mit dir zu Mittag zu essen."

„Danke, finde ich auch! Ich kann dir nicht genug für deine Großzügigkeit und Zeit und die Sache mit dem Casting danken. Alles! Ich denke, ich bin jetzt noch mehr ein Fan als zuvor, was verrückt ist. Also ich meine, nicht verrückt-verrückt …" Ich zucke zusammen. „Tut mir leid, manchmal lasse ich mich von meiner Begeisterung hinreißen."

„Oh, gern geschehen!" Sie steht auf und streckt mir die Arme entgegen. Ich eile um den Tisch und umarme sie.

„Danke", sage ich noch einmal, als ich mich zurückziehe.

Sie lächelt. „Der beste Dank wäre, dass du dasselbe tust, wenn du einmal in der Lage bist, jemandem zu helfen."

„Das werde ich!"

Sie geht zur Tür hinaus und sieht so schick und raffiniert aus. Ich stehe ein paar Minuten da und versuche, all die fantastischen Sachen zu verarbeiten, die ich gerade in diesem Raum erlebt habe, bevor mir klar wird, dass ich auch gehen sollte. Ich nehme meine Handtasche und gehe hinaus, um einen Blick auf sie zu erhaschen, während ihr Bodyguard ihr aus der Tür des Gebäudes folgt.

Ich warte einen Moment, damit ich nicht so aussehe, als würde ich sie verfolgen. Dann wird mir klar, dass sie das Mittagessen für mich gezahlt haben muss. Claire Jordan hat mich zum Mittagessen eingeladen! Ich werde das eines Tages für jemand anderen tun, ganz, wie sie mich gebeten hat.

Okay, mach dich auf deinen Durchbruch bereit! Die Rolle deines Lebens.

10

———

Sean

Ich bin erschöpft, aber es hat sich gelohnt. Bei der Arbeit haben wir unser erstes Rourke-Management-Projekt mit viel guter Presse auf den Weg gebracht (die Leute lieben es, dass wir Teil der königlichen Familie in Villroy sind), und hier zu Hause mache ich sowohl bei der Renovierung als auch mit Josie große Fortschritte. Nicht, dass sie ein Projekt wäre. Sie ist eine reine Freude. Sie macht jeden Tag heller. Ich liebe es, zu ihr nach Hause zu kommen, mit ihr zu Abend zu essen und sie in meinem Bett zu haben. Und obwohl ich manchmal wegen der Verlockung nicht viel schlafe, bereue ich es nicht. Es ist drei Wochen her, seit wir uns kennengelernt haben, und was kann ich sagen? Sie macht mich glücklich. Ich fühle mich wieder mehr wie mein altes, entspanntes Ich. Wir lachen viel.

Heute ist Samstag, und ich habe am späten Nachmittag aufgehört zu arbeiten, um sie zum Abendessen auszuführen. Sie fliegt morgen nach Kalifornien, um Probeaufnahmen für einen großen Film von Claire Jordans Produktionsfirma zu machen. Der Casting-Direktorin hat das Video-Vorsprechen, das sie vor zwei Wochen hatten, gefallen, und sie hat sie zu Probeaufnahmen im Studio eingeladen. Das heißt aber immer noch nicht, dass sie die Rolle bekommt. Viele Schauspielerinnen haben Probeaufnahmen gemacht und die Rolle nicht bekommen, doch sie bleibt optimistisch. Ich bin stolz auf sie. Und sie wird nur eine Woche weg sein. Ihre Agentin hat noch ein paar Vorsprechen für sie arrangiert, während sie dort ist, doch alles, was Josie interessiert, ist Claires Film.

Ich bringe sie heute Abend in ein schönes Restaurant. Sie macht sich oben fertig und hat mir gesagt, ich solle nicht gucken. Sie will mich in ihrem Kleid überraschen.

Ich mache mich fertig und gehe nach unten, um zu warten. In der Küche komme ich wirklich gut voran. Ich schätze eine Woche bis zur Fertigstellung. Ich habe die Inspektionen für die folgende Woche geplant. Irgendwie habe ich es geschafft. Winnie hat mir mit ihrer Frist wirklich Feuer unterm Hintern gemacht, doch es sieht so aus, als würde das Haus am ersten Juni auf den Markt kommen, so wie sie es wollte.

Ich habe einen kurzfristigen Mietvertrag für eine Wohnung in der Nähe unseres Büros unterschrieben, hoffe aber immer noch, dass ich was in dieser Gegend hier finde. Als ich Josie gefragt habe, wohin sie als nächstes gehen wolle, sagte sie, wenn sie müsste, könnte sie für einen langen Besuch zu ihren Eltern nach Nashville gehen, doch sie war sich nicht sicher, was sie tun würde. Ich will sie nicht so weit von mir entfernt haben. Ein Teil von mir will, dass sie einfach bei mir einzieht. Ist das zu früh?

Die Türklingel läutet, und ich gehe zur Tür und sehe einen vertrauten, blonden Schopf. Es ist Winnie, wahrscheinlich, um den Fortschritt zu begutachten. Ich bin überrascht, dass sie nicht schon früher aufgetaucht ist, wenn man bedenkt, wie oft sie mich mit SMSen genervt hat.

Ich öffne die Tür und gebe ihr sofort ein kurzes Update, da ich eine Reservierung für das Abendessen habe, die ich nicht verlieren will. „Hey, Winnie. Alles läuft nach Zeitplan. Du solltest das Haus am ersten Juni auf den Markt bringen können, wie wir es besprochen haben."

Sie kommt herein. Ihr blondes Haar ist zu einem niedrigen Pferdeschwanz zusammengebunden, ihr Gesicht ungewöhnlich blass. Sie ist wie immer adrett gekleidet und trägt ein hellgrünes Blumenkleid mit braunen Sandalen. „Tut mir leid wegen der Frist. Ich hätte niemals so viel Druck auf dich ausüben sollen."

Ich bin einen Augenblick lang sprachlos. Ich arbeite seit Wochen Tag und Nacht, und jetzt tut ihr die Frist leid?

Ich fange mich wieder. „Also willst du doch nicht verkaufen?"

„Ich weiß es nicht." Sie verzieht ihr Gesicht und wedelt mit der Hand. „Ich bin sicher, es ist großartig."

„Stimmt was nicht?"

Ihr Kinn zittert. „Colin und ich haben uns getrennt. Er wollte, dass ich mir für unsere Hochzeit neue Brüste machen lasse. Bei ihm geht alles nur um die Fassade." Tränen leuchten in ihren Augen, doch es fällt mir schwer, Mitgefühl für *ihren* Herzschmerz zu empfinden, nachdem sie *mich* verlassen hat, um mit *ihm* zusammen zu sein. „Ich dachte, es wäre eine tiefe Beziehung, weißt du? Er schien echtes Interesse an Kunst zu haben, aber es war nur ein Statussymbol für ihn."

Will sie wieder hier einziehen? Ich blicke hinter sie. Kein Koffer.

Eine Träne rollt über ihre Wange.

Ich blicke nach oben und denke darüber nach, Josie hierher zu rufen, damit sie sich um ihre Cousine kümmern kann. Aber dann entscheide ich mich, Josie nicht zu stören. Sie bereitet sich schließlich auf unseren besonderen Abend vor. Ich werde mich so schnell wie möglich um Winnie kümmern. „Tut mir leid wegen Colin. Was hast du jetzt vor?"

Sie schnieft. „Ich habe mir geschworen, dass ich nicht mehr weinen will. Lass mich deine Arbeit ansehen." Sie geht in die Küche, öffnet Schränke und streicht mit dem Finger über die Teakholz-Insel. „Es ist wunderschön."

„Danke."

Sie kommt zu mir. „Ich wusste, dass du großartige Arbeit leisten würdest."

„Willst du dir die oberen Etagen ansehen? Die Bäder sind jetzt fertig, und ich habe die Schlafzimmer im Obergeschoss in einer neutralen Farbe neu gestrichen und die Türrahmen und Türen ausgebessert."

Sie holt tief zittrig Luft. „Ich will nur sagen, dass es mir so leid tut, wie ich dich verlassen habe. Ich weiß, dass es abrupt und schrecklich unsensibel von mir war. Ich war ein Idiot, und ich bereue es."

„Schon gut, Winnie. Mir geht es gut, und es ist lange her."

Sie presst ihre Lippen fest aufeinander. „Du bist ein besserer Mann, als er jemals war. Ich habe zugelassen, dass er mir mit all den verschwenderischen Reisen und Geschenken den Kopf verdreht. Du bist der wahre Gentleman. Ich hätte dich nie verlassen sollen, und wenn es nicht zu spät ist, würde ich es gerne nochmal mit dir ..."

Ich reibe meinen Nacken. Ich habe nie auch nur ansatzweise daran gedacht, wieder mit ihr zusammenzukommen. In dem Moment, als sie mich für einen anderen Mann verlassen hat, war es für mich vorbei. Für immer. Und jetzt ist da Josie. Wie erkläre ich, dass ich jetzt mit ihrer Cousine zusammen bin?

„Sean?", fragt Winnie unsicher.

„Nein, ich will es nicht noch einmal versuchen."

Josie kommt die Treppe hinunter und sieht in einem dunkelblauen Minikleid mit tiefem V-Ausschnitt und transparenten Ärmeln umwerfend aus. Ihre rote Handtasche passt zu ihrem roten Lippenstift. Eine Welle der Zuneigung treibt mich dazu, sie in meine Arme zu ziehen und sie zu küssen.

Ich gehe zu ihr. „Du siehst wunderschön aus."

„Danke", sagt sie und blickt über meine Schulter. „Hi Winnie. Ich wusste nicht, dass du vorbeikommen wolltest."

Ich wende mich Winnie zu. Ich kann sehen, wie sie die Puzzleteile zusammensetzt. Josie und ich sind beide schick angezogen für ein Date. Unsere Vertrautheit. Josie berührt mich nicht, aber sie steht so nah, wie sie es mit mir gewohnt ist.

„Ihr zwei seid zusammen?", fragt Winnie mit leiser Stimme.

„Ja", bestätige ich.

Winnie sieht Josie mit zusammengekniffenen Augen an. „Warum hast du mir nichts davon gesagt?"

„Ich war beschäftigt", sagt Josie. „Tut mir leid. Ich wollte es dir sagen, sobald ich sicher bin, dass es irgendwohin gehen würde."

„Tut es das?", fragt Winnie und blickt zwischen uns hin und her.

Ich begegne Josies Blick. Sie sieht mich zärtlich an. Ich kann sie so gut lesen. Sie empfindet genauso viel für mich wie ich für sie. Das ist nicht nur eine Gelegenheitsnummer. Was wir haben, ist auf Gefühlen aufgebaut. Meine Finger kribbeln, weil ich das Bedürfnis habe, sie zu berühren, und mein Puls beschleunigt sich. Das ist echt.

„Und du!", keift Winnie, stößt mit einem Finger in meine Richtung und reißt mich zurück in die Realität. Ich hatte fast vergessen, dass sie hier ist. „Ich habe dir vertraut, dass du auf meine Cousine aufpasst und sie nicht verführst!"

„Ich bin kein kastrierter Mönch, Winnie. Außerdem ist sie vierundzwanzig. Gesteh ihr zu, dass sie weiß, was sie will."

„Du?", fragt Winnie.

„Ja."

Winnie beißt sich auf die Unterlippe. „Du sagst also, dass es ernst ist?"

Ich blicke zu Josie, die mich erwartungsvoll ansieht. „Ja." Ich lege meinen Arm um Josies Schultern. „Es hat Entwicklungspotential."

Josies Gesicht leuchtet mit ihrem Lächeln auf, und sie sieht mir in die Augen. Mein Herz schwillt an. Sie dreht sich zu Winnie um, also tue ich es auch. Ich hoffe, Winnie begreift den Hinweis, dass es keinen Sinn hat, irgendwas zu versuchen. Ich habe kein Interesse mehr an ihr.

Winnie sieht Josie finster an. „Du solltest auf meiner Seite sein und mir nicht in den Rücken fallen."

Josie antwortet ruhig: „Du bist mit einem anderen Mann verlobt."

„Sie haben sich getrennt", informiere ich sie leise.

Josie nickt und fährt fort. „Ich weiß, dass es ein bisschen unbehaglich ist ..."

„Ein bisschen unbehaglich?", wiederholt Winnie. „Es ist furchtbar! Also was, muss ich euch beide jetzt an jedem Thanksgiving und Weihnachten knutschen sehen?"

Josie hebt das Kinn. „Wenn du ihn so sehr wolltest, warum hast du ihn überhaupt verlassen?"

Winnie verschränkt die Arme. „Ich war verwirrt. Colin hat mir mit all den verschwenderischen Geschenken und extravaganten Reisen den Kopf verdreht."

„Klingt, als hätte dir das Geld den Kopf verdreht", sagt Josie ruhig.

Totenstille. Das war hart. Richtig, aber hart.

Winnie presst ihre Lippen einen langen Moment aufeinander, bevor sie schließlich sagt: „Ich erwarte, dass ihr beide hier auszieht. Das ist mein Haus, und ich ziehe wieder ein."

„Du kannst nicht in eine Baustelle ziehen", sage ich. „Sei vernünftig."

„Hat Colin dich rausgeschmissen?", fragt Josie.

„Nein. Er hat immer noch seine Wohnung in der Nähe der Arbeit. "

Josie geht zu ihr und legt ihre Hand auf ihren Arm. „Lass Sean das Projekt beenden. Dann kannst du es zu einem guten Preis verkaufen und dir eine niedliche Wohnung kaufen, um neu anzufangen."

Winnie bricht in Tränen aus.

„Oh, Winnie." Josie versucht, ihre Arme um sie zu legen, doch Winnie zieht sich zurück und rennt zur Tür hinaus.

Josie dreht sich zu mir um. „Ich muss sichergehen, dass sie okay ist."

Ich nicke, ich hätte nichts anderes von ihr erwartet. Sie hat mir erzählt, dass Winnie immer wie eine große Schwester für sie war. Trotzdem hoffe ich, dass es nicht zu lange dauern wird. Das soll schließlich ein besonderer Abend mit Josie sein. Unser letzter Abend, bevor sie zum ersten Mal, seit wir uns kennen, nach L.A. geht.

～

Josie

Ich muss in meinen schwarzen Pumps laufen, was mich bremst, als ich Winnie nachgehe. Sie eilt den Block hinunter in

Richtung Park. Ich hole sie endlich ein, als sie auf einer Bank zusammenbricht und ihren Kopf in die Hände sinken lässt. Ihre Schultern zucken. O Gott. Ich fühle mich furchtbar. Ich habe Winnie noch nie so schluchzen sehen.

„Winnie", sage ich leise und setze mich neben sie, „ich liebe dich. Ich wollte dich nie verletzen."

„Geh weg."

„Komm schon, du warst immer für mich da. Lass mich für dich da sein. Weinst du über Sean oder Colin?"

„Beide!"

„Soll ich aufhören, Sean zu sehen?"

Sie hebt den Kopf. Ihre Augen und Nase sind rot. „Würdest du?"

Ich zögere, bevor ich die Wahrheit zugebe. „Nein."

„Er liebt dich." Ihre Stimme klingt erstickt. „Ich erkenne es daran, wie er dich ansieht."

Mein Herz rast, meine Wangen erröten. „Ich hoffe es, weil ich auch dabei bin, mich in ihn zu verlieben. Es tut mir so leid, dass es nicht so geklappt hat, wie du es dir mit Colin erhofft hast. Was ist passiert?"

Sie informiert mich über den Mann, den Geld und Status mehr interessiert haben als sie, und ich kann nicht sagen, dass ich überrascht bin. Er ist kalt und berechnend, und es war offensichtlich, dass ihm diese Dinge viel bedeuten. Ich habe nur gehofft, dass Winnie für ihn nicht in die Kategorie Statussymbol fällt. Sie hat einen guten Job in einer Kunstgalerie und verdient gutes Geld, war aber nie reich. Vielleicht hat er sie wirklich als das perfekte Statussymbol gesehen. Wer verlangt vor der Hochzeit, dass sich seine Braut neue Brüste machen lässt? Arschloch.

„Winnie, er hat dich nicht verdient. Das ist einfach nicht richtig, wie er dich behandelt hat."

Winnie holt tief zitternd Luft. „Ich bin schwanger."

„Omeingott! Weiß Colin Bescheid?"

„Nein." Sie legt eine Hand auf ihren flachen Bauch und blickt darauf. „Ich habe es heute herausgefunden. Ich möchte das Baby behalten und bin mir nicht sicher, was ich wegen Colin tun soll."

Ich bin nicht überrascht, dass sie das Baby behalten möchte. Sie ist dreißig und hat sich auf Ehe und Kinder gefreut. „Du musst es ihm sagen."

Sie beißt sich auf die zitternde Unterlippe. „Ich fürchte, er wird versuchen, das Sorgerecht zu bekommen. Er kann es sich leisten, die besten Anwälte zu beauftragen."

Ich denke an Anwälte und Geld, und plötzlich wird mir bewusst, wie seltsam es ist, dass sie Sean während dieser Krise besucht hat. Wenn sie gekommen wäre, um mich zu sehen, hätte sie mich wissen lassen, dass sie zu Besuch kommt. Und dann kommt mir ein wirklich schrecklicher Gedanke.

Ich drehe mich zu ihr um. „Wolltest du Sean das Baby unterschieben? Wolltest du versuchen, wieder mit ihm zusammenzukommen und dann einen Monat später verkünden, dass du schwanger bist? Winnie, was tust du?" Meine Stimme wird am Ende sehr laut, aber ich kann nichts dafür. Sie hat Sean schon einmal wehgetan, und er hat es nicht verdient, dass sie es noch einmal tut.

„Ich weiß es nicht!", jammert sie. „Je mehr ich über Sean nachgedacht habe, desto mehr wurde mir klar, wie viel besser er ist als Colin. Ein besserer Mann. Er wäre ein guter Vater."

Wut steigt in mir auf. „Das ist nicht fair ihm gegenüber!"

„Ich habe Panik geschoben!" Ihre Schultern hängen herunter, und sie rutscht weg, als wäre ich eine physische Bedrohung. „Bitte schrei mich nicht an. Ich weiß nicht, was ich tue. Ich bin durcheinander, meine Hormone laufen Amok, und ich habe Angst."

Ich antworte mit sanfterer Stimme. „Du kannst Sean kein Kuckuckskind unterschieben."

Sie wendet sich mir wieder zu und hält ihre Hände in ihrem Schoß. „Es ist sowieso egal. Ich habe ihn gefragt, ob wir wieder zusammenkommen können, und er hat nein gesagt. Er will mich nicht. Er will dich."

Verdammt. Ich kann nicht glauben, dass sie ihn gebeten hat, es nochmal mit ihr zu versuchen, als ich oben war. Dann erinnere ich mich, dass sie nicht wusste, dass ich mit ihm zusammen bin, und ich beruhige mich.

Ich mustere sie. Sie ist angespannt und verängstigt, sie tut mir einfach leid. Sie hat Sean verloren, weil sie sich für einen viel schlechteren Mann entschieden hat. Ich weiß, dass sie damit ihr eigenes Bett gemacht hat, aber ich liebe sie, und sie ist in einer schwierigen Situation – schwanger, voller Reue und hat gerade die rosige Zukunft, von der sie mit Colin geträumt hat, verloren. „Okay, lass uns Sean einfach aus dieser Sache raushalten. Ich werde auf jede erdenkliche Weise für dich da sein. Ein Schritt nach dem anderen. Du schaffst das schon."

Sie nickt, und wieder steigen Tränen in ihre Augen. „Danke."

Ich umarme sie, und diesmal lässt sie mich.

11

———

Josie

Es hat nicht lange gedauert, bis Winnie ihre Stiefmutter angerufen hat, um einen Besuch zu arrangieren. Sie stehen einander nahe. Winnie ist mit der U-Bahn zurück in ihre Wohnung gefahren, um eine Tasche zu packen. Ich habe Sean sofort eine SMS geschrieben, um ihn wissen zu lassen, dass unser Date zum Abendessen immer noch steht, und bin nach Hause geeilt. Es ist unsere letzte gemeinsame Nacht, bevor ich für eine Woche weggehe.

Ich erzähle Sean, was mit Winnie los ist, während wir auf der Couch warten, bis unser Taxi kommt. Das Restaurant ist zu weit weg, um in Highheels zu laufen.

„Das kann doch nur ein schlechter Witz sein", knurrt er. „Sie wollte versuchen, mir ein Baby unterzuschieben, das nicht meins ist?"

„Ich sage nicht, dass es richtig ist. Und sie hätte es sowieso nie geschafft, weil du nicht mit ihr zusammen sein willst."

„Verständlicherweise. Oder will mir jemand einen Vorwurf daraus machen?"

„Nein, aber im Nachhinein hat sie erkannt, dass es falsch war, dich zu verlassen. Hast du noch nie etwas getan, was du bereut hast?"

„Nein."

Ich nehme seine Hand und drücke sie. „Es passiert."

„Wie kannst du ihr so schnell vergeben? Sie hat versucht, uns beide rauszuwerfen und sich zwischen uns zu drängen."

„Sie ist immer gut zu mir gewesen. Ich liebe sie, und wenn man jemanden liebt, ist Vergebung leicht."

Er ist für einen Moment still. „Denkst du, sie hat sich damit abgefunden, dass wir zusammen sind?"

„Das würde ich nun noch nicht behaupten, aber sie hat gerade andere Probleme."

Er senkt den Kopf und gibt mir einen kurzen Kuss. „Ich bin froh, dass du mir das Gespräch mit ihr abgenommen hast. Ich wäre nur wütend geworden."

„Und das zu Recht. Sie ist bei ihrer Stiefmutter in guten Händen, dort hätte sie wahrscheinlich gleich hingehen sollen. Sie hat nicht klar gedacht."

Er wiegt meine Wange und schaut mir in die Augen. „Du bist ein guter Mensch."

Ich lächle und lege meine Hand auf seine. „Du auch."

Er blickt auf das Handy in seiner Hand. „Taxi ist hier." Er bedeutet mir, vor ihm durch die Tür zu gehen, und schließt hinter uns ab.

Nachdem wir uns auf den Rücksitz gesetzt haben, verflicht er unsere Finger und sagt mit leiser Stimme: „Ich hab mich dir gegenüber wie ein Idiot benommen, als wir uns das erste Mal begegnet sind. Das tut mir leid."

„Du warst gestresst. Und ich würde nicht Idiot sagen. Du warst nicht gemein oder so. Du warst eher wie ein großer Grummel. Es war ein bisschen süß, wie ein Grizzlybär mit Stachelschweinstacheln im Po."

Er lacht. „Und hier dachte ich, ich wäre der toughe Beschützer für dich, dabei hast du mich als mürrischen Bären gesehen!"

„Grizzlys sind immer noch eine Kraft, mit der man rechnen muss, wenn man sich mit ihnen anlegt. Ich habe mich nie mit dir angelegt. Ich habe nur geholfen."

„Du hast *versucht* zu helfen", sagt er mit einem Lächeln.

„Das ist dasselbe."

Er wiegt den Kopf hin und her. „Nicht wirklich. Jetzt sage ich nicht, dass es nicht gut gemeint war, aber manchmal hast du mir mehr Arbeit gemacht, weil du nicht weißt, was du tust."

„Nun, niemand hat behauptet, ich sei ein Experte für Hausrenovierungen."

„Jetzt, da ich mir das fast fertige Projekt anschaue, bin ich froh, dass du hier warst. Du warst die beste Art von Ablenkung."

„Oh, mein Grizzly ist in Wirklichkeit ein Teddybär. Ich wusste es die ganze Zeit."

„Hey, nichts von diesem Teddybär-Mist. Ich habe einen Ruf zu wahren."

Ich drücke seine Hand. „Keine Sorge, deine heimliche Vorliebe für Rom-Coms bleibt unter uns."

„Das war ein Witz."

„Ich habe an diesem Abend dich beobachtet, anstatt mir den Film anzusehen, also versuch's gar nicht erst. Dir war pures Vergnügen ins Gesicht geschrieben."

Ein Mundwinkel hebt sich. „Du hast mich beobachtet?"

„Ja."

„Weil?"

„Weil ich Menschen studiere, um meine schauspielerischen Fertigkeiten zu verbessern. Körpersprache, Mimik, Tonlage."

Er stößt mich mit seiner Schulter an. „Du kannst ruhig den wahren Grund zugeben. Du musst es nicht so klingen lassen, als ob es deiner Kunst dient."

Ich lächle ihn an. „Und was *ist* der wahre Grund?"

Er flüstert mir direkt ins Ohr, seine Stimme ein tiefes Grollen. „Du warst von Anfang an heiß auf mich."

„Das war ich total! Ich habe mich wegen Winnie beherrscht und weil ich wusste, dass ich gehen würde. Aber dann bin ich nicht gegangen, und du hast dich scheinbar für mich erwärmt."

„Weil du nicht gegangen bist." Er küsst meine Schläfe und flüstert mir ins Ohr: „Ich wollte keine bedeutungslose Affäre. Das ist nicht, was ich im Leben möchte."

Ein Ausbruch reinen Glücks strahlt durch mich und macht mich schwerelos. „Das hatte ich im Gefühl."

Er hebt meine Hand an seine Lippen und küsst sie, seine blauen Augen auf meine gerichtet. Mein Herz beschleunigt sich, als etwas Tiefes zwischen uns klickt. Emotionen schnüren mir den Hals zu, die Luft summt zwischen uns. Ich kann nicht widerstehen, meine Lippen auf seine zu drücken, meine Finger gleiten in das weiche Haar in seinem Nacken.

Als ich mich zurückziehe, lächelt er warm. Ich habe noch nie so viel für jemanden empfunden, und es ist überwältigend. „Sean." Meine Stimme bricht.

Er schmiegt sich an meinen Hals, und seine Stimme grollt in der Nähe meines Ohrs. „Ich habe heute Abend Pläne für dich."

Ein Teil von mir will nur an ihn schmelzen. Es ist verrückt, dass ich immer das Bedürfnis habe, ihm näher zu sein. Doch er geht mit mir aus, also muss ich mich zurückhalten. „Ich kann es kaum erwarten."

Wir sprechen für den Rest der Fahrt über nichts Wichtiges, aber ich fühle mich anders. Eingehüllt in einen warmen Kokon der Liebe mit jedem Lächeln, das er mir schenkt, seinem warmen Ton, seiner Hand auf meiner.

Er lächelt und deutet aus dem Fenster. „Wir sind da."

Ich blicke auf. „Es ist in einem Hotel?"

„Ja. Oberster Stock mit Blick über die Stadt."

„Wow", hauche ich. „Das sieht toll aus."

Kurze Zeit später betreten wir ein großes Restaurant mit einer Wand aus tiefrot gepolsterten Sitznischen und weißen Tischdecken. Es ist wirklich elegant mit gedämpftem Licht aus Deckenleuchten, grauen Wänden mit gerahmten Schwarzweißfotos und einer klaren Wandvitrine mit Wein. Das nenne ich einen Ort für besondere Anlässe.

Sean meldet sich bei der Platzanweiserin am Eingang und gibt seinen Namen an. Wir werden sofort zu einem gemütlichen Ecktisch geführt.

Nachdem ich mit meiner Serviette auf meinem Schoß Platz genommen habe, beuge ich mich vor und flüstere: „Das hier ist so schön!"

Er lächelt, und es wärmt mich überall. „Ich wollte etwas Besonderes für dich, bevor du gehst."

„Ich bin in einer Woche zurück."

„Ich weiß, aber es ist das erste Mal, dass wir getrennt sind, seit du vor fünf Wochen eingezogen bist."

„Du zählst, wie lange ich bei dir wohne?"

„Nein. Ich verfolge meinen Arbeitsfortschritt und ..." Er seufzt. „Ja, okay, ich behalte den Überblick."

Ich halte ein Lächeln zurück. „Du bist ein heimlicher Romantiker, oder?"

Er schnaubt. „Zuerst nennst du mich einen Teddybären, und jetzt bin ich ein Romantiker. Können wir zu der Zeit zurückkehren, als du mich einen überqualifizierten Bauarbeiter mit muskulösem Hals, breiten Schultern und prallem Bizeps genannt hast?"

Ich kann ein strahlendes Lächeln nicht unterdrücken. „Du bist eben ein Gesamtpaket. Akzeptier es einfach."

Seine Stimme ist schroff. „Josie."

„Ja?", frage ich immer noch lächelnd.

„Du auch."

Tränen steigen mir in die Augen, mein Hals schnürt sich plötzlich zu. Emotionales Territorium, wir haben es betreten.

Er greift über den Tisch nach meiner Hand, und ich lege meine Hand in seine und starre darauf, wie seine große, von harter Arbeit raue Hand meine in einen warmen, festen Griff hüllt. Ich glaube, ich liebe diesen Mann. Mein Blick begegnet seinem, und plötzlich weiß ich, dass ich es tue.

Ich schlucke. Kann ich eine Beziehung zu ihm haben? Wird er ein Mann sein, der meine Karriere unterstützen und mit den unvermeidlichen Trennungen umgehen kann? Ich denke daran, weil ich morgen zu einem wichtigen Vorsprechen für einen großen Film gehe, der von meinem Idol Claire Jordan produziert wird. Claire sagt, es sei am besten, einen Partner zu finden, der meine Karriere unterstützt und der die Schwierigkeiten einer Karriere versteht, die über lange Zeiträume so viele Reisen erfordert. Ihr Mann reist mit ihr. Ich kann mir nicht vorstellen, dass Sean das tun würde. Er ist hier so verwurzelt. Er ist Miteigentümer des Baugeschäfts seiner

Familie, zu dem auch die neue Immobilienentwicklungsabteilung gehört. Es ist kein Job, den er virtuell machen könnte. Soll ich ihn fragen, was er von einer Zukunft mit mir hält, oder würde das alles ruinieren? Vielleicht wird er erkennen, dass es zu schwierig ist, mit mir zusammen zu sein, und alles beenden. Das wäre praktisch, und er ist definitiv ein praktischer Mann.

Er neigt den Kopf. „Woran denkst du gerade so intensiv?"

Der Kellner kommt und unterbricht den Moment, als er unsere Getränkebestellung aufnimmt und uns über die Tagesspecials informiert. Ich ziehe meine Hand aus der von Sean, erschüttert von der Richtung meiner Gedanken. Ich werde nicht mit all dem tiefgründigen Zeug rausplatzen. Es ist zu früh, und ich möchte ihn nicht abschrecken. Das muss der Grund sein, warum es so viele Schauspielerpaare gibt. Sie verstehen, was ihre Karriere ihnen abverlangt. Natürlich funktionieren diese Beziehungen auch nicht immer wegen widersprüchlicher Zeitpläne und weiß Gott was noch. Es ist schwer genug für Menschen zusammenzubleiben, wenn sie nicht so oft getrennt sind.

„Josie? Wo bist du gerade?"

Ich zucke zusammen. „Entschuldigung, meine Gedanken sind abgeschweift."

„Bist du nervös wegen der Probeaufnahmen?"

Meine Probeaufnahmen sind Montagmorgen und normalerweise bin ich das ganze Wochenende ein Nervenbündel und präge mir obsessiv die Zeilen ein. Stattdessen konzentriere ich mich jetzt auf Sean. Sogar Winnies Situation verblasst in meinem Kopf. Das ist schlecht, oder? Ich verliere wegen eines Mannes den Fokus. Eines wunderbaren Mannes, aber trotzdem.

„Ich sollte noch einmal meine Zeilen durchgehen", sage ich. „Sobald wir zurück sind."

„Vielleicht nicht als erstes", sagt er mit leiser, heiserer Stimme. „Du hast gesagt, dass du einen zusätzlichen Endorphinstoß bekommst, wenn du mit mir schläfst. Das kann deine Leistung nur noch weiter pushen. Hey, vielleicht sollte ich mit dir kommen und dir vor dem Vorsprechen einen Orgasmus geben."

Meine Wangen werden heiß, und ich sehe mich um, ob jemand das gehört hat. Es ist niemand direkt neben unserem Tisch, also scheint es nur zwischen uns zu sein. „Würdest du das tun?"

Er lehnt sich zurück. „Das war ein Scherz. Du weißt, ich muss arbeiten. Ich habe noch eine Woche vor den Inspektionen und ..."

„War auch ein Witz von meiner Seite. Ich kann mich nicht jedes Mal auf dich verlassen, um vor dem Vorsprechen einen Schub zu bekommen. Haha! Was für ein toller Job das wäre. Warum gibt es sowas nicht? Orgasmus-Supportdienst vor dem Vorsprechen. Das würde einem wirklich die Anspannung nehmen."

„Bist du okay?"

„Ja, sicher, mir geht's gut."

Der Kellner kommt zurück und gießt eine kleine Menge Merlot ein, damit wir beide aus der bestellten Flasche probieren können. Nachdem der Wein eingegossen ist, hebt Sean sein Glas. „Auf fantastische Probeaufnahmen. Ich weiß, dass du es großartig machen wirst."

Ich stoße mit ihm an. „Auf erfolgreiche Probeaufnahmen." Ich nippe sofort an meinem Wein, weil ich gerade abergläubisch genug bin, um zu glauben, dass es notwendig ist, nachdem ich meinen Wunsch in die Welt gesetzt habe.

Ich atme tief ein und platze heraus: „Weißt du, wenn die Probeaufnahmen erfolgreich sind, bedeutet das, dass ich sechs Monate in Vancouver sein werde."

„Kommt Zeit, kommt Rat. Lass uns einfach den Moment genießen."

Er klingt so zuversichtlich und sicher, dass ich mich entspanne. Er sagt, kommt Zeit kommt Rat, was bedeutet, dass wir etwas ausarbeiten werden, das für uns beide akzeptabel ist. Denke ich. Ich bin neu, was Beziehungen angeht. Ich habe mich noch nie so gefühlt, bin noch nie wirklich verliebt gewesen. Was ich mit meinem College-Freund hatte, war nichts im Vergleich zu dem, was ich mit Sean habe.

Ich verdränge diese Gedanken. Ich bin gut darin, den Moment zu genießen, und genau das werde ich tun. „In diesem Moment sitze ich hier in einem eleganten Restaurant mit meinem sexy, umwerfenden …" Ich warte darauf, dass er die Lücke ausfüllt. *Freund, sag Freund.* Es ist offiziell eine Beziehung, oder?

„Mann. Das Wort ist Mann. Sag nicht Teddybär."

„Mit meinem sexy, umwerfenden Freund."

Er lacht. „Hast du überlegt, ob du mich deinen Freund nennen kannst? Mach nur. Ich betrachte dich schon als meine Freundin."

Ein warmes Leuchten erfüllt mich, und ich will vor Freude platzen. „Das Abendessen mit meinem sexy, umwerfenden Freund ist der Moment, in dem ich bin, und es gibt nichts Besseres als das."

Er beugt sich vor und flüstert: „Abgesehen von dem, was danach kommt." Er zwinkert. „Du."

Ich beuge mich vor. „Jetzt muss ich deinetwegen das ganze Abendessen über an Sex denken."

Er schmunzelt. „Gut. Genau das war mein Ziel."

Das Abendessen vergeht in einer funkelnden Mischung aus köstlichem Essen, Wein und sexy Mann. Zumindest von meiner Seite des Tisches gesehen. Ich bin entspannt und voller Zuneigung zu ihm.

Sobald wir das Restaurant verlassen, umarme ich ihn. Er legt einen Arm um mich. „Wofür ist diese Umarmung?", fragt er überrascht.

„Ich bin einfach glücklich." Ich drücke ihn, bevor ich ihn wieder loslasse.

Er nimmt meine Hand und geht mit mir zum Aufzug. In dem Moment, in dem sich die Türen schließen, drängt er mich an die Wand und küsst mich atemlos.

Er bricht den Kuss ab, und seine Augen leuchten, als er mich fest an sich zieht. „Ich habe uns ein Zimmer gebucht."

„Im Ernst?"

Er hält meine Wange, seine Worte laufen heiß über mein Ohr. „Ich wollte dich in einem richtigen Bett haben, nicht auf einer Luftmatratze."

„Aber ich muss morgen früh einen Flieger erwischen. Ich habe nicht ..." Ich verstumme, als seine Hand in einer heißen Spur über meinen Rücken gleitet, bevor sie auf meinem Po liegenbleibt. Mein Atem stockt. „Ich habe keine Reisetasche mitgebracht."

Er drückt mich. „Wir werden nicht hier schlafen. Es ist nur für die totale Ausschweifung gedacht."

Er ist so romantisch! Ich packe seinen Kopf und ziehe ihn für einen Kuss zu mir herunter. „Wow! Danke."

Er grinst. „Einen Moment dachte ich, du wärst nicht an Bord."

„Ich bin immer an Bord, wenn es um Ausschweifungen geht. Aber was genau bedeutet das?"

„Es bedeutet, dass ich mir Zeit für dich nehmen kann. Ich will dich meinen Namen schreien hören. Ich werde dich jeden anderen Mann vergessen lassen, mit dem du jemals zusammen warst."

„Den letzten Teil hast du schon geschafft."

Er drückt seine Stirn gegen meine. „Josie." Seine Stimme ist zärtlich, ebenso sein Kuss. Ich verliebe mich zum ersten Mal und kann mir keine Sorgen um die Zukunft machen. Jetzt ist herrlich. Es ist wie eine kleine Sonne, die mich innerlich wärmt. Wunderbar.

Die Zimmertür schließt sich hinter mir, und ich gehe hinein, um das Kingsize-Bett mit einer flauschigen weißen Daunendecke zu betrachten. Ich wende mich Sean zu. „Sieht bequem aus ..." Meine Stimme versagt. In seinen Augen ist etwas Räuberisches, als er sein Hemd aufknöpft und sich langsam dem Bett nähert.

Ich bekomme Gänsehaut. „Sean?"

„Zieh dein Kleid aus."

Ich werde angesichts seines Befehlstons heiß, aber ich zögere. Er zieht sein Hemd aus und wirft es über die Rückenlehne eines Stuhls, bevor er auf mich zukommt. Seine Arme legen sich um mich, seine Finger wandern über meinen

Rücken zum Reißverschluss meines Kleides.

„Brauchst du Hilfe?", fragt er, die Worte heiß an meinem Ohr. Er wartet nicht auf meine Antwort, sondern öffnet ihn einfach und zieht mir das Kleid aus. Er wirft es auf den Stuhl und zieht mich an sich, dann treffen seine Lippen zu einem hungrigen Kuss auf meine.

Meine Glieder werden schwach, und ich schmelze gegen ihn, schiebe meine Hände unter sein T-Shirt und streichle seinen Rücken. Seine flinken Finger öffnen schnell meinen BH und werfen ihn weg, bevor seine Hände meine Brüste streicheln. Ich schließe meine Augen. Bei ihm fühle ich mich so gut, so entspannt und so sinnlich. Ich weiß nicht, warum er so raubtierhaft gewirkt hat –

„Ah!" Ich lande auf dem Bett. Er hat mich einfach auf die Matratze geworfen.

Er klettert grinsend über mich. „Ich kann es kaum erwarten." Er zieht mir mein Höschen aus. Dann zieht er die Decke unter mir hervor und schafft es irgendwie, dabei gleichzeitig mit seiner stoppeligen Wange über meine Nippel zu streichen, die sich sofort pflichtbewusst aufrichten.

„Wieso bin ich die einzige, die hier nackt ist?", frage ich mit einem gespielten Schmollen.

„Weil es deine Ausschweifungsnacht ist."

Er küsst mich und beißt auf meine Unterlippe. Ich lege meine Arme um ihn, doch ich kann ihn nicht lange halten, während er meinen Körper küsst und schmeckt, auf meinen Brüsten verweilt, an denen er saugt und knabbert, bevor er sich weiter nach unten, unten, unten bewegt. Mein Magen zieht sich vor Erwartung zusammen.

Seine großen Hände spreizen meine Beine, dann lässt er sich zwischen ihnen nieder und drückt einen sanften Kuss auf meinen Venushügel. Er zieht meine Beine über seine Schultern und spreizt mich weiter. Sein Blick begegnet meinem, sowohl zärtlich als auch besitzergreifend, und jeder Teil von mir greift nach diesem Teil von ihm. Ich möchte sein sein. Ich will seine zärtliche Liebe. Ich habe keinen Zweifel, das bietet er an.

„Sean", seufze ich mit all der warmen Zuneigung, die in diesem Moment durch mich fließt.

„Josie", antwortet er mit derselben Wärme. „Schau zu." Er senkt den Kopf und leckt über mich.

Mein Kopf fällt zurück auf das Kissen, ein Laut, der halb Stöhnen, halb Keuchen ist, entfleucht meiner Kehle. Und dann biege ich ihm meine Hüfte entgegen angesichts des intensiven Gefühls. Sein Mund ist unglaublich. Sündig. Allesverzehrend. Ich könnte sein Lob von den höchsten Bergspitzen singen. Und dann gleitet sein Finger in mich und dann noch einer. Ich kralle nach den Laken, während meine Welt im Taumel der Lust verschwimmt und sich mein Innerstes eng und heiß anspannt.

„O mein Gott", keuche ich. „Hör nicht auf."

Er verdoppelt die Intensität bei meinen Worten, und ich stöhne und keuche nur, unfähig zu sprechen, meine Hüfte wiegt sich von selbst, und ich reite schamlos seine Finger und seinen Mund. Der Raum wird dunkel, alles reduziert sich auf die eine scharfe Klippe, auf die er mich unerbittlich zulaufen lässt. O Gott, ich bin so nah dran.

Und dann trifft es mich wie ein Blitz, mein ganzer Körper biegt sich von der Matratze, während ich vor Lust schreie. Ein Ansturm von Vergnügen trägt mich immer weiter. Er macht zärtlicher weiter und lässt mich die Nachbeben der Lust genießen, die scheinbar niemals enden wollen. Schließlich lässt er von mir ab und lässt mich schlaff und träge zurückgleiten.

Ich packe seinen Kopf und fahre mit meinen Fingern durch sein weiches Haar. „Sean, du wundervoller Mann, fick mich."

Er streichelt die Innenseite meiner Oberschenkel, bevor er seinen Kopf hebt. „Ich will dich so sehr."

Ich strecke meine Arme nach ihm aus und lasse sie schwach auf die Matratze fallen, als er aus dem Bett klettert und sich schnell auszieht. Er hat ein Kondom in der Tasche, das er nun schnell überrollt.

Dann ist er auf mir, dringt langsam in mich ein, sein Gesicht über meinem, seine blauen Augen lodernd von einer

Intensität, die mir den Atem nimmt. Er bewegt sich langsam und bewusst, wobei jeder Stoß eine weitere Welle der Empfindung hervorruft. Seine Hand gleitet unter meine Hüfte und kippt sie für seinen nächsten tiefen Stoß hoch. Mein Kopf fällt zurück bei dem intensiven Gefühl, als er mich bis zum Anschlag ausfüllt.

„Du fühlst dich so gut an", sagt er heiser, und seine große Hand streichelt meine Wange.

„Du auch", keuche ich, als er erneut zustößt.

Unsere Augen schließen sich, als wir einen Atemzug teilen und dann noch einen, und seine Stöße treiben mich immer höher. Die Zeit bleibt stehen und es gibt nichts als das – unsere intensive Verbindung, unsere Leidenschaft, unsere Liebe.

Ich explodiere mit einem scharfen Schrei, der Orgasmus überwältigt mich und geht weiter und weiter, während er hart und schnell zustößt. Plötzlich wirft er seinen Kopf in den Nacken, und er lässt mit einem gutturalen Stöhnen los, bevor er auf mich sackt.

Mein süßer Sean. Ich umarme ihn, und er schmiegt sich an meinen Hals und murmelt etwas, das nach Lob klingt.

Ich kann seine Worte nicht verstehen, aber es spielt keine Rolle. Tief im Inneren weiß ich, was er sagt. Er empfindet genauso tief für mich, wie ich für ihn. Ich liebe ihn. Und ich denke, er liebt mich auch. Tränen brennen in meinen Augen bei den überwältigenden Gefühlen, die durch mich strömen. Es ist mir endlich passiert, und das mit dem wunderbarsten Mann der Welt. Ich möchte, dass dieses Gefühl nie endet.

Doch wie kann ich ihn mit unseren unterschiedlichen Wegen festhalten?

Sean

Ich schließe meine Augen, euphorisch und entspannt. Ich höre ein schniefendes Geräusch und blicke hinüber, um zu sehen, wie Josie sich die Tränen abwischt. Ich stütze mich besorgt auf einen Ellbogen. „Warum weinst du?"

„Ich bin einfach glücklich."

Ich runzle die Stirn. Sie weint sonst nie nach dem Sex. „Was ist los? Hat Winnie irgendwas über mich gesagt?"

„Nichts Schlechtes. Mach dir keine Sorgen. Ich bin gerade einfach so glücklich, dass ein paar Freudentränen geflossen sind." Sie steigt aus dem Bett. „Das war unglaublich. Aber lass uns zurück nach Hause gehen. Ich muss meine Zeilen durchgehen."

Ich sehe zu, wie sie sich schnell anzieht, und habe immer noch das Gefühl, dass etwas nicht stimmt.

„Komm schon", drängt sie, nimmt meine Hand und versucht, mich aus dem Bett zu ziehen.

Ich helfe ihr raus und rolle allein aus dem Bett. „Bist du sicher, dass es dir gut geht?"

„Ja!"

Ich bin nicht überzeugt, doch ich hake nicht weiter nach. Ihr geht viel durch den Kopf bei allem, was von diesen Probeaufnahmen abhängt. Ganz zu schweigen von Winnie, die aufgetaucht ist, kurz bevor Josie und ich zum Abendessen gehen wollten. Es ist viel für eine Nacht.

In dem Moment, in dem wir zu Hause ankommen, sagt sie: „Danke für den Endorphin-Schub", gibt mir einen Kuss und rennt in ihr Zimmer im zweiten Stock.

Ich setze mich auf das Sofa, um auf sie zu warten. Unsere Tage hier sind gezählt. Ich will nicht aufhören, mit ihr zu leben. Ich werde es versuchen. Es ist mir egal, ob es schnell passiert. Wenn sie von ihrer Reise zurückkommt, werde ich sie in meine neue Wohnung bringen und sie einladen, einzuziehen. Ich denke darüber nach, was ich sagen werde. Ich möchte, dass sie weiß, dass wir gemeinsam eine echte Zukunft haben können. Wir verstehen uns so gut und leben bereits zusammen.

Ich reibe mir mit einer Hand über mein Gesicht. Das ist um die Wahrheit herumtanzen. Tatsache ist, ich habe mich in sie verliebt. Ich habe alles in meiner Macht Stehende getan, um ihr zu widerstehen, aber es war unmöglich, und als ich aufgehört habe, gegen Versuchungen anzukämpfen, war es leicht, sie zu lieben. Sie ist wunderbar. Schön innerlich wie äußerlich.

Es ist spät, und ich gehe nach oben, um zu sehen, ob sie schon fertig ist. Sie ist auf dem Boden eingeschlafen, die Skriptseiten unter ihrer Wange. Meine Josie, die überaus talentierte Schauspielerin. Ich möchte, dass sie ihren großen Durchbruch bekommt, und gleichzeitig nicht. Ich möchte, dass sie hier mit mir glücklich ist.

Ich hebe sie hoch, trage sie die Treppe hinunter zu meinem Bett und lege sie behutsam ab. Sie hebt den Kopf, murmelt „Nacht" und schläft sofort wieder ein.

Ich lege mich neben sie, schmiege mich von hinten an sie und streichle ihre Haare. Plötzlich möchte ich nicht, dass sie geht. Es ist nur eine Woche, aber es fühlt sich nach mehr an. Was, wenn sie nicht zurückkommt? Was, wenn sie in L.A. bei einer Freundin unterkommt und zu noch mehr Vorsprechen geht als hier? Ich ziehe meinen Arm fester um ihre Taille. Jetzt, da ich sie endlich hereingelassen habe, fällt es mir schwer, loszulassen. Als würde sie mich endgültig verlassen. Es ist nur eine berufsbedingte Reise. Sie wird zurückkommen.

Die Chancen stehen gut, dass sie zurückkommt.

12

Sean

Ich habe es getan. Es ist Samstagabend und ich habe die
Renovierung vor einer Stunde abgeschlossen. Der Inspektor
wird Montagmorgen hier sein. Ich bin erschöpft, und es ist
nicht wegen der Arbeit. Es liegt daran, dass Josie immer noch
nicht zurück ist und ich ohne sie nicht schlafen kann. Ich habe
sogar versucht, ihr Kissen zu umarmen, doch es nützt nichts.
Ich kann nicht glauben, dass ich mich so sehr an sie gewöhnt
habe, dass ich ohne sie nicht schlafen kann. Irgendwann
schlafe ich ein, doch erst gegen drei Uhr morgens. Schlaflosig-
keit ist scheiße.

Zumindest bin ich aus gutem Grund schlaflos. Josie hat
ihre Probeaufnahmen so gut gemacht, dass sie sie gebeten
haben, länger zu bleiben. Am Montag findet ein zweites
Vorsprechen mit nur fünf Kandidatinnen für die Hauptrolle
statt. Immer noch keine riesengroßen Chancen, und ich fühle
mich schuldig, dass ich mich darüber freue. Ich weiß, dass
das falsch ist. Wenn man jemanden liebt, sollte man ihn gehen
lassen, wenn er gehen muss. Nur fühlt es sich scheiße an. Was
ist, wenn sie die Rolle bekommt? Sie wird sechs Monate lang
Tausende von Meilen entfernt in Vancouver sein. Das ist auch
kein kurzer Flug. Wir sollten vorher Schluss machen. Es wäre

schmerzhaft, es in die Länge zu ziehen. Fernbeziehungen funktionieren nie. Sie wird am Set einen heißen Typen treffen und den Bauarbeiter aus Brooklyn vergessen.

Mein Handy vibriert, und ich ziehe es aus meiner Tasche. Es ist mein jüngerer Bruder Jack. *Hey, brauche heute Abend jemanden, der mit mir ausgeht. Sam steht zu sehr unterm Pantoffel, um mitzukommen.*

Jacks bester Freund Sam hat sich kürzlich verlobt und seine Freunde zugunsten seiner Verlobten im Stich gelassen. Ziemlich lahm.

Ich schreibe zurück. *Sicher. Wo?*

Tazi.

Ich bin dabei. Das ist eine Bar in Williamsburg, einem angesagten Viertel, in dem Bier in riesigen Pokalen serviert wird.

Cool. Wir treffen uns dort.

Jack lebt in Williamsburg, also wird er wahrscheinlich sein zweites Bier trinken, bevor ich überhaupt ankomme. Die U-Bahnfahrt dauert ungefähr eine halbe Stunde.

Als ich ankomme, ist der Laden bereits überfüllt. Die Bar hat ein cooles Ambiente — unverputzte Ziegel, Kupferdecken und eine lange, schwarz gestrichene Ziegel-Rundum-Bar mit schwarzen und roten Vinylhockern. Hinten gibt es einen Billardtisch. Ich hoffe, wir spielen eine Runde. Aus der Jukebox dröhnt Judas Priest, und selbst auf der Terrasse ist es laut und voll. Ich schreibe Jack, dass ich da bin.

Jack: *An der Bar.*

Ich sehe ihn um die Ecke der Bar, und er winkt mir von dort zu, wo er mit zwei hübschen Brünetten flirtet. Ah, zum Teufel. Hat er das geplant? Wäre typisch für Jack. Er hätte es mir sagen können. Ich dachte, er wollte nur nicht allein herkommen.

Sein dunkelbraunes Haar ist gescheitelt, oben lang und kunstvoll zerzaust – dafür hat er sicher eine halbe Stunde vorm Spiegel gestanden. Er hat auch einen ordentlich getrimmten Bart, dazu trägt er ein lässiges, weißes T-Shirt mit V-Ausschnitt und ausgewaschene Jeans. Er lächelt bei meiner Ankunft und klopft mir auf den Rücken, bevor er sich zu den Frauen umdreht. „Das ist mein Bruder Sean. Sean, das ist

Sherry und ... Entschuldigung, ich habe deinen Namen vergessen."

„Jane", sagt sie trocken und ihr silbernes Zungenpiercing blitzt im Licht. Ich mag Piercings nicht. „Ich weiß, ist schon wahnsinnig schwer, sich an einen so komplizierten Namen zu erinnern."

„Und Jane", sagt Jack zu mir, bevor er sich Sherry zuwendet.

Jane schnaubt, Sherry kichert und ich beiße die Zähne zusammen. Ich klatsche mit einer Hand auf Jacks Schulter und sehe beide Frauen an. „Schön, euch beide zu treffen. Jack und ich werden jetzt Billard spielen. Schönen Abend noch."

Ich nicke in Richtung Billardtisch, damit er mir folgt, warte jedoch nicht. Am Billardtisch läuft ein Spiel, also lehne ich mich an die Wand und schaue zu. Jack kommt ein paar Minuten später mit einem Bier in jeder Hand. Die Frauen sind bereits weitergezogen, um mit anderen Männern weiter unten an der Bar zu flirten. Samstagabend Flirttanz. Ich vermisse es nicht.

Jack gibt mir ein Bier. „Ich habe vergessen, dass du immer noch nicht über Du-weißt-schon-wen weg bist." Er trinkt einen langen Schluck Bier, schon über Sherry an der Bar hinweg. „Du musst wirklich wieder anfangen zu daten." Ich überlege, ob ich ihm sagen soll, dass ich mit Josie zusammen bin. Er ist für seine dämlichen Streiche berüchtigt, deshalb bin ich vorsichtig, welche Munition ich ihm gebe.

„Ich mag Kuppelversuche nicht."

Er wirft mir einen Seitenblick zu. „Du arbeitest Tag und Nacht und hattest seit fast einem Jahr keine Frau mehr. Kein Wunder, dass du launisch bist."

„Ich bin nicht launisch", blaffe ich.

„Genau."

„Ich bin nur genervt, weil du mich verkuppeln willst."

„Will ich nicht. Die Mädchen haben angefangen mit mir zu reden, und ich habe dich nur miteinbezogen. Ich habe dich nicht deswegen gebeten hierherzukommen." Er trinkt einen Schluck Bier und geht zurück zur Bar. Sherry wirft ihm einen

Kuss über die Schulter eines anderen Mannes zu. Er zwinkert und dreht sich zu mir um. „Schon vergessen."

Ich schnaube. „Eher wie gewonnen, so zerronnen."

„Auch nicht schlimm."

Das Spiel endet, und ich will gerade fragen, ob wir am nächsten Spiel teilnehmen können, als die drei Jungs weiterziehen. Jack und ich holen unsere Queues aus dem Ständer an der Wand.

„Machen wir es interessant", sagt er und zieht eine Münze aus der Tasche. „Ich gebe dir diese alte römische Münze im Wert von fünftausend Dollar, wenn du gewinnst. Wenn ich gewinne, bekomme ich fünfhundert Dollar in bar. Wie wäre es damit?"

„Ja, klar. Spritzt deine antike römische Münze Wasser?"

„Nein."

„Gibt sie Elektroschocks? Oder spuckt Tinte?"

Er lässt sie durch seine Finger tanzen. „Habe ich dich jemals reingelegt?"

„Hältst du mich für blöd?"

„Meine Güte. Ein Streich, und meine Vertrauenswürdigkeit ist für immer dahin."

„Mehr als einer. Entschuldige, wenn ich es für verdächtig halte, dass du mit einer antiken römischen Münze im Wert von fünftausend Dollar in der Tasche herumläufst."

Er wirft sie in die Luft. „Dein Verlust. Sie ist aus dem Italien der Wüste."

Ich wende mich vom Tisch ab und beiße an. „Wovon redest du?"

„Dem Bellagio oder war es der Palazzo? Es war ein italienischer Name."

„Vegas?"

Er bereitet sich auf seinen Stoß vor. „Woher sonst?"

Ich schüttle lachend den Kopf.

Er richtet sich auf. „Hey, ich habe mich gerade daran erinnert, dass du eine Mitbewohnerin hast. Ist sie der Grund, warum du nicht ausgehst?" Er studiert mich für einen Moment. „Trotzdem ziemlich launisch. Ich würde wetten, dass du die Sache noch nicht sicher in der Tasche hast."

„Ich bin nur reizbar, weil ich nicht gut geschlafen habe."

„Weil du dich im Bett rumwälzt und wünschst, du könntest bei ihr landen? Ich sag dir eins, fang niemals was mit deiner Mitbewohnerin an. In dem Moment, in dem es vorbei ist, lebst du in der Hölle. Sie ist immer da. In der Küche, im Wohnzimmer, überall. Wirklich keine gute Idee. Ist einem Kumpel von mir passiert."

Ich schüttle den Kopf, trinke einen Schluck Bier und bereite mich auf meinen nächsten Stoß vor. „Sie ist nur eine vorübergehende Mitbewohnerin." Auch wenn ich möchte, dass es von Dauer ist. Ich behalte das für mich, weil mir bewusst wird, dass eine Zukunft mit Josie alles andere als sicher ist.

„Also hast du was mit ihr. Warum bist du dann so schlecht drauf?"

Ich bin immer noch an der Reihe, also bereite ich mich auf den nächsten Stoß vor. „Du redest zu viel."

„Schreib ihr eine SMS und sag ihr, sie soll sich mit uns treffen. Ich will sie kennenlernen."

Ich atme scharf aus. „Sie ist in L.A. für ein Vorsprechen für einen großen Film."

„Cool."

„Scheint so."

„Scheint so?"

Meine Kugel rollt um eine Meile am Ziel vorbei. „Wenn sie die Rolle bekommt, wird sie sechs Monate weg sein."

„Und?"

Ich antworte nicht und konzentriere mich auf mein Bier. Ich weiß, dass es falsch ist, mir zu wünschen, dass sie bleibt, aber ich kann nichts dagegen tun. Warum habe ich zugelassen, dass sie mir so nahekommt? Ich wusste immer, dass es dazu kommen würde. Mein Platz ist hier. Ihrer ist auf der ganzen Welt – L.A., Vancouver, und wo immer sie sonst noch Filme drehen. Was zum Teufel will ich mit so jemandem? Ich wusste es besser, aber ich konnte nicht anders. Ich reibe meine Schläfe angesichts der Kopfschmerzen, die sich dort anbahnen.

Jack macht seinen nächsten Stoß und dreht sich mit

wissendem Blick zu mir um. „Du hast dich in sie verliebt, oder? Ich muss schon sagen, gut für dich, dass du dich wieder in den Sattel geschwungen hast. Sicher, ich hätte mich nicht für die zukünftige Filmstar-Cousine meiner Ex entschieden, aber du hattest nie viel Verstand, wenn es um Frauen geht."

Ich brause auf. „Was soll das heißen?"

Er neigt den Kopf. „Es bedeutet, dass du dich Hals über Kopf verknallst und dazu neigst, es außerhalb deiner Liga zu tun."

„Bullshit."

„Bro, Winnie war Oberklasse und verdammt hochnäsig. Und dann noch, wie sie dich die ganze Zeit einen Gentleman genannt und dich zum Einkaufen für neue Klamotten geschleift hat. Verdammt, sie hat dich glauben lassen, du gehörst in diese schicke Gegend. Das tust du nicht. Die ist für Leute mit Geld. Sie hat dich auch für Geld verlassen. Eine Schauspielerin, die gerade einen großen Film dreht, ist auch nicht in deiner Liga. Du greifst immer eine Stufe zu hoch und wirst auf die Weise nie zufrieden sein. Ich mein ja nur."

„Fick dich. Ich bin nicht durch meine Herkunft gefesselt."

Er schüttelt den Kopf. „Sieh dich um. Das hier ist die Art von Ort, an den wir gehören. Keine schicke Kunstgalerie, kein Schicki-Micki-Viertel oder Partys mit Hollywood-Stars und Sternchen."

Er macht seinen nächsten Stoß und verfehlt. Ein krankes Gefühl des Triumphs beschleicht mich. Jack liegt definitiv falsch mit dieser Sache, wo wir hingehören.

Ich gehe zu ihm und senke meine Stimme. „Hast du vergessen, dass wir von königlichem Blut sind? Wir könnten in einem Königreich leben, wenn wir wollten."

Er lacht. „Laber keinen Mist. Wir sind der Pöbel der Familie. Mir doch egal, ob Dad glücklich ist, sein Königreich jetzt als Ehrengroßvater zu besuchen. Das sind wir nicht."

Ich mache meinen nächsten Stoß und lande ihn. „Ich bin ehrgeizig und entschuldige mich nicht dafür, aber das hat nichts mit meinen Beziehungen zu tun. Ich bin kein sozialer Aufsteiger."

Er zieht die Brauen hoch. „Ach, es ist eine Beziehung?"

Ich beiße die Zähne aufeinander. „Ja." Obwohl ich jetzt ernsthafte Zweifel habe. Ich konnte ihr nicht widerstehen. Ich habe es versucht. Hat Jack recht damit, dass ich keinen Verstand habe, wenn es um Frauen geht? Klappt es deshalb nie?

Er stößt mich mit einem Finger an. „Du bist das, was wir einen Serienmonogamisten nennen."

„Und?"

Er schüttelt den Kopf. „Das ist so ein harter Lebensstil. Du verliebst dich, du wirst enttäuscht, du verliebst dich, du wirst enttäuscht."

Ich setze zu meinem nächsten Stoß an und bin entschlossen, dieses Spiel zu gewinnen. Jack geht mir verdammt nochmal auf den Sack, hauptsächlich, weil ich anfange zu vermuten, dass er Recht hat. Ich verliebe mich und werde immer wieder enttäuscht.

Ich richte mich auf. „Und was machst du? Du schleppst eine ab, gehst, schleppst die nächste ab und gehst."

Er trinkt einen langen Schluck Bier. „Ich verliebe mich nicht, und es macht immer Spaß."

„Vielleicht bist du derjenige, dem was entgeht", murmele ich. „Schau dir Dylan und Ariana an. Hast du ihn jemals so glücklich gesehen?"

Er hebt eine Hand. „Hey, schalt mal einen Gang runter. Ich hatte nicht vor, dich anzupissen."

Ich mache den nächsten Stoß. Zumindest läuft es beim Billard gut. „Ich bin nur müde. Die ganze Woche nur gearbeitet und kein Spaß."

„Ich lasse dich beim Billard gewinnen."

„Ha! Du lässt mich nicht gewinnen. Ich bin besser."

Er grinst.

Ich gewinne, und Jack wirft mir seine Vegas-Münze zu. Ich fange sie, und sie biegt sich, als ich die Hand darum schließe. Sie ist aus Gummi.

Er lacht. „Superstarker Mann, du hast sie kaputt gemacht. Wie unangenehm, wenn das passiert."

Dann bemerke ich, dass die Münze weich ist, weil sie

eigentlich ein Kondom in einer mit einer Münze bedruckten Verpackung ist. Ich werfe sie ihm an den Kopf.

Er lacht. „Ist wirklich aus Vegas."

~

Josie

Ich bin jetzt seit anderthalb Wochen in L.A., was sowohl gut als auch schlecht ist. Es ist gut, weil die Casting-Direktorin mich gebeten hat, zu einem zweiten Vorsprechen zu bleiben, und schlecht, weil ich Sean so viel mehr vermisse, als ich gedacht hätte. Wir haben uns per SMS und ein paar kurzen Telefonaten gemeldet, da er so beschäftigt mit der Arbeit ist. Glücklicherweise ist er pünktlich mit der Renovierung fertig geworden, und die Inspektionen sind reibungslos verlaufen. Es sieht so aus, als würde er diesen Freitag ausziehen. Ich bin mir nicht sicher, wo ich landen werde. Ich kann nicht davon ausgehen, dass er möchte, dass ich bei ihm in seiner neuen Wohnung lebe. Winnie ist immer noch bei ihrem Vater und ihrer Stiefmutter. Es sieht aus, als stünde mir ein Besuch bei meinen Eltern bevor, bevor ich mich wieder mit Kellnern und Vorsprechen befasse.

Vielleicht kommt es nicht dazu. Ich sollte heute von meiner Agentin hören, ob ich für den Film gebucht worden bin. Ich hatte das Gefühl, dass mein zweites Vorsprechen solide war. Ich habe die Regisseurin getroffen, habe aufs Stichwort geheult (zweimal) und meine Szene so geändert, wie sie es wollte. Wir sind fünf Kandidatinnen für die Rolle. Ich habe die anderen nicht kennengelernt, und da sie alle unbekannt sind, weiß ich nicht, wie meine Konkurrenz ist.

Jetzt bin ich in einem Auto, das das Studio an diesem sonnigen Mittwochmorgen bezahlt hat, auf dem Weg zum Flughafen, um nach Hause zu fliegen. Komisch, wie ich Brooklyn jetzt als mein Zuhause betrachte. Vielleicht ist es Sean, den ich als Zuhause betrachte. Ich bin immer viel umgezogen und hatte nie das Gefühl, ein Zuhause zu haben. Es ist erst sechs Uhr morgens, zu früh, um etwas zu hören, doch ich werfe trotzdem einen Blick auf mein Handy. Nichts. Ich will diese Rolle wirklich unbedingt. Sophie ist alles, wonach ich in einer Rolle gesucht habe – eine starke, mutige Frau, die zu einem Abenteuer aufbricht, um die Welt zu retten. Es ist so selten, diese Art von Drehbuch zu finden, und die Komplexität ihres Charakters ist ideal, um mein schauspielerisches Repertoire zu demonstrieren. Ein Sprungbrett für mehr Arbeit. Ich bin sicher, dass der Film kommerziell erfolgreich sein wird. Es gibt bereits eine riesige Fangemeinde, allein vom Buch. Gah! Das Warten ist so schwer!

Ich schaue mir auf dem Heimflug einen Film an und höre dann Musik. Ich habe mein Handy für den Flug ausgeschaltet und hoffe, dass ich, wenn ich es nach der Landung einschalte, die Nachrichten erhalten werde, die ich unbedingt lesen will.

Wir landen, und ich schalte das Handy mit zitternden Fingern ein, mein Herz pocht mir bis zum Hals.

Keine Nachrichten.

Ich erinnere mich daran, dass ich es vielleicht eilig habe, es herauszufinden, aber dass das nicht bedeutet, dass das Studio es eilig hat. Keine Nachrichten sind gute Nachrichten. Sie überlegen vielleicht immer noch. Vielleicht ist es wirklich knapp zwischen mir und einer anderen Schauspielerin, und sie diskutieren, wer besser geeignet ist.

Immer noch keine Neuigkeiten, als ich den AirTrain und dann die U-Bahn nehme. Es ist jetzt fünf Uhr nachmittags. New Yorker Zeit, was bedeutet, dass es in L.A. erst zwei Uhr nachmittags ist. Ich rede mir ein, dass ich es bis zum Ende des Tages wissen werde. Ich bin jetzt nicht mehr nervös. Das kann man nicht ewig sein. Ich freue mich darauf, das Haus meiner Großmutter zu sehen, nachdem Sean die Renovierung abgeschlossen hat. Wir haben nur heute Abend, um es in fertigem Zustand zu genießen, bevor wir morgen ausziehen müssen.

An einem warmen, sonnigen Frühlingstag trete ich auf die Straße. Es ist Ende Mai, Vögel singen, Narzissen blühen, und die Leute, an denen ich auf der Straße vorbeikomme, scheinen etwas heller auszusehen. Mein Handy vibriert, und ich ziehe es aus meiner Gesäßtasche. Es ist meine Agentin, Jade.

Adrenalin schießt durch meine Adern. Ich nehme den Anruf mit zitternden Fingern an. „Hi, Jade." Ich stehe wie angewurzelt auf dem Bürgersteig und warte darauf, mein Schicksal zu hören.

„Josie, es war knapp. Sie mochten dich wirklich, aber sie wollten jemanden mit einer exotischeren Ausstrahlung, der international gut ankommt."

„Sind es meine Haare? Ich kann sie färben."

„Sie haben sich für eine Schauspielerin aus Venezuela entschieden. Sie mochten die Melodie in ihrer Aussprache."

„Ich kann Dialekte. Hast du ihnen das gesagt? Ich kann mit einem Dialekt-Coach arbeiten."

„Dieses Mal reicht das nicht. Kopf hoch. Du bist nah dran. Und denk daran, dass du es immer noch als Erfolg verbuchen kannst, auch wenn du die Rolle nicht bekommen hast. Du hast eine Casting-Direktorin für eine angesehene Produktionsfirma getroffen und vorgesprochen. Sie wird sich an dich erinnern und dich vielleicht für ein anderes Projekt empfehlen."

Ich blinzele Tränen zurück. Der Kloß in meinem Hals wächst. Das weiß ich natürlich. Ich bin es einfach leid, immer nah dran zu sein, und doch nie die Rolle zu bekommen. „Ich habe das Gefühl, dass ich nie meinen Durchbruch bekommen werde", flüstere ich.

„Das wirst du. Würde ich dich weiter zu Vorsprechen schicken, wenn ich nicht an dich glauben würde? Auf keinen Fall. Ich würde dich fallen lassen wie eine heiße Kartoffel. Ich behalte nur Leute, von denen ich glaube, dass sie Erfolg haben werden. Es geht nur um das richtige Projekt zur richtigen Zeit. Du hast das Zeug dazu. Du machst einfach weiter dein Ding, ich mache mein Ding, und eines Tages werden wir auf deinen Erfolg anstoßen. Vergiss nicht, mir bei den Oscars zu danken."

Eine Träne läuft über meine Wange. „Ja."

„Ich melde mich wieder."

„Danke, Jade."

„Schon gut. Wir reden später."

Sie legt auf, und ich habe plötzlich das Bedürfnis, mein

Handy auf den Boden zu werfen. Ich halte mich zurück und gehe weiter. Sean wird noch nicht zu Hause sein. Er hat gesagt, dass er gegen sechs hier sein würde. Ich bin ehrlich gesagt froh, weil ich mich jetzt allein ausheulen kann.

Dann rolle ich mich auf dem Sofa zusammen und schaue mir *Es geschah in einer Nacht* an. Sean hat mir den Film geschenkt, bevor ich gegangen bin, damit ich meinen Lieblingsfilm auf Reisen mitnehmen kann. Ich bin so froh. Dieser Film bringt mich immer zum Lächeln.

Sean kommt nach Hause, als ich den Film zur Hälfte geschaut habe, und kommt mit einem strahlenden Lächeln auf mich zu. „Du bist zurück!"

Ich drücke auf Pause und stehe auf. „Ich bin zurück." Ich bin froh, ihn zu sehen, aber ich bringe bei meiner Stimmung kein Lächeln zustande.

Er zieht mich fest an sich und küsst mich auf den Kopf. „Ich hab dich vermisst."

Ich erwidere die Umarmung, und der Kloß in meinem Hals ist wieder da. „Ich habe dich auch vermisst."

Er lockert seinen Griff und streichelt meine Wange. „Stimmt was nicht?"

„Ich habe die Rolle nicht bekommen." Tränen steigen mir in die Augen, meine Kehle schnürt sich zu. „Meine Agentin hat mir gesagt, dass sie jemanden wollen, der exotischer ist. Sie haben eine Schauspielerin aus Venezuela genommen, weil sie ihren Akzent mochten."

„Das tut mir leid." Er streichelt meine Haare. „Ich weiß, dass du es wirklich wolltest."

Ich ziehe mich zurück und wische mir eine Träne aus dem Gesicht. „Ich habe das Gefühl, dass es für mich niemals passen wird. Verschwende ich nur meine Zeit? Ich besuche Kurse, ich renne von einem Vorsprechen zum nächsten und alles, was ich vorzuweisen habe, ist ein Werbespot und eine Lehrvideoserie, für die sich niemand interessiert."

„Es ist kein leichter Job."

Ich fange an, auf und ab zu gehen. „Ich weiß. Ich wusste das von Anfang an, aber wie oft werde ich noch ganz dicht dran sein und dann doch übergangen werden? Ich liebe die

Schauspielerei immer noch, aber es sieht so aus, als ob das nicht reicht."

„Vielleicht kannst du dein eigenes Projekt auf die Beine stellen."

Ich werfe meine Hände hoch. „Das habe ich. Ich habe Unmengen an Studentenfilmen gemacht. Es ist nicht dasselbe. Ich möchte etwas, das die Leute tatsächlich sehen."

Er setzt sich auf das Sofa. „Was kann ich für dich tun? Ist das eine Eiscreme-Situation? Willst du zum Abendessen ausgehen?"

Ich lasse mich neben ihn fallen. „Mir ist zu elend zumute, um hungrig zu sein."

Er legt einen Arm um meine Schultern. „Vielleicht könntest du hier bleiben und in New York vorsprechen. Hier gibt es viel Theater und ein paar Fernsehsendungen." Er ist optimistisch, was die Chancen angeht, was mich nur noch mehr deprimiert.

Ich presse meine Hände zusammen. „Ich habe das Gefühl, dass du nicht verstehst, wie beschissen es mir gerade geht."

„Ich verstehe es. Ich will was tun, damit du dich besser fühlst. Du hast dich für eine harte Karriere entschieden. Ich möchte, dass du dich auf mich stützt, lass mich dein Fundament sein." Er legt eine Hand an meine Wange und dreht mich zu sich um. „Zieh mit mir in meine neue Wohnung ein. Ich werde mich um dich kümmern, und du wirst dir nie Sorgen machen müssen, wo du als nächstes unterkommen kannst."

Mir wird kalt. „Um mich kümmern?"

„Ja. Ich werde der Versorger sein, und du kannst ein Zuhause haben und endlich Wurzeln schlagen. Du hast immer gesagt, du hast nie ein richtiges Zuhause gehabt. Ich gebe dir eines."

Ich schiebe seine Hand weg und rutsche weg. „Das hört sich so an, als ob du nicht glaubst, dass ich jemals auf eigenen Beinen stehen kann."

Er öffnet den Mund und schließt ihn wieder.

Ich spreche durch meine Zähne. „Was?"

„Das sage ich nicht, aber mach das, während du bei mir bist. Hier in Brooklyn."

Ich atme langsam tief ein. Ich habe ein sehr schlechtes Gefühl, was Seans Meinung über meine Karriere angeht. „Ich werde weiter vorsprechen. Es könnte mein nächstes Vorsprechen sein, das meinen Durchbruch bringt, und dann könnte es sein, dass ich zum Filmen weit weg muss. Würdest du damit einverstanden sein? Würdest du mit mir reisen oder mich regelmäßig besuchen?"

„Ich bin hier ziemlich verwurzelt mit meinem Job und allem, aber ich bin mir sicher, dass ich den einen oder anderen Besuch arrangieren könnte. Aber realistisch gesehen ..."

„Realistisch gesehen?" Meine Stimme kommt hoch und scharf heraus. Ich zwinge mich zu einem ruhigen Ton. „Lebe ich in einer Fantasiewelt und bilde mir nur ein, dass ich es als Schauspielerin schaffen kann?"

Er hebt seine Hände. „Ich sage nur, ich möchte nicht, dass du dir Sorgen machst. Ich habe einen guten Job, also erlaub mir, für dich zu sorgen."

Etwas in seinem Ton stinkt mir. Es ist nicht schmeichelhaft, was er anbietet. Es ist beleidigend. „Wie siehst du unsere Zukunft?"

„Ich werde dir eine gute Basis geben, wie ich sagte. Ich werde Rourke Management weiter aufbauen. Wir werden eine schöne Wohnung zusammen in einer schönen Nachbarschaft haben. Vielleicht einen Hund. Ich werde dich meiner Familie vorstellen. Wir werden hier ein Leben aufbauen, und du musst dir nie Sorgen machen, wo du bleibst oder ob du dir Eis oder was auch immer leisten kannst. Du musst dir hier bei mir keine Sorgen machen."

Mir entgeht nicht, dass er meine Karriere überhaupt nicht erwähnt hat. Er geht davon aus, dass mein Leben ohne ihn immer so sein wird, wie es jetzt ist – eine strauchelnde Schauspielerin, die gezwungen ist, sparsam zu sein und auf den Sofas anderer zu pennen. Er glaubt nicht an mich. Ein kalter, leiser Zorn überkommt mich. Claire Jordans weiser Rat geht mir durch den Kopf: *Versichere dich, dass du einen Partner hast, der deine Karriere unterstützt.*

Ich stehe auf. „Ich will nicht, dass du für mich sorgst. Ich bin gerade an einem Tiefpunkt, und es kann nur bergauf gehen. Und ich werde das aus eigener Kraft und mit Ausdauer schaffen. Nicht, weil ich mich auf einen Mann verlasse, der mich versorgt."

Er atmet scharf aus. „Josie, das war nicht sexistisch gemeint. Ich liebe dich."

Meine Augen weiten sich. Das ist das erste Mal, dass er das gesagt hat. Aber seine Liebe kommt mit einer großen Bedingung – sei sein kleines Haustier sicher behütet –, und ich kann das nicht akzeptieren. „Nein."

„Was? Ich liebe dich nicht?"

Ich schlucke schwer. „Wenn du jemanden liebst, unterstützt du ihn bei dem, was ihm am wichtigsten ist."

„Ich unterstütze dich. Darum geht es hier."

Ich versuche, es zu erklären. „Ich meine so, wie Claire Jordans Ehemann mit ihr gereist ist, auch als sie gerade erst zusammengekommen sind, und jetzt arbeitet er für sie. Sie sind nicht wegen ihrer Arbeit getrennt, weil er voll an Bord ist."

Er schüttelt den Kopf. „Du hast nicht einmal einen Job. Wie kann das jetzt ein Problem sein? Du willst, dass ich mit dir zu einem Job reise, den es noch nicht gibt? Ich sollte meinen Job aufgeben, weil du vielleicht in einem Jahr was bekommst? Oder fünf?"

Ich wende mich ab, zu gleichen Teilen verletzt und wütend. Ich habe ernsthafte Zweifel an Sean, und ich weiß nicht, ob es an dem liegt, was er sagt, oder ob es an der Ablehnung durch das Studio liegt. Es fühlt sich wirklich so an, als ob er nicht an mich glaubt, als würde er glauben, dass ich es hoffnungslos weiter versuchen werde und er mich vor mir selbst retten muss. Ich wünschte, ich wüsste es. Ich weiß nur, dass sich jetzt alles falsch anfühlt.

„Ich brauche ein bisschen Abstand." Ich nehme meinen Laptop und schiebe ihn in meine Handtasche. „Ich fahre zu

Winnie in die Stadt." Ich gehe zur Tür und schnappe meinen Rollkoffer.

„Wann kommst du zurück?"

„Ich weiß nicht." Meine Stimme bricht. „Ich muss mir über ein paar Dinge klar werden."

Ich gehe, und er folgt mir nicht. Ich kann nicht mit jemandem zusammen sein, der nicht an mich glaubt, wenn schon so viele Leute nein gesagt haben. Ich muss mich mit Menschen umgeben, die mich unterstützen. Nur so kann ich überleben.

Mit Tränen in den Augen gehe ich zur U-Bahn.

13

———

Josie

Als ich bei Winnies Apartment in der Stadt ankomme, sind meine Augen geschwollen, weil ich zu viel geweint habe. Dann erinnere ich mich, dass sie immer noch bei ihrem Vater und ihrer Stiefmutter ist, und stoße eine Tirade von Flüchen aus. Was jetzt? Ich will nicht mit so rotgeheulten und geschwollenen Augen bei einer Freundin aufkreuzen. Ich bin mir sicher, dass ich aussehe wie ein Häuflein Elend, und wer will schon, dass das vor seiner Haustür auftaucht?

Ich ziehe mein Handy aus der Tasche und rufe Winnie an. „Hallo, ich bin's. Wie geht's dir?"

„Was ist passiert? Du hörst dich nicht gut an."

Ich blinzele schnell und versuche, die Tränen in Schach zu halten. „Ich bin vor deiner Wohnung in der Stadt. Mein Leben ist scheiße, und ich wollte nur einen Ort zum Übernachten. Ich bin so eine Idiotin. Ich habe vergessen, dass du nicht hier bist."

„Ich bin hier. Bin in einer Minute unten."

Ich kollabiere fast vor Erleichterung. Ich stecke mein Handy weg und betrete die Lobby. Ich hoffe, die Tatsache, dass sie zu Hause ist, bedeutet, dass es ihr besser geht. Sie hat viel größere Probleme zu bewältigen als ich. Hier weine ich darüber, dass ich eine Rolle nicht bekommen habe, und über einen Freund, der mich nicht unterstützt, während sie von ihrem Arschloch-Ex schwanger ist.

Ein paar Minuten später erscheint sie mit mitfühlendem Gesichtsausdruck in der Lobby. „Komm, wir können uns in dieser beschissenen Zeit aufeinander stützen."

„Tut mir so leid, dich stören zu müssen. Ich weiß, dass du selbst viel um die Ohren hast."

„Wir reden oben."

Ich nicke und folge ihr zum Aufzug. Sobald wir in ihrer Wohnung sind, die größtenteils mit weißen Möbeln mit einem Hauch von Glas und Chrom an den Beistelltischen und am Couchtisch eingerichtet ist, schenkt sie uns jeweils ein Glas Weißwein ein, setzt sich auf ihr Sofa und klopft auf den Platz neben ihr. Im Hintergrund spielt leise klassische Musik. Winnie ist so kultiviert! Das war etwas, das sie angestrebt und wunderbar erreicht hat. Sie mag ein bisschen verträumt sein, aber sie lebt das Leben, das sie immer wollte. Vielleicht ist das gar nicht so schlecht.

Ich lasse mich auf dem angebotenen Platz nieder. Das Sofa ist zu fest, um bequem zu sein. Wahrscheinlich hat Colin alles nach seinem Geschmack ausgesucht. Aber Couchcrasher können nicht wählerisch sein.

„Also, was läuft bei dir scheiße?", fragt sie.

„Du zuerst. Ich bin mir sicher, dass es dir viel schlimmer geht."

Sie stößt einen zittrigen Atemzug aus. „Okay, na ja, ich hatte eine Fehlgeburt."

„Oh, Winnie! Das tut mir so leid!" Ich hätte bemerken sollen, dass sie sich ein Glas Wein eingegossen hat, was sie nicht tun würde, wenn sie schwanger wäre.

Sie nickt. „Danke. Ich habe drei Tage lang geweint, und dann schien ich keine Tränen mehr zu haben. Also bin ich jetzt hier."

„Wusste Colin von der Schwangerschaft?"

„Nein. Ich wollte ihn letzten Samstag persönlich treffen,

um es ihm zu sagen, aber ich hatte am Tag zuvor die Fehlgeburt. Was für ein Timing, nicht wahr?"

„Es tut mir leid." Ich umarme sie.

Sie zieht sich zurück und seufzt. „Es sollte einfach nicht sein."

Sie trinkt einen langen Schluck Wein. Ich mache dasselbe.

Ich bin sicher, Colin wird sie nicht lange hier bleiben lassen. Er hat für die Wohnung bezahlt. „Suchst du dir eine neue Wohnung?"

„Ich ziehe zurück in mein Haus in Brooklyn, bis es verkauft ist. Dann werde ich das Geld verwenden, um mir hier in der Stadt eine Wohnung zu kaufen. Ich möchte es nicht zu weit zur Arbeit haben. New York ist das Zentrum der Kunstwelt. Zumindest sagt das mein Boss immer." Sie lächelt mich an.

Ich lächle zurück. „Das klingt nach einem guten Plan."

„Jetzt du."

„Es ist nichts."

„Jo-Jo, ich kenne dich dein ganzes Leben lang. Komm nicht mit deinen roten, geschwollenen Augen und deinem fleckigen Gesicht hier an und sag mir, dass nichts ist."

„Jo-Jo", wiederhole ich leise. „Das hab ich schon eine Weile nicht mehr gehört." Meine Familie hat mich so genannt, bis ich ein Teenager war und darauf bestanden habe, dass sie mich Josie nennen, weil ich das für kultivierter gehalten habe. Komisch, wie ich dachte, das sei kultivierter als mein voller Name – Josephine.

Ich seufze und trinke noch einen Schluck Wein. Ich kann ihre Augen auf mir spüren. Ich weiß, dass sie nicht urteilen wird, aber ich fürchte, wenn ich es laut sage, fange ich wieder an zu weinen. Meine Augen tun zu weh, um noch mehr zu weinen.

Sie beugt sich zu mir vor. „Ich werde hier still sitzen und darauf warten, dass du es mir erzählst, selbst wenn wir dafür die ganze Flasche Wein leeren müssen."

Ich lasse mein Glas sinken und möchte ihr sagen, dass meine Karriere im Arsch ist. Schon wieder. Doch was herauskommt ist: „Sean und ich haben über etwas gestritten, das mir ziemlich wichtig ist, und ich denke, das ist ein Deal-breaker für unsere Beziehung. Ich bin mir nicht sicher. Ich bin wirklich verwirrt."

„Kannst du etwas genauer sein?"

Warum habe ich damit angefangen? Meine Heulge-schichte hat heute mit meiner beschissenen Ablehnung für die Rolle angefangen. Noch ein nah dran, aber eben nicht ganz. Nicht exotisch genug! Was zum Teufel wollen sie von mir? Wenn ich gewusst hätte, dass sie einen Akzent haben wollen, hätte ich einen gemacht. Dank meiner nomadischen Kindheit kann ich mich leicht an jeden Akzent anpassen.

Ich erkläre ihr die Situation. „Ich habe für die Hauptrolle in einem definitiv großen Film vorgesprochen, und sie haben mich nicht genommen, weil ich nicht exotisch genug bin."

Sie drückt meinen Arm. „Das tut mir leid. Und warum hast du dich mit Sean gestritten? Es war nicht meinetwegen, oder? Es macht mir nichts aus, dass ihr zusammen seid."

„Nein, es war nicht deinetwegen. Es war, weil er nicht an mich glaubt. Ich habe genug Leute, die nicht an meine Fähig-keiten glauben, herzlichen Dank auch." Meine Stimme bricht und ruiniert meinen Versuch, empört zu klingen, völlig. „Ich hasse es, mich so zu fühlen, als könnte ich nicht aufhören zu weinen." Ich wische noch mehr Tränen weg. „Ich weiß nicht, was mich mehr mitnimmt, das Vorsprechen oder die Sache mit Sean."

Sie hebt die Weinflasche hoch und gießt mir noch mehr Wein ein. „Tut mir wirklich leid, dass du die Rolle nicht bekommen hast, die du wolltest, aber davon wirst du dich erholen. Ich habe noch nie gesehen, dass du nach einer Absage so fertig warst. Erzähl mir, was mit Sean passiert ist."

Ich trinke noch einen langen Schluck Wein und lehne mich zurück, blicke zur Decke und zwinge meine Tränen zurück. „Dieses Sofa ist so unbequem."

„Ich weiß. Colin hat es ausgesucht. Warte." Sie stellt ihr Weinglas und die Flasche auf einen Beistelltisch, schiebt den Couchtisch aus dem Weg und setzt sich auf einen dicken weißen Zottelteppich auf den Boden.

Ich schließe mich ihr mit meinem Weinglas an, und wir lehnen uns gegen das Sofa zurück. „Viel besser."

„Hat Sean gesagt, dass er nicht an dich glaubt? Das klingt nicht nach etwas, das er sagen würde. Er würde nie jemanden absichtlich verletzen."

Ich studiere sie für einen Moment. „Bist du immer noch in ihn verliebt?"

Sie lächelt mich wehmütig an. „Nein. Ich glaube, ich habe nur mit Nostalgie auf ihn zurückgeschaut, in meiner Verzweiflung nach einer besseren Zukunft für mich und das Baby. Sean ist jemand, bei dem man sich sicher fühlen kann. Das liegt an seinem natürlichen Beschützerinstinkt."

Ich denke daran, wie sicher ich mich von Anfang an bei ihm gefühlt habe und wie ich so getan habe, als wäre er mein Bodyguard, der Verrückte von mir fernhält. Es war seine Größe, seine Muskeln und sein selbstbewusstes Auftreten. Meine Augen werden heiß und ich trinke schnell einen Schluck Wein.

Winnie gibt mir die Flasche, und ich leere sie in mein Glas. „Oh, ich wollte nicht alles nehmen." Ich will ihr Wein aus meinem Glas in ihres gießen, aber sie zieht es weg.

„Nicht nötig", sagt sie mit einem Lachen. „Sag mir, warum du denkst, dass Sean nicht an dich glaubt."

Ich atme tief ein. „Okay, ich war traurig darüber, dass ich die Rolle nicht bekommen habe. Ich war so dicht dran. Sie haben mich nach L.A. geflogen und mich gebeten, für ein zweites Vorsprechen zu bleiben, zu dem nur fünf Kandidatinnen eingeladen waren. Ich habe einen guten Draht zur Regisseurin gehabt, zur Rolle, zu allem. Ich hatte wirklich das Gefühl, als wäre das die Rolle für mich. Dann habe ich sie nicht bekommen. Und ja, ich muss die Rolle betrauern, und ich hatte eine existenzielle Krise darüber, warum ich mich immer wieder dieser Ablehnung und Unsicherheit und diesem absoluten Elend aussetze."

„Das machst du jedes Mal."

„Ich weiß. Ich reagiere so, wenn es knapp war, aber ich dachte dieses Mal wirklich, dass alles perfekt war, deswegen hat es mich härter getroffen als sonst."

„Und er hat dich nicht unterstützt?"

„Er hat mich zu sehr unterstützt! Er meinte, *zieh bei mir ein, lass mich für dich sorgen. Du kannst deine kleine Nichtkarriere fortsetzen und mich immer zum Anlehnen haben.* Als ob er nicht glaubt, dass ich je eine echte Karriere machen werde. Als ob ich einen Mann brauche, der sich um mich kümmert! Ich war immer unabhängig und habe mich immer selbst über Wasser gehalten."

„Oh, Josie."

„Was?"

„So etwas hat er nie zu mir gesagt."

Ich hebe eine Hand. „Genau! Weil du einen tollen Job in der Kunstgalerie hast. Er sagte, und ich zitiere: „*Ich sollte meinen Job aufgeben, weil du vielleicht in einem Jahr was bekommst? Oder fünf?* Oder so ähnlich. Ich paraphrasiere. Der Punkt ist –" Ich stoße einen Finger in die Luft „– offensichtlich glaubt er nicht an mich. Ich bin ein Haustier, das er in seine Tasche stecken will." Und er würde mich immer als unfähig und sogar minderwertig ansehen. Ich kann mir einfach nicht vorstellen, so zu leben.

Sie rümpft die Nase. „Warum sollte er seinen Job kündigen, um mit dir zu reisen? Du meinst Vorsprechen in L.A.?"

„Nein, zu meinem zukünftigen Job vor Ort für einen Film."

Sie starrt mich an.

„Was?"

„Willst du mir etwa sagen, dass ihr euch wegen eines hypothetischen Zukunftsszenarios trennen werdet?"

Ich runzele die Stirn, wieder steigen mir Tränen in die Augen. „Jetzt glaubst du also auch nicht mehr an mich."

Sie drückt meine Hand. „Okay, du bist mitgenommen von dieser Ablehnung, das verstehe ich. Aber die Tatsache, dass du denkst, dass ich nicht an dich glaube, sagt mir, dass du nicht klar denkst. Ich war bei jedem deiner Auftritte an der Highschool und an der Uni. Ich habe deinen Werbespot und deine Videoserie auf meinem Computer gespeichert, damit ich sie mir immer ansehen kann. Ich werde immer an dich glauben, und das weißt du."

Ich verschlucke mich an einem Schluchzen. Sie nimmt mir das Weinglas weg und umarmt mich und streichelt meine Haare wie eine große Schwester, die sie immer für mich war.

Ich weine ein bisschen und setze mich dann auf und wische mir die Augen. „Meine Augen tun weh."

„Ich hole dir einen kalten Waschlappen."

Sie kommt ein paar Minuten später zurück, und ich lege ihn über meine Augen und lasse meinen Kopf in meinen Nacken sinken.

„Dies ist ein Rückschlag", sagt sie fest. „Aber du bist belastbar. Gib dir Zeit, um über den Verlust deines Traumjobs zu trauern."

„Das werde ich."

„Du kannst bei mir in Brooklyn bleiben, bis das Haus verkauft ist. Ich werde es mit Möbeln in Szene setzen lassen, und es wird wahrscheinlich besser aussehen, wenn tatsächlich jemand dort lebt."

„Danke, Win. Ich weiß das zu schätzen. Ich wollte wirklich nicht zu meinen Eltern gehen und erklären müssen, wie bescheiden meine Karriere läuft. Ich möchte, dass sie denken, ich sei immer mit Vorsprechen und Unterricht beschäftigt. Dass ich immer am Arbeiten bin, weißt du? Ich möchte nicht, dass sie glauben, sie hätten meine Studiengebühren für eine Sackgasse verschwendet."

„Süße, sie sind so stolz auf dich. Ich glaube nicht, dass du dir Sorgen machen musst, dass sie enttäuscht sind. Manchmal bist du zu hart zu dir. Ich weiß, dass du hohe Standards und hohe Erwartungen setzt, und ich denke, das ist gut. Es gibt dir Ehrgeiz und den Antrieb weiterzumachen. Du musst nur daran arbeiten, an dich selbst zu glauben."

Ich nehme den Waschlappen von meinen Augen. „Ich glaube an mich. Wie, denkst du, würde ich sonst weitermachen?"

„Du warst wütend auf mich und auf Sean, weil du gedacht hast, dass wir nicht an dich glauben, obwohl du genau weißt, dass ich es tue, und er tut es wahrscheinlich auch. Ich kann nicht anders, als zu denken, dass du in anderen siehst, was du tief im Inneren selbst fühlst. Du zweifelst an Sean, weil du an dir selbst zweifelst."

Ich starre sie mit offenem Mund an.

Sie klappt meinen Mund zu. „Lass das einfach auf dich wirken. Hast du in der Zwischenzeit Lust, dir *Ein Herz und eine Krone* anzusehen? Audrey Hepburn, Gregory Peck, Italien?"

„Da fragst du noch? Natürlich habe ich Lust. Danke." Winnie versteht mich. Moment. Heißt das, dass sie recht hat? Glaube ich wirklich nicht an mich selbst? Ich bin mir nicht sicher, ob dem so ist. Ich habe Jahre damit verbracht, mich hartnäckig voranzutreiben.

„Ich mache uns Popcorn. Willst du über Nacht bleiben? Es wird wie in alten Zeiten mit unseren Übernachtungen. Du kannst mit mir in meinem Bett schlafen. Es ist ziemlich groß. Ich werde dich nicht auf diesem furchtbaren Sofa schlafen lassen." Sie steht auf und bietet ihre Hand an.

„Ja, danke." Ich nehme ihre Hand, und sie zieht mich hoch. „Oh, Win, ich habe immer zu dir aufgeschaut. Du warst immer so gut zu deiner kleinen Cousine."

Sie lächelt, und ihre Augen werden feucht. „Und du warst die kleine Schwester, die ich immer wollte." Wir sind beide Einzelkinder.

Meine Augen sind auch feucht, und über den Kloß in meinem Hals bekomme ich kein Wort heraus. Sie umarmt mich, bevor sie in die Küche geht.

Viel später, nach dem Film und einer friedlichen Nacht ohne Drama, schlafe ich in dem Moment ein, in dem mein Kopf auf das Kissen trifft.

Ich erwache zum Duft von Kaffee und folge ihm in die Küche.

Sie lächelt mich an. „Guten Morgen."

„Morgen." Mein Kopf fühlt sich benebelt an. Ich nehme mir ein großes Glas Wasser und setze mich an ihren kleinen Küchentisch, ein glänzend weißes Designerding. Colin hat wirklich ein Faible für weiße Möbel.

Winnie gibt mir eine Tasse Kaffee, schwarz wie ich ihn mag, und stellt dann eine Schachtel Donuts auf den Tisch. Ich öffne den Deckel, und der Duft von frischen Donuts macht mir den Mund wässrig.

„O mein Gott, ich liebe dich", sage ich und nehme mir einen mit Glasur.

Sie lacht. „Ich kenne mein Mädchen."

Wir essen ein paar Minuten in geselliger Stille, bevor sie sagt: „Ich muss bald zur Arbeit. Bleib ruhig, wenn du magst. Sean sagt, wir können am Samstag bei mir einziehen."

Ich kaue und schlucke. „Du hast mit ihm gesprochen?" *Hat er nach mir gefragt?* Ich frage mich, ob sie ihn oder er sie angerufen hat, um nach mir zu hören. Ich kann nicht fragen. Er hat mir weder eine SMS geschrieben noch mich angerufen.

„Ja."

Ich konzentriere mich auf meinen Kaffee.

„Ich habe ihm gesagt, dass du wegen der Rolle durch den Wind bist und er es nicht persönlich nehmen soll, was du gesagt hast. Das gehört zum Leben mit einem Schauspieler dazu."

„Winnie!" Ich ziehe meine Schultern hoch und senke meine Stimme. „Es war nicht nur Drama. Er will für mich sorgen wie für ein kleines Haustier, das es nicht allein schafft."

„Er hat Gefühle für dich. Für ihn bedeutet das, sich um dich zu kümmern. Ich glaube nicht, dass er das als Einschätzung deiner Karrierechancen meint."

„Aber er hat nie gesagt, dass er sich um dich kümmern will."

„Nein, meine Beziehung zu ihm war anders. Ich habe mich irgendwie um *ihn* gekümmert. So bin ich." Sie lächelt. „Wie du immer sagst, ich bin eine Haushaltsgöttin. Und das liegt daran, dass ich gerne dafür sorge, dass die Menschen, die ich liebe, satt sind und sich rundum wohl fühlen. Vielleicht wollte er diese Art von Fürsorge an dich weitergeben."

Ich schüttle den Kopf und bereue es sofort. Ich trinke meinen Kaffee und schelte mich streng, nie wieder so viel Wein zu trinken. Der lange Flug zuvor hat mich wahrscheinlich noch mehr dehydriert. Ich stehe auf und nehme mir ein weiteres Glas Wasser, das ich am Waschbecken austrinke, bevor ich das Glas erneut fülle.

Winnie stellt ihre Tasse in die Spüle und dreht sich zu mir um. „Ich weiß, dass du dich gerade beschissen fühlst, aber wenn du dich besser fühlst, und das wirst du, sprich bitte mit ihm. Mach nicht den gleichen Fehler, den ich gemacht habe. Verlass ihn nicht. Er ist es wert."

„Du liebst ihn immer noch." Die Worte sind bitter in meinem Mund.

Sie seufzt. „Denk daran, dass das, was du bei anderen vermutest, oft das ist, womit du dich tief in dir selbst auseinandersetzen musst."

Ich starre sie an, irgendwo zwischen genervt und überrascht. Bin ich trotz seiner sexistischen, wenig unterstützenden Reaktion in ihn verliebt? Bin ich in Wirklichkeit der große Zweifler? Aber nein, er war derjenige, der gesagt hat, dass er für mich sorgen wolle. Seine Vision von unserer gemeinsamen Zukunft war, dass wir in seiner Welt leben, als gäbe es meine Karriere nicht. Und ich weiß, dass es momentan nicht so ist, aber ich glaube, dass es eines Tages so sein wird. Bald, hoffe ich. Ich glaube an mich.

Sie küsst meine Wange, nimmt ihre Handtasche und macht sich auf den Weg zur Arbeit.

Sean

In der ersten Woche, nachdem Josie beschlossen hat, Abstand zu brauchen, bin ich cool geblieben. Ich dachte, sie würde vernünftig werden und zu mir zurückkehren. Winnie hat gesagt, das wäre nur ihre Reaktion auf die Rolle, für die sie abgelehnt worden ist. Ich dachte, Josie würde mir letztendlich für mein großzügiges Angebot, ihr eine solide Grundlage zu geben, danken und mein Angebot annehmen.

Die zweite Woche war schwieriger. Ich habe sie zu sehr vermisst. Ich konnte nicht schlafen. Und sie hat sich immer noch nicht gemeldet. Ich habe sogar bei Winnie nachgefragt, ob Josie noch da ist oder ihre Eltern besucht. Sie war in der Stadt.

Und jetzt sind zweieinhalb Wochen vergangen, seit Josie gegangen ist. Ja, ich zähle die Tage. Sie ist genau wie ihre Cousine, sie verschwindet, sobald was Besseres kommt. Obwohl das hier schlimmer ist, weil Josie mich nicht einmal aus einem wirklichen Grund verlassen hat. Sie ist gegangen, weil sie sich eingebildet hat, ich wäre mit ihrer Karriere nicht einverstanden.

Ich habe es satt, sie zu vermissen. Ich finde es großartig, dass sie Schauspielerin ist, auch wenn es eine völlig instabile Karriere ist. Ist es so schlimm, dass ich nicht möchte, dass sie den Rest ihres Lebens auf den Sofas anderer Leute pennt?

Dann trifft mich die Erkenntnis. Ich sehe sie den Rest ihres Lebens damit verbringen, einen Traum zu verfolgen. Ihm nachzujagen, nicht ihn wahrzumachen. Ich ziehe mein Handy aus der Tasche, klicke auf ihre Website und sehe mir nochmal ihr Video an. Sie ist talentiert, und es steht außer Frage, dass sie auf dem Bildschirm strahlt. Ich bin mir sicher, dass ich voreingenommen bin, weil ich in sie verliebt bin, aber trotzdem.

Wie zeige ich ihr, dass ich auf ihrer Seite bin, egal was passiert? Ich denke über unser letztes Gespräch nach und gehe es in meinem Kopf noch einmal durch. Sie wollte wissen, dass ich in der Nähe bleiben würde, selbst wenn sie zur Arbeit herumreisen würde. Sie hat mir gesagt, dass sie als Kind wegen der Opernkarriere ihrer Mutter herumgereist ist. Ihr Vater ist auch mit ihnen gereist. So sieht Liebe für Josie aus. Alle halten zusammen, jeder folgt seinem Traum. Aber was hat ihr Vater berufsmäßig getan?

Ich schaue online nach ihrer Mutter und finde schnell meine Antwort. Josies Vater war der Manager ihrer Mutter. Ich verstehe nicht, wie das für mich funktionieren sollte. Ich weiß nichts über das Unterhaltungsgeschäft und wäre als Manager nutzlos.

Ich habe immer noch keine Idee, als ich zur Arbeit gehe. Es ist Freitag, und ich bin fest entschlossen, irgendeine Lösung zu finden, die Josie heute Abend zu mir zurückbringt.

Ich möchte kein Wochenende mehr ohne sie verbringen, nicht einmal einen Tag.

Bis zum Mittagessen habe ich immer noch keine guten Ideen, um mich in die Version von Josies Leben einzufügen, in der sie den Durchbruch schafft. Das ist alles, was sie von mir will. Ich soll wissen, dass die Version existiert und ich immer noch ein Teil davon sein möchte. Meine Brüder und ich essen in einer Pizzeria zu Mittag. Dylan spricht ein paar Dinge durch, auf die ich mich kaum konzentrieren kann.

Und dann höre ich „Spenden von wohlhabenden Leuten aus der Gegend" und bin plötzlich wachsam.

„Warte. Sag das nochmal."

Dylan wiederholt es geduldig. „Ich sagte, ich möchte Spenden von reichen Leuten aus der Gegend für den Spielplatz und die Landschaftsgestaltung sammeln."

„In Brooklyn leben viele wohlhabende Schauspieler", sage ich, als eine Idee in meinem Kopf fußfasst. „Sie wären sicher an einer Revitalisierung der Gegend interessiert."

Das könnte meine Rolle sowohl im Unternehmen meiner Familie als auch bei Josie sein. Dylan hat schon gesagt, dass wir alle unsere Nische im neuen Immobilienentwicklungsgeschäft finden müssen. Dylan ist CEO, Brendan scoutet nach neuen Projekten. Das könnte meine Nische sein. Ich habe bereits Spenden für Habitat for Humanity gesammelt. Ziemlich oft sogar, und alle meine Aktionen waren sehr profitabel. Energie wallt durch mich hindurch. Das kann funktionieren. Ich sehe endlich, wie Josie und ich langfristig eine Beziehung haben können.

„Ich möchte, dass das meine Nische ist", sage ich.

Dylan runzelt die Stirn. „Wovon redest du?"

Meine Brüder starren mich alle an.

„Du hast gesagt, dass wir alle unsere Nische in der Firma finden können und sollen. Das ist meine. Ich werde den philanthropischen Arm mit starkem Fokus auf Showbiz-Leute leiten. Ich habe einen Fuß in der Tür, bei genauer Betrachtung mehr als einen. Silvia kennt Claire Jordan. Es ist ein Job, den ich virtuell machen kann, wenn ich muss."

Er starrt mich an. „Warum willst du das virtuell machen, wenn du hier bist?"

„Weil meine Freundin eine talentierte Schauspielerin ist und sie groß rauskommen wird."

Meine Brüder sehen überrascht aus, außer Jack, der bereits von Josie wusste.

„Alles auf eine Karte, was?", fragt Jack.

„Wer ist sie?", fragt Dylan mich.

„Josie Abbott."

„Noch nie von ihr gehört."

„Sie ist noch nicht berühmt."

Dylan starrt mich einen langen Moment an. „Du bist mein Stellvertreter. Du hast gesagt, du wärst hier, wenn das Baby kommt."

„Vielleicht kannst du zwei Stellvertreter haben. Ich könnte einspringen, wenn ich gerade vor Ort bin." Ich zeige auf die möglichen Kandidaten – Jack, Connor und Garrett. Brendan hat bereits seine Nische.

Dylan schnaubt. Ich weiß, was er denkt. Garrett hat nicht genug Erfahrung, Jack ist nicht ernst genug. Es muss Connor sein. Er ist klug und zurückhaltend und denkt immer mit. Je mehr ich darüber nachdenke, desto mehr denke ich, dass die Rolle gut zu ihm passt.

Jack macht es leicht und hebt die Hände. „Schau mich nicht an. Ich hab keinen Bock darauf, dass Dylan mir im Nacken sitzt, wenn was unter meiner Aufsicht schiefgelaufen ist."

Ich begegne Connors Blick in stiller Kommunikation. *Du, Kumpel. Du musst es sein.* Er ist siebenundzwanzig, ist also nicht vollkommen unerfahren. Er hat neun Jahre Berufserfahrung.

„Ich werde dein Stellvertreter sein, Dylan", sagt Connor entschlossen. „Bring mich einfach auf den neuesten Stand."

Ich halte den Atem an, weil Dylan nicht sofort reagiert. Er stützt sich immer auf mich, weil ich neben ihm der Erfahrenste bin.

Dylan mustert uns beide, bevor er schließlich sagt: „Okay, der Job gehört dir, Con. Danke. Sean, ich weiß nicht, was zum

Teufel du tust. Du willst irgendwie deine Kontakte zu zwei Schauspielern in eine philanthropische Basis verwandeln?"

Eine enorme Last fällt mir von den Schultern. „Es ist ein Anfang. Ich kann mich unter die Leute mischen und einen Kontakt nach dem anderen herstellen. Ich habe das schon früher gemacht, wenn ich Leute für die Habitat for Humanity-Dinner zusammengetrommelt habe."

„Was ist mit der praktischen Arbeit?", fragt er.

„Solange ich hier bin, werde ich wie gewohnt hart arbeiten und euch im Voraus wissen lassen, wenn ich Zeit brauche. Ich bin nur ... Josie wird unterwegs sein, und ich möchte mit ihr gehen."

„Er ist ver-lie-hiebt", singt Jack in einem Falsett und spricht normal weiter. „Gott hilf uns allen."

Dylan gibt Jacks Kopf einen Klaps. „Eines Tages, Kumpel. Es wird dir auch passieren. Wünsch es dir einfach weiter, wenn du eine Sternschnuppe siehst."

Alle lachen, auch Jack.

Jack schüttelt den Kopf und lächelt immer noch. „Auf keinen Fall. Ich fahre heute Abend mit den Jungs zu Sams Junggesellenabschied nach Vegas. Ich bin derjenige, der den Trip organisiert hat, also weißt du, dass es wild wird."

Dylan wird ernst und zieht die Älterer-klügerer-Bruder-Karte. „Es lohnt sich, jemanden für mehr als eine Nacht kennenzulernen."

Jack grinst. Er glaubt, es besser zu wissen als Dylan, besser als ich. Wir wissen beide, was er verpasst. Etwas zutiefst Befriedigendes.

„Dylan?", frage ich. Ich muss wissen, ob er mit meinem Plan einverstanden ist.

Dylan dreht sich zu mir um, und sein Gesichtsausdruck wird weich. „Okay für deine Nische. Ich will sie kennenlernen."

Ich springe vom Tisch auf. „Wirst du. Danke! Das wird großartig."

„Wohin gehst du?", fragt Dylan. „Es ist Mittag. Du kannst noch nicht Feierabend machen."

„Ich muss meine Frau zurückholen."

Er verdreht die Augen und murmelt: „All das, und er hat sie nicht einmal sicher?" Er erhebt seine Stimme über das Kichern meiner Brüder. „Ich kürze dein Gehalt, wenn du zu spät kommst."

„Danke, Boss!"

Ich lächle vor mich hin. Jetzt habe ich auch die Möglichkeit, der Boss zu sein. Ich denke, Direktor der Rourke Foundation hört sich gut an.

14

———

Josie

Ich schleppe mich nach Hause. Es ist nicht dasselbe, mit Winnie in einem zum Verkauf dekorierten Haus zu leben, wie mit Sean in demselben, wenn auch leeren Haus. Ich weiß, dass es verrückt ist, aber ich vermisse die Luftmatratze, das Essen vom Lieferservice, das wir geteilt haben, und oh verdammt, ich vermisse Sean. Es wirkt sich auf alles aus, was ich tue. Ich hatte gerade das schlechteste Vorsprechen meines Lebens, weil ich nicht fröhlich und glücklich für einen dummen Joghurt-Werbespot spielen konnte. Warum habe ich Panik geschoben, dass er meine Karriere nicht unterstützen würde? Ich habe keine Karriere!

Selbst wenn ich so niedergeschlagen bin, wie ich mich gerade fühle, kann ich mich nicht dazu bringen, sein Angebot anzunehmen, bei ihm einzuziehen und ihn für mich sorgen zu lassen. Das bin ich einfach nicht.

Winnie hat mich bedrängt, mit ihm zu sprechen, damit wir uns versöhnen. Aber was hat sich wirklich geändert? Er ist hier immer noch tief verwurzelt. Ich bin immer noch bereit hinzugehen, wo immer ich Arbeit finde. Ich sollte wahrscheinlich bald nach L.A. zurückkehren. Es gibt dort mehr

Möglichkeiten zum Vorsprechen. Nur, dass ein Teil von mir Sean nicht loslassen will.

Wenn ich hier in Brooklyn bleibe, nur weil ich ihn noch nicht loslassen kann, sollte ich wenigstens mit ihm sprechen. Ich werde ihn bitten, mich an einem öffentlichen Ort zu treffen. Vielleicht im Park. Wenn ich ihn sehe und jeder Instinkt mir sagt, dass ich bei ihm sein will, werde ich ihm sagen, dass wir einen Plan ausarbeiten müssen, der uns gleichberechtigt macht. Und wenn er dann einen Rückzieher macht, kann es nicht schlimmer werden als in den letzten Wochen.

Ich bleibe auf dem Gehsteig stehen und schreibe ihm. *Können wir uns irgendwann im Prospect Park treffen, um uns zu unterhalten?*

Wie wär's mit jetzt?

Ich lächle, überrascht über die schnelle Antwort. Vielleicht ist er in der Mittagspause. *Klar, wie lange brauchst du, um hierherzukommen?*

Schau hoch.

Ich schaue zum Haus auf, in dem ich mit Winnie wohne, aber ich sehe ihn nicht im Fenster. Ich lasse meinen Blick den Block hinunterschweifen, und da ist er in einiger Entfernung und sieht mich direkt an.

Er hebt seine Hand und sieht in seinem blauen Byrne Construction Polo, Jeans und Arbeitsstiefeln solide, stark und ruhig aus. Alles in mir sehnt sich nach ihm.

Ich stoße einen Schrei aus und laufe ihm entgegen, werfe mich in seine Arme. Er zieht mich an sich.

Tränen brennen mir in den Augen. Ich wusste nicht, wie sehr ich ihn vermisst habe, bis ich ihn wiedergesehen habe. Ich war so festgefahren, und jetzt fühle ich mich leicht, als hätte sich jegliche Last plötzlich gelichtet.

Seine Stimme grollt in der Nähe meines Ohrs. „Na, das ist eine Begrüßung."

Ich wische mir die Augen und sehe zu ihm auf. „Ich hab dich so vermisst."

Er streicht meine Haare aus dem Gesicht und streichelt meine Wange. „Ich habe dich auch vermisst."

„Ich will nicht von dir getrennt sein."

„Ich auch nicht."

Ich lächle durch wässrige Augen. „Wir müssen aber reden."

„Einverstanden. Ist es okay, wenn wir zu dir gehen? Es ist privater als der Park oder hier auf der Straße."

„Natürlich."

Er nimmt meine Hand und führt mich zurück zu dem Ziegelbau, wo wir uns das erste Mal begegnet sind. „Wie geht's dir?"

„Furchtbar", gebe ich zu.

Er drückt meine Hand. „Mir auch."

„Ich fühle mich wie ein Idiot. Winnie hat mir immer gesagt, ich solle mit dir reden. Sie schwört, dass du kein Sexist bist."

„Schön zu wissen, dass Winnie ein gutes Wort eingelegt hat, aber du bist es, um die ich mir Sorgen mache."

„Dass ich die Rolle nicht bekommen habe, hat mich aus der Bahn geworfen, und seitdem war alles beschissen. Ich habe gerade das Vorsprechen für einen Joghurt-Werbespot vergeigt. Sie fragen sich wahrscheinlich, warum sie mich überhaupt eingeladen haben."

„Joghurt ist widerlich. Kein Wunder, dass du es vergeigt hast."

Ich lache. „Joghurt ist nicht widerlich."

Er grinst. „Das ist, was sie versuchen, einem mit all den strahlend gesunden Menschen in den Werbespots einzureden. Iss das widerliche Zeug, und du kannst auch strahlend und gesund sein. Ich sage, Pizza ist die Antwort."

„Und Essen vom Lieferservice."

„Und viel Wasser, um es auszugleichen."

Ich lächle ihn an. „Das hat dir auf jeden Fall nicht geschadet."

Er zeigt auf seinen Hals. „Diesen muskulösen Hals hab ich dank der einen oder anderen Pizza."

Ich lache. „Du weißt, was ich über deinen muskulösen Hals denke."

Wir kommen am Haus an, und ich schließe mit meinem Schlüssel auf. Er folgt mir hinein, und ich bitte ihn, auf dem

Sofa Platz zu nehmen. Es ist nicht sein Sofa, er hat seine Sachen in seine neue Wohnung gebracht. Es ist ein neutrales beigefarbenes Sofa von der Inszenierungsfirma. Alle Möbel außer Winnies Schlafzimmermöbeln sind gemietet.

Er sieht sich um. „Das Haus sieht gut aus. Ich bin mir sicher, dass es bald verkauft wird."

„Es waren schon viele Leute hier. Der Makler sagt, Winnie sollte bis Ende des Monats mehrere gute Angebote haben."

„Schön."

„Sean", sage ich zur gleichen Zeit, als er „Josie" sagt.

„Du zuerst", sagt er.

„Ich habe mich in dich verliebt", sage ich über den Kloß in meinem Hals hinweg, und meine Augen brennen. „Es war wirklich schwer, nicht bei dir zu sein."

Er legt eine Hand an meine Wange und küsst mich. „Ich kenne das Gefühl. Ich liebe dich auch."

Ich ziehe mich zurück und wische mir die Augen. „Okay", sage ich mit zittriger Stimme. „Wir brauchen einen Plan, okay? Wir müssen gleichberechtigt sein. Ich möchte nicht, dass du das Gefühl hast, dich um mich kümmern zu müssen. Ich möchte nicht, dass du mich als jemanden siehst, der sein Leben nicht auf die Reihe kriegt. Ich habe es bis hierher geschafft und bin fest entschlossen weiterzumachen, egal wie schwer es ist."

Seine blauen Augen sind auf meine gerichtet. „Erinnerst du dich, dass Winnie gesagt hat, ich habe einen ausgeprägten Beschützerinstinkt, und wie sehr dir das an mir gefallen hat? Ich habe dafür gesorgt, dass du dich sicher fühlst."

„Ja."

„Das ist alles, was ich vorher sagen wollte. Ich will dich vor der Härte von, na ja, allem schützen. Ich will dich festhalten und dich beschützen. Aber mir ist klar, dass du dich deswegen nicht eingeschränkt fühlen darfst. Josie, ich habe deinen Clip immer und immer wieder angesehen." Er macht eine Pause, als ich lache. „Und ich glaube ehrlich, dass du das Zeug hast, ein Star zu werden. Du bist talentiert. Die Kamera liebt dich. Ich glaube an dich."

Mein Kinn zittert. „Auch wenn ich immer wieder abgelehnt werde?"

„Scheiß auf sie, wenn die Branche nicht sehen kann, was ich sehe. Aber ich denke, sie werden es sehen. Du wirst bald ein Ja bekommen. Du wirst deinen Durchbruch bekommen, und ich möchte an deiner Seite sein."

„Ich mag, wie sich das anhört, aber wie? Ich kann nicht von dir verlangen, dein Familienunternehmen zu verlassen."

Ein Mundwinkel zuckt. „Ich habe einen Weg gefunden, wie wir langfristig zusammen sein können."

Ich beiße mir auf die Lippe und halte den Atem an, während die Hoffnung in meinem Bauch flattert.

Er streicht eine Haarsträhne hinter mein Ohr. „Ich habe eine Nische für mich gefunden, die dich und deine Welt einschließen kann. Ich würde für den philanthropischen Zweig von Rourke Management verantwortlich sein. Unser Ziel ist es, mit jeder Projektentwicklung Spenden für den Bau von Parks und Spielplätzen zu sammeln. In Brooklyn gibt es viele wohlhabende Schauspieler, die sich wahrscheinlich eine Wiederbelebung der Gegend wünschen. Und wenn wir für deinen Job reisen, kann ich mehr Schauspieler treffen, die sich dafür interessieren könnten, für die Sache zu spenden."

Mein Herz pocht stärker. „Aber was ist mit der Bauseite? Deine Brüder sind von dir abhängig."

„Auf der Seite würde ich auch arbeiten, aber ich hatte immer vor, irgendwann mehr in die geschäftliche Seite einzusteigen. Ich habe dir gesagt, dass ich ehrgeizig bin. Das gibt mir die Möglichkeit, zu wachsen und trotzdem bei dir zu sein."

Ich kann es kaum fassen. Es ist mir nie in den Sinn gekommen, dass Seans Weg so schön zu meinem passen könnte. Er hat es möglich gemacht, weil er eine Zukunft für uns sieht. Und das will ich mehr als alles andere. Ich sehe ihn an und erkenne die Aufrichtigkeit und, ja, die Liebe, die in seinen blauen Augen leuchtet. Ich könnte mir keinen besseren Partner wünschen. Er glaubt wirklich an mich.

Ein langsames Lächeln breitet sich auf meinem Gesicht aus. „Und wenn ich nie reisen muss, wie zum Beispiel, wenn ich eine Rolle hier vor Ort bekomme, könntest du hier immer noch mit den New Yorkern arbeiten."

„Genau."

Ich lache. Hochstimmung erfüllt mich, und ich will tanzen und singen. Das ist alles, was ich mir erhofft habe! Doch dann sagt mir eine leise Stimme in meinem Kopf, ich sollte an ihn denken. Was ist das Beste für Sean und seine Karriere?

„Was?", fragt er. „Du hast gerade ausgesehen, als wolltest du dich in meine Arme werfen, und dann ist dein Gesicht wieder ernst geworden."

Mein Mund bleibt offen stehen, als mir bewusst wird, dass er meinen Gesichtsausdruck genauso gut lesen kann wie ich seinen. Und es freut mich, dass wir wirklich eine solche Verbindung haben.

Ich küsse ihn. „Es ist okay für mich, wenn du nicht monatelang bei mir bleiben kannst, solange wir uns besuchen. Wenn ich eine Rolle habe, die gutes Geld bezahlt, kann ich die Reisekosten übernehmen, damit du mich besuchen kannst, wann immer du dich loseisen kannst."

Er nimmt beide Hände in seine. „Das kann funktionieren. Wir werden dafür sorgen, dass es funktioniert. Lauf einfach nicht wieder so von mir weg. Es erinnert mich an deine Cousine, und ich kann damit nicht umgehen. Sprich mit mir, mach Schluss mit mir, wenn du musst, aber lauf nicht einfach weg."

„Oh Sean, das tut mir so leid. Ich wollte dich überhaupt nicht verlassen, und ich hasse es, dass es sich für dich so angefühlt hat. Ich habe nur Abstand gebraucht, und dann habe ich keinen Weg gesehen, wie ich dorthin zurückkehren konnte, wo wir waren. Ich hätte früher mit dir reden sollen. Ich habe wirklich versucht, mir über so Einiges klarzuwerden." Ich schüttle den Kopf, meine Lippen aufeinander gepresst, meine Augen brennen. „Und den anderen Teil kannst du auch vergessen. Ich werde nie mit dir Schluss machen."

Er nimmt mein Gesicht in seine großen Hände und küsst mich zärtlich. Ich erwidere den Kuss leidenschaftlich.

Lange Zeit später lasse ich ihn nach Luft schnappen.

„Wenn ich jemals groß rauskomme, werde ich für dich sorgen."

Ein Mundwinkel hebt sich. „Wer ist jetzt sexistisch?"

Mein Herz ist dem Platzen nahe. Ich strahle ihn an, packe ihn und umarme ihn fest. „Wir werden füreinander sorgen."

„Das klingt nach dem perfekten Plan."

Er küsst mich wieder, dann zieht er sich zurück und sieht mich eindringlich an. „Wirst du bei mir einziehen? Ich habe das Sofa, das du liebst, und ein richtiges Bett. Und alle Proteinriegel, die du essen kannst."

Ich lache. „Das würde ich gerne."

„Heute Abend."

Ich nicke und lächle so breit, dass mir die Wangen wehtun.

Er steht auf und zieht mich mit sich hoch. „In der Zwischenzeit haben wir Nachholbedarf."

„O mein Gott, und wie." Ich führe ihn nach oben in mein Zimmer im zweiten Stock. Es wurde von der Inszenierungsfirma eingerichtet.

In dem Moment, in dem sich die Tür hinter uns schließt, klatschen wir in einem hungrigen Gewirr von Verlangen aufeinander. Sein Mund ist auf meinem, seine Hände zerren an meinen Kleidern, während ich an seinen reiße.

Unsere Kleider fliegen, und wir landen auf dem Bett, immer noch hoffnungslos miteinander verflochten. Er rollt mich unter sich, spreizt meine Beine und lässt sich dazwischen nieder.

„Sean!"

Er streckt sich nach seinem Geldbeutel am Boden, holt triumphierend ein Kondom heraus und rollt es über. Dann ist er zurück, und seine Hände pressen meine auf die Matratze, während er tief in mich hineinstößt. Ich stöhne und hebe meine Hüfte, um ihn dazu zu animieren, tiefer einzudringen.

Sein Atem ist rau an meinem Ohr. „Meine süße Josie."

„Mein süßer Sean."

Es gibt keine Worte mehr.

Seine Augen hypnotisieren mich, Liebe fließt zwischen

uns, intensiv und allesverzehrend. Dann bin ich weg, vor Lust verloren, mein Schrei folgt seinem Stöhnen.

Er lässt sich auf mich sinken und schmiegt sich an meinen Hals. Ich lege meine Arme fest um ihn. Ich habe endlich mein Zuhause gefunden.

EPILOG

Drei Monate später ...

Sean

Ich bin mit Josie in Atlanta, wo sie ihren ersten Film dreht. Ich bin so verdammt stolz auf sie. Sie hat eine Nebenrolle in einem Film, in dem es um eine Band geht, die vor ein paar Jahrzehnten populär war. Obwohl es eine Nebenrolle ist, gibt es für sie viele Möglichkeiten zu glänzen. Sie darf singen, schauspielern, tanzen und hat ihre eigene romantische Nebenhandlung. Ja, es wird geküsst. Doch ich sehe darüber hinweg. Bin nicht glücklich darüber, kann aber damit umgehen.

Die Produktionsfirma hat für die Besetzung ein Fünf-Sterne-Hotel bezahlt, in dem ich für die Woche telearbeite. Es ist ein echter Bonus für mich, um ehrlich zu sein. Sie drehen zwei Monate lang, und ich bin jeden Monat eine Woche hier und dazu jedes Wochenende. Ich muss zu viel arbeiten, um volle zwei Monate hierbleiben zu können, aber so läuft das jetzt für uns. Ich bin so oft wie möglich für sie da, und sobald sie mit den Dreharbeiten fertig ist, wird sie bis zu unserem nächsten Abenteuer wieder mit mir in Brooklyn sein.

Ich habe viele coole Leute getroffen und Empfehlungen für

mehr Leute in Manhattan und Brooklyn erhalten, denen gefällt, was wir bei Rourke Management tun. Sie mögen besonders unsere Verwandtschaft zum Hochadel. Da meine königlichen Cousins bereits eine gemeinnützige Stiftung hatten, die Royal Rourke Foundation, haben wir eine Tochterstiftung für die USA, die Royal Rourke Foundation USA, gegründet, mit dem Zweck, den von uns entwickelten Quartieren etwas zurückzugeben. Das Tolle daran ist, dass ein Großteil der administrativen Probleme, die mit einer gemeinnützigen Organisation verbunden sind, von den erfahrenen Mitarbeitern auf Villroy gelöst wird. Die andere großartige Sache ist, dass meine Cousins aus Villroy durch die Stiftung leicht zu unserer Sache beitragen können. Und natürlich bin ich hier in den USA der Boss. Sobald ich kann, plane ich, Spenden auch für gemeinnützige Zwecke in Villroy zu verwenden. Es ist das Mindeste, was ich für ihre Großzügigkeit bei der Zusammenarbeit mit uns tun kann. Außerdem ist Villroy auch mein Königreich. Ich möchte, dass es für zukünftige Generationen blüht.

Heute ist der letzte Drehtag mit der großen Finalnummer, und ich bin auf der Tonbühne, um zuzusehen. Danach gibt es eine Abschlussparty, und morgen fliegen wir zusammen nach Hause. Ich sehe zu, wie sie die Szene fünfmal durchspielen, bevor der Regisseur zufrieden ist. Alle jubeln, und ich klatsche mit der Crew.

Josie umarmt ihre Kollegen, dann entdeckt sie mich und rennt in meine Arme, immer noch in ihrem glitzernden, silbernen Kleid, ihr rotes Haar ein wilder Haufen aus Locken. Ich fange sie auf und schwinge sie herum. „Herzlichen Glückwunsch!"

Sie strahlt und küsst mich. „Es ist bittersüß, dass die Dreharbeiten beendet sind. Diese Leute hier sind für mich wie eine Familie geworden."

„Was bin ich dann?", frage ich in gespielter Empörung.

Ihre Augen werden weich. „Du bist Zuhause."

„Vielleicht haben wir eines Tages unsere eigene Familie."

„Sean! Du bist so süß. Ja, das wäre wunderbar."

„Bin froh, das zu hören. Das macht das jetzt unkomplizierter." Ich lasse mich auf ein Knie sinken und halte ihr einen Diamantring entgegen.

Sie stößt ein hohes Quietschen aus, bei dem die Köpfe herumfliegen. Der Kameramann richtet seine Kamera auf uns. Er filmt. Warum auch nicht?

Ich nehme ihre Hand. „Josie, du bist mein Herz, meine Liebe und mein Zuhause. Ich werde dich lieben und ehren und für den Rest meines Lebens für dich sorgen. Willst du mich heiraten?"

Ihre Augen strahlen. „Ja!"

Sie schnappt sich den Ring, steckt ihn an, stürzt sich auf mich und reißt mich fast um. Ich stehe mit ihr in meinen Armen auf und küsse sie mit der ganzen Liebe in meinem Herzen.

Die Besetzung und die Crew applaudieren, und sie beendet den Kuss mit großen Augen. Sie dreht sich um und wirft ihre Arme triumphierend hoch. Das Witzige daran ist, dass Josie nie Cheerleaderin war. Das ist nur ihre natürliche Begeisterung. „Wir werden heiraten!"

„Wissen wir!", antworten ein paar Leute unisono und strahlen uns an. Ein Chor der Glückwünsche folgt.

Champagner wird auf mein Signal herumgereicht. Ich habe ihn zur Feier für das Ende des Films und den Beginn unseres gemeinsamen Lebens bestellt. Ja, so sicher war ich. Sie ist so süß, so liebevoll und so dankbar, dass ich bei ihrer Karriere an Bord bin. Sie liebt mich im Grunde Tag und Nacht, und ich genieße jede Minute. Ich habe noch nie jemanden so geliebt. Ich möchte Winnie fast dafür danken, dass sie mich verlassen hat, weil es Josie in mein Leben gebracht hat. Außerdem hat Winnie mich bleiben und das Haus, in das ich mich verliebt hatte, fertig renovieren lassen. Es war wirklich eine Liebesarbeit, manchmal Kopfschmerzen hervorrufend, aber unterm Strich immens befriedigend. Winnie freut sich für uns und hat bereits gesagt, dass sie sich freuen würde, mich als Teil der Familie zu haben. Wahrscheinlich hilft es, dass sie kürzlich jemanden getroffen hat, einen Bildhauer, der ihrer Meinung nach wirklich bodenständig ist. Ich finde es toll. Winnie braucht so einen Mann. Und ich brauche Josie.

Josie strahlt mich an und stößt ihre Plastik-Champagnerflöte gegen meine. „Auf uns!"

„Auf uns." Ich trinke einen Schluck, als sie mich aufhält.

„Warte! Wir müssen unsere Arme verschlingen, damit ich dir den Schluck geben kann und du mir." Ihre Augen tanzen fröhlich. „Romantischer Moment!"

Sie legt ihr Handgelenk um meins, und wir setzen die Gläser an, um einen Schluck zu trinken. Sie weist immer gern auf romantische Momente hin. Manchmal fühlt es sich so an, als würde sie die Regie in unserer Rom-Com führen. Zum Glück darf ich mitspielen.

„Ich habe das perfekte Zuhause für uns gefunden", sage ich Josie nach unserem Toast. Alle verteilen sich und feiern das Ende der Dreharbeiten. „Ich habe heute Morgen ein Angebot gemacht. Ich werde es dir zeigen, wenn wir zurück sind." Sie hat die Wohnungssuche meiner Zuständigkeit übergeben, da ich mich in Brooklyn auskenne und weiß, was den Wohnwert und ein gut gebautes Haus ausmacht.

Sie hüpft aufgeregt, ihre blauen Augen leuchten. „Ist es in Park Slope, wo wir uns getroffen haben?"

„Ja. Finanziell ist es eine kleine Herausforderung, aber ..."

Sie geht auf Zehenspitzen und flüstert mir ins Ohr: „Ich werde dafür bezahlen."

Ich schüttle meinen Kopf. „Ich werde mich darum kümmern. Mein Angebot stützt sich auf mein –"

Sie wirft ihre Arme um meinen Hals, küsst mich und unterbricht mein brillantes Angebot. Ich lasse sie und genieße ihre ungehemmte Leidenschaft. Die Frau ist wirklich verrückt nach mir.

Sie bricht den Kuss ab und tritt einen Schritt zurück, ihr Gesichtsausdruck ist ernst. „Okay, worüber haben wir nochmal gesprochen, was unsere Zukunft angeht?"

Ich weiß, aber es ist schwierig für mich. Ich liebe sie. Ich möchte für sie sorgen, wenn es in meiner Macht steht, und das tut es.

Ich rede weiter. „Hör zu, ich habe ein brillantes Angebot

gemacht, das die Eigentümer für die nötigen Reparaturen vom Haken lässt, auf die ich sie hingewiesen habe, was mich nur noch ein klein wenig außerhalb meiner Preisspanne landen lässt. Ich weiß, dass ich das Haus perfekt renovieren kann. Ich schaffe das."

Sie lächelt süß. „Sean?"

Ich seufze. „Ja, Josie."

„Erinnerst du dich, dass wir gesagt haben, dass wir uns umeinander kümmern werden? Es ist keine Belastung mehr für mich, und ich möchte mit dir Wurzeln in Brooklyn schlagen, auch wenn wir reisen. Also übernehme ich das, Ende der Geschichte. Und weißt du, was du für mich tun kannst?"

Ich kann nicht anders als zu lächeln. Ich liebe diese Frau so sehr, und sie versteht, dass ich das Bedürfnis habe, etwas für sie zu tun. Ich kann sie nicht einfach dauernd geben lassen. Ich habe noch nie jemanden kennengelernt, der so großzügig ist. Sie gibt sich immer, immer ein bisschen mehr Mühe. Sie faltet meine Serviette immer noch diagonal und gießt mir bei jeder Mahlzeit Wasser ein. (Ich vertraue ihr keine heißen Getränke an. Gott sei Dank kellnert sie nicht mehr. Haftungs-Alptraum!) Außerdem ist sie großzügig mit ihrer Zuneigung, ihren Komplimenten, ihrer Begeisterung, alles zu tun, was ich will, im Schlafzimmer und außerhalb. Sie ist ein wahr gewordener Traum. Sie ist es wirklich.

Ich ziehe sie an mich. „Was kann ich für dich tun, meine Verlobte und bald liebende Ehefrau?"

Sie strahlt ihr Sonnenscheinlächeln, und meine Brust schwillt an. „Du kannst uns ein Kinozimmer einrichten, damit wir uns auf das Sofa kuscheln und gemeinsam unsere Lieblings-Rom-Coms ansehen können."

Ich beuge mich an ihr Ohr. „Shh, nicht so laut."

Sie lacht und lehnt sich genug zurück, um mich anzusehen. Ihre Augen funkeln fröhlich. „Manchmal habe ich das Gefühl, wir leben unsere eigene Rom-Com."

Ich wusste es! Ich schmunzle. „Da würden wir wahrscheinlich jetzt anfangen zu singen."

Sie zieht sich zurück und wackelt mit den Brauen. „Oder tanzen."

Ich lächle sie langsam und sexy an. „Noch besser wäre es, auszublenden, sobald wir ins Schlafzimmer gehen."

„Das gefällt mir am besten", sagt sie, bevor sie ihre Arme um meinen Hals legt und mich leidenschaftlich küsst.

Ich hebe sie hoch und wiege sie in meinen Armen, während wir von der Tonbühne in den Sonnenuntergang gehen, um unseren besonderen Moment nach der Blende zu genießen.

Verpassen Sie nicht das nächste Buch der Serie, *Abtrünniges Schlitzohr*, in dem Jack nach Vegas fährt und mit der kleinen Schwester seines besten Freundes verstrickt wird!

Abtrünniges Schlitzohr
Was in Vegas passiert, folgt mir nach Hause ... und es ist die kleine Schwester meines besten Freundes.
Jack
Ich bin ein Typ zum Spaßhaben. Als mein bester Freund mich gebeten hat, seinen Junggesellenabschied zu organisieren, war klar, dass wir nach Vegas fahren würden. Nach unserer wilden Nacht wache ich in einem fremden Hotelzimmer auf und trage einen goldenen Ring am Finger. Schlimmer noch, auf dem Nachttisch liegt ein Brautschleier.

Dann entspanne ich mich. Haha. Sehr lustig, Leute. Ich bin der König der Streiche, und meine Freunde rächen sich an mir.

Aber dann taucht meine Braut auf, und der wahre Alptraum beginnt. Es ist Riley, die kleine Schwester meines besten Freundes, die erwachsen und – *schluck!* – verheiratet aussieht. Mit mir. Mein bester Freund hat mir verboten, sie auch nur anzusehen, da ich im Ruf stehe, ein Typ für One-Night-Stands zu sein.

Das muss sofort enden.

Nur irgendwie werde ich mehr und mehr in ihr Leben verwickelt, während ich versuche, Schadensbegrenzung zu betreiben, und während ich krampfhaft versuche, diese Ehe zu beenden, passiert etwas Seltsames —

Ich habe Bedenken.

WEITERE BÜCHER VON KYLIE GILMORE

Die Happy End Buchclub Reihe << Die Campbell Familie und ein Liebesromanbuchclub prallen aufeinander!

Hollywood Inkognito (Buch 1)

Ärger im Anzug (Buch 2)

Gewagtes Spiel (Buch 3)

Förmliche Vereinbarung (Buch 4)

Wenn der Bad Boy keiner ist (Buch 5)

Ein Störenfried zum Verlieben (Buch 6)

Schicksalsbegegnungen (Buch 7)

Eine Romantische Chance (Buch 8)

Ein sündhafter Flirt (Buch 9)

Ein unbequemer Plan (Buch 10)

Eine Happy End Hochzeit (Buch 11)

Die Clover Park Reihe << Brüder, für die die Familie an erster Stelle steht!

Das Gegenteil von wild (Buch 1)

Daisy schafft alles (Buch 2)

In den Falschen verguckt (Buch 3)

Ein Weihnachtsmann zum Küssen (Buch 4)

Vermieter küsst man nicht (Buch 5)

Nicht mein Romeo (Buch 6)

Bring mich auf Touren (Buch 7)

Clover Park Braut (Buch 7.5)

Gewagte Verlobung (Buch 8)

Retter in der Not (Buch 9)

Eine verführerische Freundschaft (Buch 10)

Ein Geschenk zum Valentinstag (Buch 11)

Raus aus der Tretmühle (Buch 12)

Die Rourkes Reihe << Prinzen, bei denen man ins Schwärmen gerät, und ebenso fantastische Prinzessinnen

Königlicher Fang (Buch 1)

Königlicher Hottie (Buch 2)

Königlicher Darling (Buch 3)

Königlicher Charmeur (Buch 4)

Königlicher Playboy (Buch 5)

Königlicher Spieler (Buch 6)

Abtrünniger Prinz (Buch 7)

Abtrünniger Gentleman (Buch 8)

Abtrünniger Schlitzohr (Buch 9)

Abtrünniger Engel (Buch 10)

Abtrünniger Fratz (Buch 11)

Abtrünniger Beschützer (Buch 12)

ÜBER DIE AUTORIN

Kylie Gilmore ist die USA Today Bestsellerautorin der Happy End Buchclub Reihe, der Clover Park Reihe, der Clover Park STUDS Reihe und der Rourke Reihe. Sie schreibt unterhaltsame Romanzen, die die LeserInnen zum Lachen und zum Weinen bringen und zu einem Glas Eiswasser greifen lassen.

Kylie lebt mit ihrer Familie, zwei Katzen und einem verrückten Hund in New York. Wenn sie nicht gerade schreibt, Kinder bändigt oder bei Autorenkonferenzen pflichtbewusst Notizen macht, findet man sie beim Stretching – bis ganz nach oben ins oberste Regal, um dort ihren geheimen Schokoladenvorrat zu erreichen.

Melden Sie sich für Kylies Newsletter an, damit Sie keine ihrer Neuerscheinungen verpassen. https://www.kyliegilmore.com/DEnewsletter

Mehr finden Sie auf Kylies Website https://www.kyliegilmore.com